TOUT SUR NOUS

Stéphane Ribeiro

TOUT SUR NOUS

Le livre de votre histoire d'amour
À remplir à deux...

Ce livre appartient à

....

&

....

les arènes

ISBN : 978-2-253-08408-2 – 1re publication LGF

À Stéphanie bien sûr, mais aussi à Boo, Papa, Maman
et à mon chat Bada…

Remerciements spéciaux d'une part à messieurs Guigui et Juju, coauteurs du magnifique et en tout point remarquable « Guide des Copains », à l'origine de ce livre et écrit il y a dix ans déjà, et d'autre part à Alain Chabat, Thierry Ardisson, Cheikna « Doubdoub » Sankaré et Kader « le lampadaire » Aoun, sans lesquels je continuerais sans doute à porter un costume trois-pièces aujourd'hui. Qu'ils en soient chaudement remerciés.

SOMMAIRE

« Que la trompette du Jugement dernier sonne quand elle voudra :
je viendrai ce livre à la main me présenter devant le souverain juge.
Je dirai hautement : voilà ce que j'ai fait, ce que j'ai pensé, ce que je fus. »
Jean-Jacques Rousseau, Les Confessions I

« On ne peut pas mettre dix ans sur table comme on étale
ses lettres au Scrabble… »
Patrick Bruel

« And my bottom, it is some chicken ? »
Pierre Desproges

PRÉAMBULE

Ceci n'est pas un livre comme les autres. Ce n'est pas juste un livre de plus qui raconterait l'histoire d'un couple que vous ne connaîtriez pas et dont vous n'auriez pas grand-chose à faire. Non. Ce livre est le vôtre. À vous et rien qu'à vous. Il ne raconte qu'une et une seule histoire d'amour, la vôtre, du tout début au jour d'aujourd'hui, dans le détail, sans rien omettre ni exagérer…

« Tout sur nous » est un livre de questions-réponses à répondre à deux. En près de 2 500 questions, il se propose de vous aider à tout vous dire sur vous, votre histoire, votre vie ensemble, hier, aujourd'hui ou demain.

Ensemble, nous allons parler de vous deux, de votre rencontre, de votre premier baiser, de vos manies, de vos disputes. Ensemble, nous allons parcourir vos vies, vos goûts, vos envies, découvrir qui vous êtes, comprendre pourquoi vous vous aimez. Vous allez pouvoir tout vous dire, tout vous rappeler, découvrir des choses que vous ne saviez pas l'un sur l'autre, aborder des sujets que vous n'osiez pas aborder d'habitude. Ensemble, nous allons tout écrire de votre histoire.

Vous découvrirez ainsi, au fil des pages qui suivent, des questions souvent très personnelles auxquelles vous allez répondre ensemble en vous laissant guider. Chacun d'entre vous va dans un instant se saisir d'un stylo (vous pouvez prendre des stylos de couleurs différentes pour plus de clarté, mais ce n'est pas obligatoire) et commencer à écrire votre histoire en répondant sur le livre aux questions posées, dans les cadres ou lignes prévus à cet effet. Oui, vous avez le droit d'écrire sur ce livre ! C'est même indispensable et c'est ce qui fera qu'une fois terminé, ce livre sera le vôtre et ne ressemblera à aucun autre livre « Tout sur Nous » écrit un jour. (D'ailleurs, vous pouvez d'ores et déjà coller une photo de vous sur la couverture afin de bien montrer que c'est votre histoire à vous qui est écrite ici.)

Nous aborderons ensemble des thèmes très variés et je vous poserai des questions souvent gênantes, voire embarrassantes. Efforcez-vous de dire la vérité, mais de toujours prendre la rédaction de ce livre comme un jeu à faire à deux. Ce livre peut et doit générer des discussions plus ou moins animées entre vous, mais il doit plus vous aider à prendre du recul sur votre histoire que créer un malaise dans votre couple. Soyez ouverts et compréhensifs et montrez-vous magnanimes quand il le faudra afin d'encourager l'autre à dire la vérité. Amusez-vous à partir à la découverte de l'homme ou de la femme de votre vie. Il n'y aura pas de bonnes ou de mauvaises réponses, il y aura juste vous deux, votre amour et puis le reste.

Sachez quand même que vous disposez de deux JOKERS (et seulement deux) pour ne pas répondre à une question posée qui pourrait vous poser problème (vous écrirez simplement « JOKER » à la place de la réponse demandée et l'autre devra accepter de ne pas en savoir plus. Vous pouvez aussi décider que personne n'utilisera de joker, après tout, c'est votre livre).

Vous verrez ensuite qu'il sera difficile d'écrire ce livre d'une seule traite. N'hésitez pas à vous interrompre, à remplir un chapitre de temps en temps, à y revenir dans quelque temps, ou à remplir certains chapitres avant d'autres (commencez néanmoins par l'introduction qui suit). Il n'y a pas de règle, c'est votre livre à vous, vous faites ce que vous voulez. Essayez juste de répondre ensemble aux questions posées afin de faire de la rédaction de ce livre un moment d'échange et de découverte à deux comme un moment de détente. Cela dit, répondre au nom de votre partenaire peut aussi être un exercice intéressant...

Enfin, quand il sera rempli, ce livre sera un témoignage complet de votre histoire, de votre amour, une sorte d'instantané sur vous deux, plein de souvenirs et de petits bonheurs. Gardez-le précieusement, relisez-le de temps en temps comme on regarde un vieil album photo, reposez-vous quelque fois les questions qui y sont posées (vous pourrez même en écrire un autre dans quelques années et voir ce qui a changé), et essayez de garder entre vous la complicité et la sincérité qu'aura nécessitées l'écriture de ce livre. Et dites-vous que de toute manière, l'amour est inexplicable...

En attendant, il est temps de commencer à écrire l'histoire de votre histoire. Rappelez-vous, il était une fois vous deux...

Stéphane Ribeiro

INTRODUCTION

IL ÉTAIT UNE FOIS NOUS DEUX...

Où deux amoureux se présentent en quelques mots pour bien signaler à tout le monde que ce livre n'appartient pas à n'importe qui, qu'il raconte une histoire unique, la leur, et qu'il faudrait voir à ne pas confondre, merci beaucoup.

Quel jour sommes-nous ? 18 Juin 2009

Qui a acheté ce livre ? ______________________

À quelle occasion ce livre a-t-il été acheté ?

____

Ce livre se propose de raconter une histoire d'amour magnifique, la vôtre, c'est-à-dire celle de : (indiquez vos prénoms et noms)

X : ______________________

et de :

Y : ______________________

A-t-il été difficile de déterminer qui était « X » et qui était « Y » dans votre couple ? ❑ **Oui.** ❑ **Non.**

Êtes-vous d'accord pour remplir ce livre ensemble et répondre tous les deux aux questions posées ?

X : ❑ **Oui.** ❑ **Non.** **Y :** ❑ **Oui.** ❑ **Non.**

Si non, seriez-vous prêt(e) à compléter ce livre au nom de votre couple ?

X : ❑ **Oui.** ❑ **Non.** **Y :** ❑ **Oui.** ❑ **Non.**

Quel est votre sentiment à l'idée de raconter votre histoire d'amour dans ce livre ?

X : ❑ **Ça vous excite.** ❑ **Ça vous amuse.** ❑ **Ça vous fait peur.**
❑ **Ça vous consterne.** ❑ **Ça vous gêne.** ❑ **Ça vous intrigue.**
❑ **Ça vous surprend, vous pensiez bientôt vous séparer.**

Y : ❑ **Ça vous excite.** ❑ **Ça vous amuse.** ❑ **Ça vous fait peur.**
❑ **Ça vous consterne.** ❑ **Ça vous gêne.** ❑ **Ça vous intrigue.**
❑ **Ça vous surprend, vous pensiez bientôt vous séparer.**

Pour quelles raisons avez-vous accepté de répondre aux questions de ce livre ? (Plusieurs réponses possibles.)

Vous avez envie de partager un moment privilégié à deux en apprenant à mieux connaître l'autre et en lui confiant vos secrets les plus précieux ?

X : ❑ **Oui.** ❑ **Non.** **Y :** ❑ **Oui.** ❑ **Non.**

Vous avez du mal à communiquer en ce moment et ce livre est un moyen d'initier un dialogue différent ?

X : ❑ Oui. ❑ Non. Y : ❑ Oui. ❑ Non.

Vous avez envie de tout savoir sur l'autre enfin ?

X : ❑ Oui. ❑ Non. Y : ❑ Oui. ❑ Non.

Ça vous amuse de gribouiller un beau livre neuf sans vous faire gronder ?

X : ❑ Oui. ❑ Non. Y : ❑ Oui. ❑ Non.

On vous l'a demandé avec insistance et vous n'avez pas réussi à trouver d'excuse valable ?

X : ❑ Oui. ❑ Non. Y : ❑ Oui. ❑ Non.

Vous avez négocié une folle nuit d'amour en échange ?

X : ❑ Oui. ❑ Non. Y : ❑ Oui. ❑ Non.

Vous êtes ivre ?

X : ❑ Oui. ❑ Non. Y : ❑ Oui. ❑ Non.

Il vaut mieux ne pas savoir en fait ?

X : ❑ Oui. ❑ Non. Y : ❑ Oui. ❑ Non.

Autre raison, précisez :

X : ______________________ **Y :** ______________________

Pensez-vous que remplir ce livre puisse être dangereux pour votre couple ?

X : ❑ Oui. ❑ Non. Y : ❑ Oui. ❑ Non.

Avez-vous d'ores et déjà prévu de mentir si certaines questions menaçaient la paix de votre couple ?

X : ❑ Oui. ❑ Non. Y : ❑ Oui. ❑ Non.

Si oui, quels sont les sujets qu'il vaudrait mieux éviter d'aborder (tout en sachant qu'on le fera quand même) ?

X : ____

Y : ____

Avez-vous également peur d'apprendre des choses sur votre partenaire que vous auriez préféré ignorer ?

X : ❑ Oui. ❑ Non. Y : ❑ Oui. ❑ Non.

Sur quels sujets êtes-vous particulièrement impatient d'entendre l'autre ? (deux réponses possibles)

X . ❑ **Ses ex…** ❑ **Le sexe…** ❑ **Sa conception de la fidélité.**
❑ **Son enfance.** ❑ **Ce qu'il (elle) aime chez vous.**
❑ **Ce qu'il (elle) n'aime pas chez vous.** ❑ **Votre manière d'embrasser.**
❑ **Ce qu'il (elle) a pensé le jour où vous l'avez rencontré(e).**
❑ **Ce qui lui fait peur dans votre couple.** ❑ **Sa mère.**
❑ **Rien en particulier.** ❑ **Autre chose, précisez :** ______________

Y : ❑ **Ses ex…** ❑ **Le sexe…** ❑ **Sa conception de la fidélité.**
❑ **Son enfance.** ❑ **Ce qu'il (elle) aime chez vous.**
❑ **Ce qu'il (elle) n'aime pas chez vous.** ❑ **Votre manière d'embrasser.**
❑ **Ce qu'il (elle) a pensé le jour où vous l'avez rencontré(e).**
❑ **Ce qui lui fait peur dans votre couple.** ❑ **Sa mère.**
❑ **Rien en particulier.** ❑ **Autre chose, précisez :** ______________

Juste avant de vous lancer dans l'histoire de votre vie à deux, comment vous sentez-vous ?

X : ❑ **Très bien, allez, on attaque !**
❑ **Plutôt bien, vous vous sentez en confiance…**
❑ **Moyen, vous ne le sentez pas ce truc…**
❑ **Pas très bien, et si on déclarait forfait ?**

Y : ❑ **Très bien, allez, on attaque !**
❑ **Plutôt bien, vous vous sentez en confiance…**
❑ **Moyen, vous ne le sentez pas ce truc…**
❑ **Pas très bien, et si on déclarait forfait ?**

En toute honnêteté, aujourd'hui, là, maintenant, pensez-vous être avec la bonne personne dans la vie ?

X : ❑ **Oui.** ❑ **Non.** ❑ **Je passe.** ❑ **On verra bien à la fin du livre…**

Y : ❑ **Oui.** ❑ **Non.** ❑ **Je passe.** ❑ **On verra bien à la fin du livre…**

Est-ce qu'avant de commencer, ça vous dérangerait de vous embrasser tendrement ?

X : ❑ **Oui.** ❑ **Non.** **Y :** ❑ **Oui.** ❑ **Non.**

Si vous avez répondu « oui », vous pouvez refermer ce livre et allumer la télévision.

I

L'HISTOIRE DE NOTRE HISTOIRE

Où, afin de se mettre d'accord une bonne fois pour toutes sur comment tout a commencé, notre couple héros se penche sur son passé et le début de son histoire. Submergé par ce tourbillon d'émotions et d'intenses souvenirs, chacun en vient à faire des déclarations d'amour qui, quoiqu'un peu provoquées par la force des choses et des questions, n'en restent pas moins sincères…

Que vous soyez ensemble depuis dix jours ou depuis dix ans, il y a forcément eu un début à votre histoire et vous vous le rappelez sans doute avec un grand sourire un peu niais sur le visage. Eh bien vous pouvez le garder, car dans ce premier chapitre, nous allons justement parler de comment tout a commencé entre vous, votre première rencontre, vos premiers émois, votre premier baiser. Bon, dit comme ça, ça a l'air simple, mais vous allez voir que se mettre d'accord sur les détails n'est pas si facile que ça. Bon courage en tout cas…

VOTRE RENCONTRE

Depuis combien de temps êtes-vous ensemble ?

____

Quand vous êtes-vous rencontrés pour la première fois ?

____

Où était-ce ? ______________________________

Comment ou grâce à qui vous êtes-vous rencontrés ?

____

Avez-vous eu du mal à vous mettre d'accord sur les quatre questions précédentes ?

X : ❑ Oui. ❑ Non. **Y : ❑ Oui. ❑ Non.**

Qu'avez-vous pensé de l'autre la première fois que vous l'avez rencontré(e) ?

X : ______________________________

Y : ______________________________

Qui a fait le premier pas pour aller parler à l'autre ?

❑ X ❑ Y ❑ Consensus impossible à établir.

Comment décririez-vous cette première rencontre ?

X : **❑ Intense. ❑ Anecdotique. ❑ Agréable. ❑ Sans intérêt.**
❑ Chaude. ❑ Tendue. ❑ Merveilleuse. ❑ Franchement, j'ai oublié…

X : **❑ Intense. ❑ Anecdotique. ❑ Agréable. ❑ Sans intérêt.**
❑ Chaude. ❑ Tendue. ❑ Merveilleuse. ❑ Franchement, j'ai oublié…

Qu'cst cc qui vous a plu cn prcmicr chcz l'autre ?

X : ______________ **Y :** ______________

Et en second ?

X : ______________ **Y :** ______________

Qui a commencé ensuite à draguer l'autre ?

❑ X ❑ Y ❑ Consensus impossible à établir.

Quelle fut la principale technique de drague employée par chacun ?

X : ______________________________

Y : ______________________________

Qui a rappelé l'autre en premier ?

❑ X ❑ Y ❑ **Consensus impossible à établir.**

Au bout de combien de temps vous êtes-vous revus ensuite ?

X : ______________________ **Y** : ______________________

Au bout de combien de temps avez-vous fait des rêves érotiques impliquant l'autre ?

X : ______________________ **Y** : ______________________

Est-ce que vous avez immédiatement pensé que « c'était lui » ou « c'était elle » ?

X : ❑ **Oui.** ❑ **Non.** **Y** : ❑ **Oui.** ❑ **Non.**

Est-ce que vous avez immédiatement pensé que vous aviez vos chances ?

X : ❑ **Oui.** ❑ **Non.** **Y** : ❑ **Oui.** ❑ **Non.**

VOTRE PREMIER BAISER

Combien de temps après votre première rencontre vous êtes-vous embrassés ? ______________________

Qu'est-ce qui a fini par vous faire craquer chez l'autre ?

X : ______________________ **Y** : ______________________

Étiez-vous célibataire lorsque vous avez embrassé l'autre pour la première fois ?

X : ❑ **Oui.** ❑ **Non.** **Y** : ❑ **Oui.** ❑ **Non.**

Si non, est-ce que l'autre était au courant ?

X : ❑ **Oui.** ❑ **Non.** **Y** : ❑ **Oui.** ❑ **Non.**

Qui a essayé d'embrasser l'autre ?

❑ X ❑ Y ❑ **Consensus impossible à établir.**

Parlons de ce premier baiser, voulez-vous ?

X : ❑ **Oui.** ❑ **Non.** **Y** : ❑ **Oui.** ❑ **Non.**

Est-ce que vous vous rappelez vraiment ?

X : ❑ **Oui.** ❑ **Non.** **Y** : ❑ **Oui.** ❑ **Non.**

Vous attendiez-vous à ce premier baiser ?

X : ❑ **Oui.** ❑ **Non.** **Y** : ❑ **Oui.** ❑ **Non.**

C'était quand ? ______________________________

C'était où ? ______________________________

C'était a quelle heure ? ______________________________

C'était avec la langue ? ❑ **Oui.** ❑ **Non.**

Qu'est-ce qui a déclenché précisément ce premier baiser ?

____

Quelle note sur 20 donneriez-vous à ce premier baiser ?

X : ___ / 20 Y : ___ / 20

Quelle appréciation sur ce premier baiser avez-vous faite sur le moment ?

	X	Y
Excellent. Continuez comme ça.	❑	❑
Bravo, avec un peu de travail, vous irez loin.	❑	❑
Manque de concentration, reprenez-vous !	❑	❑
Peut mieux faire. Surveillez votre haleine.	❑	❑
Bof. Manque d'envie et de motivation.	❑	❑
Nul. Pensez à ouvrir la bouche.	❑	❑
Original. J'aime beaucoup. Travail très excitant.	❑	❑
Désolé(e), je ne me rappelle pas ce baiser…	❑	❑

Considérez-vous que vous êtes ensemble « pour de vrai » depuis ce premier baiser ?

X : ❑ Oui. ❑ Non. Y : ❑ Oui. ❑ Non.

Ce premier baiser vous a-t-il terriblement donné envie de l'autre ?

X : ❑ Oui. ❑ Non. Y : ❑ Oui. ❑ Non.

VOTRE PREMIERE FOIS

Au bout de combien de temps après ce baiser avez-vous fait l'amour pour la première fois ?______________________________

Est-ce que vous vous en souvenez bien ?

X : ❑ Oui. ❑ Non. Y : ❑ Oui. ❑ Non.

Où était-ce ? ______________________________

Quelle heure était-il approximativement ? ______________________________

Est-ce que c'était aussi bien que vous l'aviez imaginé ?

X : ❑ Oui. ❑ Non. Y : ❑ Oui. ❑ Non.

Si oui, qu'est-ce qui a rendu cette première fois aussi merveilleuse ?

X : ______________ **Y :** ______________

Si non, qu'est-ce qui fut décevant ? (Plusieurs réponses possibles.)

X : **❑ Le cadre. ❑ Les préliminaires. ❑ Le manque de romantisme.**
❑ La durée de l'acte. ❑ L'orgasme. ❑ Le corps de l'autre nu.
❑ Le temps de câlin après l'acte. ❑ Le manque d'imagination.
❑ L'odeur de l'autre. ❑ Autre chose ______________

Y : **❑ Le cadre. ❑ Les préliminaires. ❑ Le manque de romantisme.**
❑ La durée de l'acte. ❑ L'orgasme. ❑ Le corps de l'autre nu.
❑ Le temps de câlin après l'acte. ❑ Le manque d'imagination.
❑ L'odeur de l'autre. ❑ Autre chose ______________

Qu'est-ce que vous n'avez pas osé faire ou dire lors de cette première fois ?

X : ______________

Y : ______________

Qu'est-ce que vous n'auriez pas dû faire ou dire lors de cette première fois ?

X : ______________

Y : ______________

Avez-vous immédiatement eu envie de recommencer ?

X : ❑ Oui. ❑ Non. Y : ❑ Oui. ❑ Non.

Avez-vous passé la nuit ensemble après cette première fois ?

X : ❑ Oui. ❑ Non. Y : ❑ Oui. ❑ Non.

À quoi avez-vous pensé juste après cette première fois ?

X : ______________

Y : ______________

Avez-vous pensé avoir fait une bêtise à un moment donné ?

X : ❑ Oui. ❑ Non. Y : ❑ Oui. ❑ Non.

Si oui, pourquoi ?

X : ______________ **Y :** ______________

Finalement, quelle note sur 20 donneriez-vous à cette première fois ?

X : ____ / 20 Y : ____ / 20

VOS TOUT DEBUTS

À qui avez-vous parlé de l'autre en premier ?

X : ____________________ Y : ____________________

Que lui aviez-vous dit ? (En gros évidemment.)

X : ____________________

Y : ____________________

Quel mot vous vient à l'esprit pour décrire le début de votre relation ?

X : ____________________ Y : ____________________

Qu'est-ce qui rendait votre partenaire unique à vos yeux à ce moment-là ?

X : ____________________ Y : ____________________

À quoi pensiez-vous essentiellement à cette période ?

X : ____________________

Y : ____________________

Honnêtement, combien de temps pensiez-vous que vous resteriez avec l'autre à ce moment-là ?

X :
❑ Quelques heures. ❑ Quelques jours. ❑ Quelques semaines.
❑ Six mois maximum. ❑ Une petite année. ❑ Deux ou trois ans.
❑ Toute la vie. ❑ Aucune idée.

Y :
❑ Quelques heures. ❑ Quelques jours. ❑ Quelques semaines.
❑ Six mois maximum. ❑ Une petite année. ❑ Deux ou trois ans.
❑ Toute la vie. ❑ Aucune idée.

Au tout début de votre relation, emporté(e) par la fougue des premiers moments à deux, vous avez…

Écrit des poèmes magnifiques pour l'autre ?

X : ❑ Oui. ❑ Non. Y : ❑ Oui. ❑ Non.

Passé des heures à attendre que le téléphone sonne ?

X : ❑ Oui. ❑ Non. Y : ❑ Oui. ❑ Non.

Essayé de cacher à l'autre certains défauts ?

X : ❑ Oui. ❑ Non. Y : ❑ Oui. ❑ Non.

Essayé de passer pour plus cultivé(e) que vous ne l'étiez ?

X : ❑ Oui. ❑ Non. Y : ❑ Oui. ❑ Non.

Évité de présenter l'autre à vos amis ?

X : ❑ Oui. ❑ Non. Y : ❑ Oui. ❑ Non.

Tout de suite compris que vous étiez faits l'un pour l'autre ?

X : ❑ Oui. ❑ Non. Y : ❑ Oui. ❑ Non.

Trouvé que l'autre était un peu trop présent ?

X : ❑ Oui. ❑ Non. Y : ❑ Oui. ❑ Non.

Menti sur votre métier ?

X : ❑ Oui. ❑ Non. Y : ❑ Oui. ❑ Non.

Offert une peluche en cadeau ?

X : ❑ Oui. ❑ Non. Y : ❑ Oui. ❑ Non.

Fait l'amour pendant des heures ?

X : ❑ Oui. ❑ Non. Y : ❑ Oui. ❑ Non.

Dit « je t'aime » très rapidement ?

X : ❑ Oui. ❑ Non. Y : ❑ Oui. ❑ Non.

Au début de votre relation, qu'avez-vous fait pour impressionner votre partenaire ?

X : ____________________

Y : ____________________

Qu'avez-vous fait avec l'autre à cette période que vous n'aviez jamais fait auparavant ?

X : ____________________

Y : ____________________

Qu'a fait l'autre de plus romantique, par amour pour vous à ce moment-là ?

X : ____________________

Y : ____________________

Que trouviez-vous le plus séduisant physiquement chez l'autre à ce moment-là ?

X : ____________________

Y : ____________________

Que trouviez-vous le plus séduisant moralement chez l'autre à ce moment-là ?

X : ____________________

Y : ____________________

À quel moment vous êtes-vous dit « tiens, mais on n'est pas si mal là » ?

X : ______________________ Y : ______________________

Au bout de combien de temps avez-vous eu envie de presenter l'autre à vos parents ?

X : ______________________

Y : ______________________

En y réfléchissant aujourd'hui, quel est le meilleur souvenir que vous gardez de vos débuts ensemble ?

X : ______________________

Y : ______________________

À quels détails avez-vous commencé à réaliser que vous étiez, peut-être, en train de tomber amoureux(se) pour de vrai ?

X : ______________________

Y : ______________________

Est-ce que ça vous a fait peur ?

X : ❑ Oui. ❑ Non. Y : ❑ Oui. ❑ Non.

Et aujourd'hui, ça vous fait toujours peur ?

X : ❑ Oui. ❑ Non. Y : ❑ Oui. ❑ Non.

VOUS DEUX ET L'AMOUR

Avez-vous déjà été amoureux(se) pour de vrai ?

X : ❑ Oui. ❑ Non. Y : ❑ Oui. ❑ Non.

Etes-vous amoureux(se) pour de vrai aujourd'hui ?

X : ❑ Oui. ❑ Non. Y : ❑ Oui. ❑ Non.

Si oui, combien de temps cela vous a-t-il pris pour passer du stade « je l'aime bien » au stade « je l'aime tout court » ?

X : **❑ Immédiatement. ❑ Quelques jours. ❑ Quelques semaines.**
❑ Quelques mois. ❑ Un an. ❑ Autre ______________

X : **❑ Immédiatement. ❑ Quelques jours. ❑ Quelques semaines.**
❑ Quelques mois. ❑ Un an. ❑ Autre ______________

Avez-vous déjà dit « je t'aime » à l'autre ?

X : ❑ Oui. ❑ Non. Y : ❑ Oui. ❑ Non.

Si non, avez-vous prévu de le faire prochainement ?

X : ❑ Oui. ❑ Non. Y : ❑ Oui. ❑ Non.

Si non, quelle est la principale raison de ce refus ?

X : ______________________________

Y : ______________________________

Si oui, quand avez-vous dit « je t'aime » à l'autre pour la dernière fois ?

X : ______________ **Y :** ______________

L'autre vous a-t-il immédiatement répondu « moi aussi » sans même réfléchir ?

X : ❑ Oui. ❑ Non. Y : ❑ Oui. ❑ Non.

Vous rappelez-vous quand vous avez dit « je t'aime » à l'autre pour la première fois ?

X : ❑ Oui, c'était ______________ **❑ Non, désolé(e).**

Y : ❑ Oui, c'était ______________ **❑ Non, désolé(e).**

Pourriez-vous dire « je t'aime » à l'autre, là, maintenant ?

X : ❑ Oui. ❑ Non. Y : ❑ Oui. ❑ Non.

Si oui, redites-le, ça fait toujours plaisir. Avec un peu de chance, vous recevrez un baiser histoire de fêter ça…

Si non, quelle explication un peu foireuse et très dangereuse, je préfère vous le dire, pouvez-vous nous donner pour justifier un tel refus dès le premier chapitre ?

X : ______________________________

Y : ______________________________

Quels sont les trois détails qui vous ont fait tomber amoureux(se) de l'autre ?

X : 1. ______________ **Y : 1.** ______________

2. ______________ **2.** ______________

3. ______________ **3.** ______________

Quels sont les trois signes qui vous ont prouvé que « oui, c'était bien lui (elle) » ?

X : 1.______________ Y : 1.______________
2.______________ 2.______________
3.______________ 3.______________

Avez-vous eu peur de tomber amoureux(se) de l'autre ?

X : ❑ Oui. ❑ Non. Y : ❑ Oui. ❑ Non.

Si oui, pourquoi ?

X : ______________

Y : ______________

Avez-vous lutté ?

X : ❑ Oui. ❑ Non. Y : ❑ Oui. ❑ Non.

Luttez-vous toujours ?

X : ❑ Oui. ❑ Non. Y : ❑ Oui. ❑ Non.

Regardez-vous l'autre dormir parfois ?

X : ❑ Oui. ❑ Non. Y : ❑ Oui. ❑ Non.

Vous sentez-vous moche à ses côtés parfois ?

X : ❑ Oui. ❑ Non. Y : ❑ Oui. ❑ Non.

Aujourd'hui, vous sentez-vous prêt(e) à tout par amour pour l'autre ?

X : ❑ Oui. ❑ Non. Y : ❑ Oui. ❑ Non.

Par exemple, est-ce que, par amour pour l'autre, vous pourriez…

Devenir très jaloux(se) ?	**X : ❑ Oui. ❑ Non.**	**Y : ❑ Oui. ❑ Non.**
Changer de religion ?	**X : ❑ Oui. ❑ Non.**	**Y : ❑ Oui. ❑ Non.**
Partir vivre à Roubaix ?	**X : ❑ Oui. ❑ Non.**	**Y : ❑ Oui. ❑ Non.**
Jeter la télévision ?	**X : ❑ Oui. ❑ Non.**	**Y : ❑ Oui. ❑ Non.**
Avoir des enfants ?	**X : ❑ Oui. ❑ Non.**	**Y : ❑ Oui. ❑ Non.**
Perdre trente kilos ?	**X : ❑ Oui. ❑ Non.**	**Y : ❑ Oui. ❑ Non.**
Ne plus voir vos ami(e)s ?	**X : ❑ Oui. ❑ Non.**	**Y : ❑ Oui. ❑ Non.**
Aller dans un club échangiste ?	**X : ❑ Oui. ❑ Non.**	**Y : ❑ Oui. ❑ Non.**
Supporter une maîtresse ou un amant ?	**X : ❑ Oui. ❑ Non.**	**Y : ❑ Oui. ❑ Non.**
Vous faire fouetter ?	**X : ❑ Oui. ❑ Non.**	**Y : ❑ Oui. ❑ Non.**
Aller dans un club naturiste ?	**X : ❑ Oui. ❑ Non.**	**Y : ❑ Oui. ❑ Non.**

Vous faire intégralement épiler ? X : ❑ Oui. ❑ Non. Y : ❑ Oui. ❑ Non.

Vous tatouer son nom quelque part ? X : ❑ Oui. ❑ Non. Y : ❑ Oui. ❑ Non.

Accepter un plan à trois ? X : ❑ Oui. ❑ Non. Y : ❑ Oui. ❑ Non.

Le ou la demander en mariage ? X : ❑ Oui. ❑ Non. Y : ❑ Oui. ❑ Non.

Vous fâcher avec toute votre famille ? X : ❑ Oui. ❑ Non. Y : ❑ Oui. ❑ Non.

Changer d'opinions politiques ? X : ❑ Oui. ❑ Non. Y : ❑ Oui. ❑ Non.

Faire couler de l'eau pour masquer le bruit aux toilettes ? X : ❑ Oui. ❑ Non. Y : ❑ Oui. ❑ Non.

Vous brosser les dents avant de l'embrasser le matin ? X : ❑ Oui. ❑ Non. Y : ❑ Oui. ❑ Non.

Porter ses sous-vêtements ? X : ❑ Oui. ❑ Non. Y : ❑ Oui. ❑ Non.

Tout plaquer et partir vivre au bout du monde ? X : ❑ Oui. ❑ Non. Y : ❑ Oui. ❑ Non.

Aller faire une demande en mariage à la télé ? X : ❑ Oui. ❑ Non. Y : ❑ Oui. ❑ Non.

Faire sa toilette intime si besoin était ? X : ❑ Oui. ❑ Non. Y : ❑ Oui. ❑ Non.

Lui donner un rein ? X : ❑ Oui. ❑ Non. Y : ❑ Oui. ❑ Non.

Lui prêter votre voiture ? X : ❑ Oui. ❑ Non. Y : ❑ Oui. ❑ Non.

Vous battre physiquement ? X : ❑ Oui. ❑ Non. Y : ❑ Oui. ❑ Non.

Supporter qu'il (elle) prenne de la drogue ? X : ❑ Oui. ❑ Non. Y : ❑ Oui. ❑ Non.

Changer de métier ? X : ❑ Oui. ❑ Non. Y : ❑ Oui. ❑ Non.

Vous raser la tête ? X : ❑ Oui. ❑ Non. Y : ❑ Oui. ❑ Non.

Décider de mourir ensemble ? X : ❑ Oui. ❑ Non. Y : ❑ Oui. ❑ Non.

Au moment précis où je vous pose cette question, est-ce que, par rapport au début de votre relation, vous vous sentez…

X : ❑ Plus amoureux(se). ❑ Moins amoureux(se). ❑ Aussi amoureux(se). ❑ C'est quoi cette question piège ?

Y : ❑ Plus amoureux(se). ❑ Moins amoureux(se). ❑ Aussi amoureux(se). ❑ C'est quoi cette question piège ?

Etes-vous heureux aujourd'hui ensemble ?

X : ❑ Oui. ❑ Non. Y : ❑ Oui. ❑ Non.

Pensez-vous avoir trouvé « l'homme » ou « la femme » de votre vie ?

X : ❑ Oui. ❑ Non. Y : ❑ Oui. ❑ Non.

Sûr ?

X : ❑ Oui. ❑ Non. ❑ J'espère en tout cas.
Y : ❑ Oui. ❑ Non. ❑ J'espère en tout cas.

CAHIER SOUVENIR À REMPLIR À DEUX

Vous rappelez-vous vos vrais premiers moments ensemble ? Votre premier ciné ? Votre premier cadeau ? Votre première peur ? Si oui, indiquez ces moments absolument indispensables ci-dessous de la manière la plus précise possible. Si non, préparez-vous à de longues discussions pour vous en souvenir et vous mettre d'accord…

Premier ciné à deux ? ______________________

Premier concert ? ______________________

Premier dîner au restaurant ? ______________________

Premier surnom ou petit nom donné à l'autre ?

X : ______________________

Y : ______________________

Premier cadeau reçu dont vous vous souvenez ?

X : ______________ Y : ______________

Première danse ? ______________________

Premier week-end ? ______________________

Premières vacances ? ______________________

Première dispute ? ______________________

Premier grand bonheur ?

X : ______________ Y : ______________

Premier nid d'amour ? ______________________

Premiers pleurs ?

X : ______________ Y : ______________

Premier défaut découvert chez l'autre ?

X : ______________ Y : ______________

Premiers regrets ?

X : ____________________

Y : ____________________

De quelle lettre d'amour vous souvenez-vous particulièrement ?

X : ____________________

Y : ____________________

Quelle est la chanson qui vous rappelle le début de votre histoire ?

X : __________ Y : __________

Faites la liste de six grands moments de bonheur que vous avez vécus ensemble :

1 : __________ 2 : __________

3 : __________ 4 : __________

5 : __________ 6 : __________

Faites la liste de six films que vous vous rappelez avoir vus ensemble au cinéma :

1 : __________ 2 : __________

3 : __________ 4 : __________

5 : __________ 6 : __________

Faites la liste de six restaurants où vous avez eu l'habitude de dîner ensemble :

1 : __________ 2 : __________

3 : __________ 4 : __________

5 : __________ 6 : __________

Faites la liste de 6 endroits que vous avez eu le plaisir de voir ensemble :

1 : __________ 2 : __________

3 : __________ 4 : __________

5 : __________ 6 : __________

Sur cette carte de France, indiquez au moyen d'une croix les lieux où vous êtes allés ensemble et où vous vous êtes embrassés.

Sur cette carte de Paris (page suivante), indiquez au moyen d'une croix les lieux où vous vous êtes embrassés ou les lieux où vous aimeriez vous embrasser un jour.

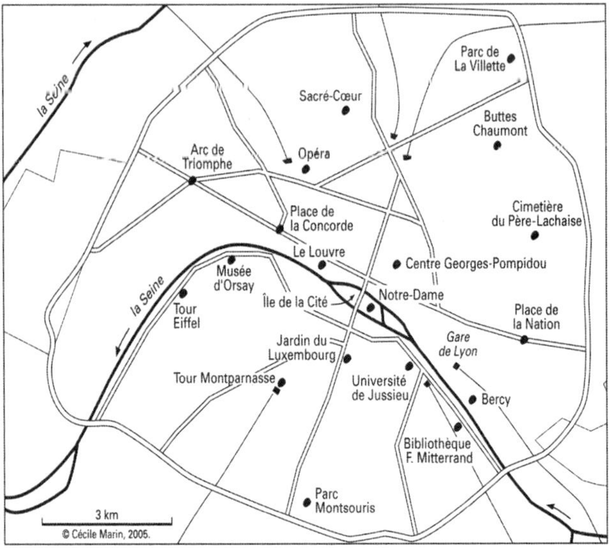

Sur cette carte du monde, indiquez au moyen d'une croix rouge les pays que vous avez visités ensemble et d'une croix noire les pays que vous aimeriez visiter bientôt.

II
À LA DÉCOUVERTE DE L'AUTRE

Où chacun se laisse emporter dans un tourbillon de confidences pour finir par révéler à l'autre qui il est vraiment, et où, au moyen de questions perfides, on teste si nos deux héros se connaissent aussi bien qu'ils l'affirment ou veulent le faire croire.

Après le bonheur d'une rencontre magnifique et d'un début d'histoire excitant, vient le temps de découvrir l'autre peu à peu, qui il est, ce qu'il aime, ce qu'il pense. Si vous ne savez pas encore tout sur l'autre, ce deuxième chapitre vous en apprendra beaucoup. Si vous pensez déjà bien le connaître, vous allez pouvoir le vérifier rapidement… Le temps est donc à la confidence, même si toutes les vérités ne sont peut-être pas bonnes à lire.

PRÉSENTATION GÉNÉRALE

Quelle est votre date de naissance ?

X : ______________ Vous avez donc ______ ans

Y : ______________ Vous avez donc ______ ans

Quel est votre signe astrologique ?

X : ______________________ Y : ______________________

Avez-vous déjà vérifié si vos signes respectifs étaient bien compatibles ?

X : ❑ Oui. ❑ Non. Y : ❑ Oui. ❑ Non.

Si oui, le sont-ils ?

X : ❑ Oui. ❑ Non. ❑ Bof.

X : ❑ Oui. ❑ Non. ❑ Bof.

Quand vous lisez un horoscope, par lequel commencez-vous ?

X : ❑ Le vôtre. ❑ Le sien. ❑ Vous ne lisez jamais les horoscopes.

X : ❑ Le vôtre. ❑ Le sien. ❑ Vous ne lisez jamais les horoscopes.

Aimez-vous votre prénom usuel ?

X : ❑ Oui. ❑ Non. Y : ❑ Oui. ❑ Non.

Avez-vous d'autres prénoms ?

X : ❑ Oui. ❑ Non. Y : ❑ Oui. ❑ Non.

Si oui, quels sont-ils ?

X : ____

Y : ____

Avez-vous déjà essayé de cacher ces prénoms à votre partenaire ou à quelqu'un d'autre ?

X : ❑ Oui. ❑ Non. Y : ❑ Oui. ❑ Non.

Si oui, quel est le prénom que vous détestez le plus parmi vos prénoms ?

X : ______________________ Y : ______________________

Comment auriez-vous aimé vous prénommer ?

X : ______________________ Y : ______________________

Comment vos parents vous appelaient-ils quand vous étiez petit(e) ?

X : ____

Y : ____

Quels différents surnoms vos amis vous ont-ils donnés ?

X : ______________________ Y : ______________________

Quel est le petit surnom que vous préférez ?

X : Pour vous : __________ Pour votre partenaire : __________

Y : Pour vous : __________ Pour votre partenaire : __________

Dans quelle région du monde avez-vous grandi ?

X : ______________________ Y : ______________________

Où vous sentez-vous vraiment chez vous ?

X : ______________________ Y : ______________________

Comment vous décririez-vous en un seul mot ?

X : ______________________ Y : ______________________

Quels signes distinctifs avez-vous ?

X : ______________________ Y : ______________________

Quelles opérations chirurgicales avez-vous subies ?

X : ______________________ Y : ______________________

Quel fut votre premier travail rémunéré ?

X : ______________________ Y : ______________________

Quel métier exercez-vous aujourd'hui ?

X : ______________________ Y : ______________________

Êtes-vous heureux(se) d'exercer ce métier aujourd'hui ?

X :
- ❑ **Oui, pleinement.** ❑ **Oui, il est ennuyeux, mais il est bien payé.**
- ❑ **Oui, il n'est pas bien payé mais il me plaît.**
- ❑ **Oui, mais j'aimerais quand même en changer.**
- ❑ **Non, mais on ne peut pas toujours choisir.**
- ❑ **Non, il ne me correspond pas.** ❑ **Non, mon chef est un con.**
- ❑ **Non, mais je compte en changer bientôt.**

Y :
- ❑ **Oui, pleinement.** ❑ **Oui, il est ennuyeux, mais il est bien payé.**
- ❑ **Oui, il n'est pas bien payé mais il me plaît.**
- ❑ **Oui, mais j'aimerais quand même en changer.**
- ❑ **Non, mais on ne peut pas toujours choisir.**
- ❑ **Non, il ne me correspond pas.** ❑ **Non, mon chef est un con.**
- ❑ **Non, mais je compte en changer bientôt.**

Est-ce que vous travaillez trop ?

X : ❑ Oui. ❑ Non. Y : ❑ Oui. ❑ Non.

Votre partenaire trouve-t-il que vous travaillez trop ?

X : ❑ Oui. ❑ Non. Y : ❑ Oui. ❑ Non.

Si vous pouviez, quel métier aimeriez-vous exercer un jour ?

X : ______________________ **Y :** ______________________

Et quel métier n'aimeriez-vous surtout pas exercer ?

X : ______________________ **Y :** ______________________

Quel talent original possédez-vous qui surprend ou surprendrait le plus votre partenaire ?

X : ____

Y : ____

Avez-vous déjà eu votre nom dans le journal ?

X : ❑ Oui. ❑ Non. Y : ❑ Oui. ❑ Non.

Si oui, dans quel journal et à quelle occasion ?

X : ____

Y : ____

Étiez-vous fier(e) ?

X : ❑ Oui. ❑ Non. Y : ❑ Oui. ❑ Non.

Aviez-vous acheté plusieurs exemplaires de ce journal ?

X : ❑ Oui. ❑ Non. Y : ❑ Oui. ❑ Non.

Espérez-vous réapparaître bientôt dans un journal ?

X : ❑ Oui. ❑ Non. Y : ❑ Oui. ❑ Non.

À quelle heure vous levez-vous le matin ?

X : ______________________ **Y :** ______________________

Qu'est-ce qui vous met de bonne humeur le matin ?

X : ______________________ **Y :** ______________________

Qu'est-ce qui vous déprime le matin ?

X : ______________________ **Y :** ______________________

De quel côté du lit préférez-vous dormir ?

X : ❑ À droite. ❑ À gauche. ❑ Ça vous est égal.

Y : ❑ À droite. ❑ À gauche. ❑ Ça vous est égal.

Vous préférez dormir avec la fenêtre…

X : ❑ **Ouverte.** ❑ **Fermée.** ❑ **Ça vous est égal.**

Y : ❑ **Ouverte.** ❑ **Formée.** ❑ **Ça vous est égal.**

En général, vous dormez…

X : ❑ **Nu(e).** ❑ **En pyjama.** ❑ **En T-shirt.**
❑ **En chemise de nuit.** ❑ **En nuisette.** ❑ **Sur le dos.**
❑ **A plat-ventre.** ❑ **Sur le côté.** ❑ **Un pied en dehors du lit.**

Y : ❑ **Nu(e).** ❑ **En pyjama.** ❑ **En T-shirt.**
❑ **En chemise de nuit.** ❑ **En nuisette.** ❑ **Sur le dos.**
❑ **A plat-ventre.** ❑ **Sur le côté.** ❑ **Un pied en dehors du lit.**

Que mangez-vous le matin ?

X : ______________________ **Y :** ______________________

Que buvez-vous à l'apéritif en général ?

X : ______________________ **Y :** ______________________

Que trouve-t-on toujours dans votre réfrigérateur ?

X : ______________________ **Y :** ______________________

Quels animaux vous effraient ?

X : ____

Y : ____

Quand avez-vous pleuré pour la dernière fois ?

X : ______________________ **Y :** ______________________

Pourquoi aviez-vous pleuré cette fois-là ?

X : ______________________ **Y :** ______________________

Quel don pensez-vous avoir ?

X : ______________________ **Y :** ______________________

Quels sont les cinq domaines dans lesquels vous pensez être vraiment bon(ne) ?

X : 1. ____________________ **Y :** 1. ____________________
2. ____________________ 2. ____________________
3. ____________________ 3. ____________________
4. ____________________ 4. ____________________
5. ____________________ 5. ____________________

Qu'êtes-vous parfaitement incapable de faire ? (Plusieurs réponses possibles)

X : ❑ Programmer un magnétoscope. ❑ Changer les couches d'un enfant.
❑ Danser le tango. ❑ Tuer une araignée.
❑ Faire une lessive sans tout faire déteindre. ❑ Dire non à vos parents.
❑ Passer moins d'une heure dans la salle de bains. ❑ Manger des tripes.
❑ Vivre sans télévision. ❑ Ecouter une chanteuse canadienne.
❑ Ne pas acheter de chaussures hors de prix. ❑ Porter un string.
❑ Manger vos crottes de nez. ❑ Parler de sexe avec vos parents.
❑ Couper votre téléphone. ❑ Prendre la parole en public.
❑ Marcher sur les mains. ❑ Rester fidèle.

Y : ❑ Programmer un magnétoscope. ❑ Changer les couches d'un enfant.
❑ Danser le tango. ❑ Tuer une araignée.
❑ Faire une lessive sans tout faire déteindre. ❑ Dire non à vos parents.
❑ Passer moins d'une heure dans la salle de bains. ❑ Manger des tripes.
❑ Vivre sans télévision. ❑ Ecouter une chanteuse canadienne.
❑ Ne pas acheter de chaussures hors de prix. ❑ Porter un string.
❑ Manger vos crottes de nez. ❑ Parler de sexe avec vos parents.
❑ Couper votre téléphone. ❑ Prendre la parole en public.
❑ Marcher sur les mains. ❑ Rester fidèle.

Quels talents aimeriez-vous avoir ?

X : ______________________________

Y : ______________________________

Quels talents n'aimeriez-vous pas avoir ?

X : ______________ Y : ______________

Physiquement, à qui ou à quoi estimez-vous ressembler ?

X : ______________ Y : ______________

Physiquement, à qui ou à quoi aimeriez-vous ressembler ?

X : ______________ Y : ______________

Qui voulez-vous le plus rendre fier(e) de vous dans la vie ?

X : ______________ Y : ______________

De qui écoutez-vous toujours les conseils ?

X : ______________ Y : ______________

Qui vous a fait le plus de mal dans la vie ?

X : ____________ Y : ____________

Par qui n'aimeriez-vous pas être appelé(e) au téléphone, là, maintenant ?

X : ____________ Y : ____________

Quelle est la faute pour laquelle vous avez le plus d'indulgence ?

X : ____________ Y : ____________

Quelle est la faute pour laquelle vous n'avez aucune indulgence ?

X : ____________ Y : ____________

Qu'est-ce que vous cachez au fond d'un placard ou d'un tiroir ?

X : ____________ Y : ____________

Quel est l'objet le plus important que vous gardez au fond de votre portefeuille, de votre sac à main ou de votre poche ?

X : ____________ Y : ____________

Pourquoi ?

X : ____________

Y : ____________

Si votre maison brûlait, que sauveriez-vous en priorité ?

X : ____________ Y : ____________

Quel est l'objet le plus cher que vous vous soyez jamais acheté ? (Hors biens immobiliers.)

X : ____________ Y : ____________

Qu'aimeriez-vous hériter de vos parents (sur un plan moral) ?

X : ____________ Y : ____________

Qu'aimeriez-vous hériter de vos parents (sur un plan matériel) ?

X : ____________ Y : ____________

Quelle est la date la plus importante de votre vie ?

X : ____________ Y : ____________

Que feriez-vous si vous ne pouviez pas travailler pendant une longue période ?

X : ____________

Y : ____________

Quelle est l'insulte qui vous a fait le plus de mal ?

X : ____________________ **Y :** ____________________

Quelle est l'insulte qui vous fait le plus plaisir ?

X : ____________________ **Y :** ____________________

Quel est le compliment que vous auriez aimé entendre un jour ?

X : ____________________ **Y :** ____________________

Quel est le compliment qui vous énerve le plus ?

X : ____________________ **Y :** ____________________

Qu'aimeriez-vous que l'on vous vole ?

X : ____________________ **Y :** ____________________

Qu'aimeriez-vous que l'on vous trouve ?

X : ____________________ **Y :** ____________________

Quand auriez-vous mieux fait de vous taire pour la dernière fois ?

X : ____

Y : ____

Si vous étiez l'un des quatre points cardinaux, lequel seriez-vous ?

X : ❑ **Le nord.** ❑ **Le sud.** ❑ **L'est.** ❑ **L'ouest.**
Y : ❑ **Le nord.** ❑ **Le sud.** ❑ **L'est.** ❑ **L'ouest.**

Si vous étiez l'un des cinq sens, lequel seriez-vous ?

X : ❑ **La vue.** ❑ **L'odorat.** ❑ **Le goût.** ❑ **Le toucher.** ❑ **L'ouïe.**
Y : ❑ **La vue.** ❑ **L'odorat.** ❑ **Le goût.** ❑ **Le toucher.** ❑ **L'ouïe.**

Si vous étiez l'un des sept jours de la semaine, lequel seriez-vous ?

X : ❑ **Lundi.** ❑ **Mardi.** ❑ **Mercredi.** ❑ **Jeudi.**
❑ **Vendredi.** ❑ **Samedi.** ❑ **Dimanche.**

Y : ❑ **Lundi.** ❑ **Mardi.** ❑ **Mercredi.** ❑ **Jeudi.**
❑ **Vendredi.** ❑ **Samedi.** ❑ **Dimanche.**

Si vous étiez l'un des sept nains de Blanche-Neige, lequel seriez-vous ?

X : ❑ **Atchoum.** ❑ **Simplet.** ❑ **Prof.** ❑ **Dormeur.**
❑ **Grincheux.** ❑ **Joyeux.** ❑ **Timide.**

Y : ❑ **Atchoum.** ❑ **Simplet.** ❑ **Prof.** ❑ **Dormeur.**
❑ **Grincheux.** ❑ **Joyeux.** ❑ **Timide.**

Si vous étiez l'un des sept péchés capitaux, lequel seriez-vous ?

X : ❑ La colère. ❑ L'envie. ❑ La luxure. ❑ La gourmandise.
❑ L'avarice. ❑ L'orgueil. ❑ La paresse.

Y : ❑ La colère. ❑ L'envie. ❑ La luxure. ❑ La gourmandise.
❑ L'avarice. ❑ L'orgueil. ❑ La paresse.

Si vous étiez l'un des dix commandements suivants, lequel seriez-vous ?

X : ❑ Un seul Dieu tu adoreras.
❑ Tu ne prononceras le nom de Dieu qu'avec respect.
❑ Tu sanctifieras le jour du Seigneur. ❑ Tu honoreras ton père et ta mère.
❑ Tu ne tueras point. ❑ Tu ne seras point luxurieux.
❑ Tu ne voleras point. ❑ Tu ne mentiras point.
❑ Tu ne commettras point l'adultère.
❑ Tu ne convoiteras point le bien ou la femme d'autrui.

Y : ❑ Un seul Dieu tu adoreras.
❑ Tu ne prononceras le nom de Dieu qu'avec respect.
❑ Tu sanctifieras le jour du Seigneur. ❑ Tu honoreras ton père et ta mère.
❑ Tu ne tueras point. ❑ Tu ne seras point luxurieux.
❑ Tu ne voleras point. ❑ Tu ne mentiras point.
❑ Tu ne commettras point l'adultère.
❑ Tu ne convoiteras point le bien ou la femme d'autrui.

Si vous étiez l'un des vingt-cinq pays européens, lequel seriez-vous ?

X : ______________________ Y : ______________________

Que faites-vous quand la télé est éteinte ?

X : ____

Y : ____

À qui avez-vous dit « non » pour la dernière fois ?

X : ______________________ Y : ______________________

Quand vous êtes-vous dit pour la dernière fois « hé, mais je suis pas si mal finalement » ?

X : ______________________ Y : ______________________

Quel fut le pire réveillon du nouvel an de votre vie ?

X : ____

Y : ____

Qu'avez-vous fait de plus fou pour séduire quelqu'un ?

X : ____________________

Y : ____________________

Qu'avez-vous fait ou dit de plus stupide dans votre vie ?

X : ____________________

Y : ____________________

Quel animal sauvage faut-il absolument empêcher de disparaître ?

X : ______________ **Y** : ______________

À quoi pensez-vous, là, maintenant ?

X : ____________________

Y : ____________________

Aujourd'hui, dans la vie, vous vous sentez plutôt… (Plusieurs réponses possibles.)

X :

X :	❑ **Heureux(se).**	❑ **Angoissé(e).**	❑ **Optimiste.**	❑ **Inquiet(e).**
	❑ **Serein(e).**	❑ **Dépassé(e).**	❑ **Déprimé(e).**	❑ **Fatigué(e).**
	❑ **Motivé(e).**	❑ **Fier(e).**	❑ **Nerveux(se).**	❑ **Bien.**
Y :	❑ **Heureux(se).**	❑ **Angoissé(e).**	❑ **Optimiste.**	❑ **Inquiet(e).**
	❑ **Serein(e).**	❑ **Dépassé(e).**	❑ **Déprimé(e).**	❑ **Fatigué(e).**
	❑ **Motivé(e).**	❑ **Fier(e).**	❑ **Nerveux(se).**	❑ **Bien.**

Qu'est-ce qui pourrait vous empêcher d'être heureux(se) aujourd'hui ?

X : ____________________

Y : ____________________

Selon vous, quelle est votre mission dans la vie ? (Si vous ne savez pas, réfléchissez-y, je vous reposerai la question un peu plus tard.)

X : ____________________

Y : ____________________

VOTRE ENFANCE

À quoi pensez-vous immédiatement quand vous vous rappelez votre enfance ?

X : ____________________

Y : ____________________

Quelle est votre madeleine de Proust ?

X : __________ Y : __________

C'était quoi votre doudou quand vous étiez petit(e) ?

X : __________ Y : __________

Comment s'appelait votre peluche, votre jouet ou votre poupée préférés ?

X : __________ Y : __________

Comment s'appelait votre meilleur(e) ami(e) quand vous étiez petit(e) ?

X : __________ Y : __________

Que vouliez-vous faire comme métier quand vous étiez petit(e) ?

X : __________ Y : __________

Que faisiez-vous comme sport étant enfant ?

X : __________ Y : __________

Quelle est la plus grosse bêtise que vous ayez faite étant enfant ?

X : __________ Y : __________

Quelle est la punition que vous receviez souvent après une bêtise ?

X : __________ Y : __________

Quel fut votre plus grand exploit étant enfant ?

X : __________ Y : __________

Qu'est-ce qui est vraiment bien quand on est petit ?

X : __________ Y : __________

Qu'auriez-vous pensé de vous en tant qu'adulte quand vous étiez enfant ?

X : ____________________

Y : ____________________

Aimiez-vous l'école quand vous étiez petit(e) ?

X : ❑ Oui. ❑ Non. Y : ❑ Oui. ❑ Non.

Étiez-vous bon élève ?

X : ❑ Oui. ❑ Non. Y : ❑ Oui. ❑ Non.

En quoi étiez-vous le plus fort ?

X : ______________ **Y :** ______________

De qui étiez-vous amoureux(se) à l'école primaire ?

X : ______________ **Y :** ______________

Votre maître, ou maîtresse, préféré, c'était qui ?

X : ______________ **Y :** ______________

À propos de quoi vos camarades d'école se moquaient-ils généralement de vous ?

X : ______________ **Y :** ______________

Qui détestiez-vous particulièrement quand vous étiez petit(e) ?

X : ______________ **Y :** ______________

Avec qui vous êtes-vous battu(e) étant enfant ?

X : ______________ **Y :** ______________

Quelle mauvaise habitude avez-vous gardée depuis votre enfance ?

X : ______________

Y : ______________

Que regrettez-vous de ne pas avoir fait ou de ne pas avoir appris étant enfant ?

X : ______________

Y : ______________

Que regrettez-vous d'avoir fait ou d'avoir appris étant enfant ?

X : ______________

Y : ______________

En grandissant, qu'est-ce qui a été le plus dur ?

X :
- **❑ Les boutons d'acné.**
- **❑ Les rapports avec vos parents.**
- **❑ Votre style vestimentaire.**
- **❑ Vous faire des amis.**
- **❑ Passer pour un mec (une fille) cool.**
- **❑ Savoir quoi faire dans la vie.**
- **❑ Les problèmes de poids.**
- **❑ Votre coiffure.**
- **❑ Votre orientation scolaire.**
- **❑ Draguer.**
- **❑ Les moqueries.**
- **❑ Vous lever le matin.**

Y : ❑ Les boutons d'acné.
❑ Les problèmes de poids.
❑ Les rapports avec vos parents.
❑ Votre coiffure.
❑ Votre style vestimentaire.
❑ Votre orientation scolaire.
❑ Vous faire des amis.
❑ Draguer.
❑ Passer pour un mec (une fille) cool.
❑ Les moqueries.
❑ Savoir quoi faire dans la vie.
❑ Vous lever le matin.

Que reprochiez-vous à vos parents quand vous étiez ado ?

X : ______________________ Y : ______________________

Qu'est-ce que vos parents ont raté avec vous ?

X : ______________________ Y : ______________________

Avez-vous été injuste avec eux ?

X : ❑ Oui. ❑ Non. Y : ❑ Oui. ❑ Non.

Sur quels domaines devriez-vous remercier vos parents ?

X : ______________________ Y : ______________________

Avez-vous déjà dit « je vous aime » à vos parents ?

X : ❑ Oui. ❑ Non. Y : ❑ Oui. ❑ Non.

Avez-vous passé le bac ?

X : ❑ Oui. ❑ Non. Y : ❑ Oui. ❑ Non.

Et alors ?

X : ______________________ Y : ______________________

Combien de fois avez-vous redoublé au cours de vos études ?

X : ______________________ Y : ______________________

À quel âge avez-vous quitté le domicile de vos parents ?

X : ______________________ Y : ______________________

Pourquoi êtes-vous parti(e) ?

X : ______________________ Y : ______________________

Avez-vous pleuré le premier soir où vous vous êtes retrouvé(e) seul(e) ?

X : ❑ Oui. ❑ Non. Y : ❑ Oui. ❑ Non.

Avez-vous fait la fête le premier soir où vous vous êtes retrouvé(e) seul(e) ?

X : ❑ Oui. ❑ Non. Y : ❑ Oui. ❑ Non.

Qu'aviez-vous bu lors de votre toute première cuite ?

X : ______________________ Y : ______________________

Quel âge aviez-vous ?

X : ______________________ **Y :** ______________________

Quel est le premier disque que vous ayez acheté ?

X : ______________________ **Y :** ______________________

C'était quoi votre première voiture ?

X : ______________________ **Y :** ______________________

Et votre premier accident, c'était quand ?

X : ____

Y : ____

Quelle était la première adresse où vous avez vécu tout(e) seul(e) ?

X : ____

Y : ____

Quelles sont les différentes villes où vous avez vécu ?

X : ____

Y : ____

Qu'avez-vous fait comme études ?

X : ____

____

Y : ____

____

Regrettez-vous les études que vous avez faites ?

X : ❑ Oui. ❑ Non. Y : ❑ Oui. ❑ Non.

Si oui, qu'auriez-vous aimé faire à la place ?

X : ____

Y : ____

Regrettez-vous de ne pas avoir assez travaillé à l'école comme vos parents vous le disaient ?

X : ❑ Oui. ❑ Non. Y : ❑ Oui. ❑ Non.

Qu'est-ce qui vous a fait plaisir en grandissant ou en vieillissant ?

X : ____

Y : ____

Qu'est-ce qui vous donnerait envie de retomber en enfance aujourd'hui ?

X : ______________ Y : ______________

Quand vous étiez enfant, à quel âge pensiez-vous vous marier ?

X : ______________ Y : ______________

Quand vous étiez enfant, pour vous, à partir de quel âge devenait-on vieux ?

X : ______________ Y : ______________

Et aujourd'hui, pour vous, à partir de quel âge est-on vieux ?

X : ______________ Y : ______________

Avez-vous eu du mal à grandir ?

X : ❑ Oui. ❑ Non. Y : ❑ Oui. ❑ Non.

Quel âge avez-vous dans votre tête aujourd'hui ?

X : ______________ Y : ______________

Quel âge aimeriez-vous avoir une bonne fois pour toutes dans la vie ?

X : ❑ 6 ans. ❑ 12 ans. ❑ 16 ans. ❑ 20 ans. ❑ 25 ans.
❑ 29 ans. ❑ 30 ans ❑ 35 ans. ❑ 40 ans. ❑ 50 ans.
❑ Je ne sais pas, je ne comprends rien à cette question.

Y : ❑ 6 ans. ❑ 12 ans. ❑ 16 ans. ❑ 20 ans. ❑ 25 ans.
❑ 29 ans. ❑ 30 ans ❑ 35 ans. ❑ 40 ans. ❑ 50 ans.
❑ Je ne sais pas, je ne comprends rien à cette question.

VOS AMIS

Combien de vrai(e)s ami(e)s avez-vous aujourd'hui ?

X : ______________ Y : ______________

Quel(le)s sont vos cinq meilleur(e)s ami(e)s dans l'ordre aujourd'hui ?

(Nom et prénom, surnom, année de rencontre, cet(te) ami(e) pour quoi faire.)

X : 1. ______________ dit ______________

connu(e) en ________ parfait(e) pour ______________

2. ______________ dit ______________

connu(e) en ________ parfait(e) pour ______________

3. ______________________ dit ______________________

connu(e) en __________ parfait(e) pour ______________________

4. ______________________ dit ______________________

connu(e) en __________ parfait(e) pour ______________________

5. ______________________ dit ______________________

connu(e) en __________ parfait(e) pour ______________________

Y : 1. ______________________ dit ______________________

connu(e) en __________ parfait(e) pour ______________________

2. ______________________ dit ______________________

connu(e) en __________ parfait(e) pour ______________________

3. ______________________ dit ______________________

connu(e) en __________ parfait(e) pour ______________________

4. ______________________ dit ______________________

connu(e) en __________ parfait(e) pour ______________________

5. ______________________ dit ______________________

connu(e) en __________ parfait(e) pour ______________________

Quel(le)s sont les ami(e)s que vous voyez le plus régulièrement aujourd'hui ?

X : ____

Y : ____

Quel(le)s sont les dernier(e)s ami(e)s que vous vous êtes fait(e)s ?

X : ____

Y : ____

Quel(le)s sont les ami(e)s que vous regrettez de ne plus voir aussi souvent qu'avant ?

X : ____

Y : ____

Quel(le)s sont les cinq ami(e)s que vous prendriez pour un déménagement ?

X : ____

Y : ____

Quel(le) est l'ami(e) d'enfance que vous voyez le plus souvent ?

X : ______________________ Y : ______________________

Quels sont les ami(e)s que vous avez perdu(e)s récemment ?

X : ______________________ Y : ______________________

Avec quel(le)s ami(e)s vous êtes-vous déjà vraiment disputé(e) ?

X : ______________________ Y : ______________________

Quel(le)s sont vos ami(e)s que vous supportez le moins ?

X : ______________________ Y : ______________________

Quel(le)s ami(e)s soupçonnez-vous de ne pas vous aimer ?

X : ______________________ Y : ______________________

Quel(le) ami(e) serait le plus susceptible de vous piquer votre partenaire un jour d'après vous ?

X : ______________________ Y : ______________________

Quel(le) ami(e) devriez-vous appeler bientôt ?

X : ______________________ Y : ______________________

Avec quel(le)s ami(e)s auriez-vous pu envisager une aventure sentimentale ?

X : ______________________ Y : ______________________

Qui sont vos ami(e)s au travail ?

X : ______________________ Y : ______________________

Quel ami(e) vous a le plus déçu(e) ?

X : ______________________ Y : ______________________

À quelle occasion ?

X : ______________________ Y : ______________________

Quel(le) est l'ami(e) qui vous a fait le plus de mal ?

X : ______________________ Y : ______________________

En quelle occasion était-ce ?

X : ______________________ Y : ______________________

Qui aimeriez-vous retrouver aujourd'hui pour lui montrer ce que vous êtes devenu(e) ?

X : ______________________ Y : ______________________

Quel(le)s sont les ami(e)s que vous regrettez d'avoir perdu(e)s au cours de votre vie ?

X : ____________________

Y : ____________________

Parmi votre entourage, quelles sont les cinq personnes qui vous énervent le plus ?

X : **1.** __________ **Y :** **1.** __________
2. __________ **2.** __________
3. __________ **3.** __________
4. __________ **4.** __________
5. __________ **5.** __________

Parmi vos ami(e)s, lesquels n'appréciaient pas vraiment votre partenaire au début ?

X : ____________________

Y : ____________________

Aimez-vous les ami(e)s de votre partenaire ?

X : ❑ **Dans l'ensemble, oui.** ❑ **Certain(e)s, oui.** ❑ **Pas tous.**
❑ **Bof…** ❑ **Non.**

Y : ❑ **Dans l'ensemble, oui.** ❑ **Certain(e)s, oui.** ❑ **Pas tous.**
❑ **Bof…** ❑ **Non.**

Qui préférez-vous parmi les ami(e)s de l'autre ?

X : ____________________

Y : ____________________

Quel(le)s ami(e)s de votre partenaire sont devenu(e)s aujourd'hui véritablement vos ami(e)s ?

X : ____________________

Y : ____________________

Quel(le)s ami(e)s de votre partenaire ne supportez-vous pas ?

X : ____________________

Y : ____________________

Avec qui aimeriez-vous devenir ami(e) aujourd'hui ?

X : __________ **Y :** __________

Avec qui aimeriez-vous redevenir ami(e) aujourd'hui ?

X : ______________________ Y : ______________________

VOS PRÉFÉRENCES À VOUS

Quel est le mot que vous préférez ?

X : ______________________ Y : ______________________

Quel est le mot que vous détestez ?

X : ______________________ Y : ______________________

Quelle est la devise, la proverbe ou la citation que vous préférez ?

X : ____

Y : ____

Quel est le proverbe ou l'expression populaire que vous détestez ?

X : ____

Y : ____

Quel est le bruit que vous préférez ?

X : ______________________ Y : ______________________

Quel est le bruit que vous détestez ?

X : ______________________ Y : ______________________

Quelle est l'odeur que vous préférez ?

X : ______________________ Y : ______________________

Quelle est l'odeur que vous détestez ?

X : ______________________ Y : ______________________

Quelle est votre juron, ou insulte, préféré ?

X : ______________________ Y : ______________________

Quel est le juron, ou l'insulte, que vous dites le plus souvent ?

X : ______________________ Y : ______________________

Quel est l'animal que vous préférez ?

X : ______________________ Y : ______________________

Quel est l'animal que vous détestez ?

X : ______________________ Y : ______________________

Quelle nationalité n'aimeriez-vous surtout pas avoir ?

X : ______________________ Y : ______________________

Quelle langue aimeriez-vous parler ?

X : ______________________ Y : ______________________

Quel monument ou quelle vue aimeriez-vous avoir devant la fenêtre de votre chambre ?

X : ______________________ Y : ______________________

Que préférez-vous physiquement chez vous ?

X : ______________________ Y : ______________________

Que détestez-vous physiquement chez vous ?

X : ______________________ Y : ______________________

En dehors de votre partenaire, quelle est pour vous la personne la plus sexy au monde ?

X : ______________________ Y : ______________________

Et quelle est pour vous la personne la moins sexy au monde ?

X : ______________________ Y : ______________________

Qu'aimez-vous faire quand vous ne faites rien ?

X : ____

Y : ____

Qui vous fait particulièrement rire ?

X : ______________________ Y : ______________________

Qui ne vous fait pas rire du tout ?

X : ______________________ Y : ______________________

Qui aimez-vous beaucoup dans votre famille ?

X : ______________________ Y : ______________________

Qui n'aimez-vous pas vraiment dans votre famille ?

X : ______________________ Y : ______________________

Quelle est votre vertu préférée ?

X : ______________________ Y : ______________________

Que détestez-vous par-dessus tout, à part l'hypocrisie, oui, on sait, c'est pas bien ?

X : ________________ Y : ________________

Qu'aimez-vous faire le dimanche ?

X : ________________________________

Y : ________________________________

Quelle est votre parfum préféré pour un gel douche ?

X : ________________ Y : ________________

Quel film, ou émission, aimez-vous regarder quand vous êtes crevé(e) ?

X : ________________ Y : ________________

Où aimez-vous vous asseoir chez vous ?

X : ________________ Y : ________________

Qu'est-ce que vous n'aimez pas à Noël ?

X : ________________ Y : ________________

Quelle chanson détestez-vous avoir dans la tête ?

X : ________________ Y : ________________

De quoi vous plaignez-vous en général dans la vie ?

X : ________________ Y : ________________

Quel est votre plus grand plaisir dans la vie ?

X : ________________________________

Y : ________________________________

Parmi ces petits plaisirs de la vie, quels sont les cinq que vous appréciez plus particulièrement ?

X Y

❑ ❑ **Faire glisser du sable à travers vos doigts.**

❑ ❑ **Avoir tous les feux verts sur une avenue.**

❑ ❑ **Sentir que, près des côtés, les draps du lit sont frais.**

❑ ❑ **Sentir l'odeur de l'herbe fraîchement coupée.**

❑ ❑ **Entendre un chat ronronner sous vos caresses.**

❑ ❑ **Quand votre amoureux(se) vous appelle juste au moment où vous alliez l'appeler.**

X Y

❑ ❑ Eclater un bouton blanc du premier coup.

❑ ❑ Faire la sieste en été les volets mi-clos

❑ ❑ Etre couché(e) dans l'herbe en écoutant un ruisseau couler.

❑ ❑ Réussir à peler une pomme en ne faisant qu'une seule épluchure.

❑ ❑ Regarder « Casablanca » ou « Titanic » pour la trente-cinquième fois et pleurer comme la première fois.

❑ ❑ Quelqu'un qui remarque que vous sentez bon.

❑ ❑ Autre (précisez),

Parmi ces petits désagréments de la vie, quels sont les cinq qui vous énervent plus particulièrement ?

X Y

❑ ❑ Se rendre compte qu'il n'y a plus de papier-toilette une fois sur le trône.

❑ ❑ Entendre quelqu'un faire craquer ses articulations.

❑ ❑ Les gens qui disent « malgré que » au lieu de « bien que ».

❑ ❑ Votre ex a épousé un homme (une femme) beau (belle), riche, sympathique, fort(e) en tennis et qui, en plus, connaît très bien Alain Chabat.

❑ ❑ Entendre votre voix enregistrée sur un magnétophone.

❑ ❑ Votre mec croit que la Saint-Valentin, c'est le 15 février ou bien votre copine commence toutes ses phrases par « il faut qu'on parle ».

❑ ❑ Casser un lacet de vos chaussures juste avant de passer un entretien.

❑ ❑ Votre mère raconte pour la 234e fois l'histoire où vous êtes tombé(e) dans les toilettes turques du camping de Vieux-Boucau quand vous aviez six ans.

❑ ❑ Se rendre compte que la seule chose que vous vouliez acheter pendant les soldes n'est pas en solde.

❑ ❑ Réaliser soudainement que vous parlez exactement comme votre mère.

❑ ❑ Les gens qui ouvrent leur papier de bonbon très lentement au cinéma.

❑ ❑ Quelqu'un qui vous demande si vous n'avez pas un peu grossi récemment.

❑ ❑ Autre (précisez) ____________________

VOS CHOIX

Entre nous, et en toute honnêteté, vous êtes plutôt

X	Y				X	Y
❑	❑	Papa	ou	maman	❑	❑
❑	❑	Être beau (belle)	ou	être riche	❑	❑
❑	❑	Dépenser	ou	économiser	❑	❑
❑	❑	Vin	ou	champagne	❑	❑
❑	❑	Bougies parfumées	ou	pots-pourris	❑	❑
❑	❑	Leçon de karaté	ou	leçon de piano	❑	❑
❑	❑	New York	ou	Londres	❑	❑
❑	❑	Faire la sieste	ou	faire la grasse matinée	❑	❑
❑	❑	Vos parents	ou	vos beaux-parents	❑	❑
❑	❑	Dentelle	ou	coton	❑	❑
❑	❑	Téléphone portable	ou	Bic 4 couleurs	❑	❑
❑	❑	Le risque	ou	la sécurité	❑	❑
❑	❑	Plage	ou	montagne	❑	❑
❑	❑	Louvre	ou	Musée d'Orsay	❑	❑
❑	❑	Vivre à deux	ou	vivre séparés	❑	❑
❑	❑	Vacances en solo	ou	vacances en famille	❑	❑
❑	❑	Bien manger	ou	mal faire l'amour	❑	❑
❑	❑	Aller danser	ou	aller boire un verre	❑	❑
❑	❑	Philips	ou	Sony	❑	❑
❑	❑	Mickey	ou	Donald	❑	❑
❑	❑	Maison avec jardin	ou	appartement avec vue	❑	❑
❑	❑	Rolling Stones	ou	Beatles	❑	❑
❑	❑	Les cadeaux	ou	les attentions	❑	❑
❑	❑	Chocolat blanc	ou	chocolat au lait	❑	❑
❑	❑	Hier	ou	demain	❑	❑
❑	❑	Tatouage	ou	piercing	❑	❑
❑	❑	« Libération »	ou	« Le Figaro »	❑	❑
❑	❑	Acheter	ou	louer	❑	❑
❑	❑	Cigarette	ou	chewing-gum	❑	❑
❑	❑	Poil au nez	ou	poil aux dents	❑	❑
❑	❑	Années 60	ou	années 80	❑	❑
❑	❑	Vivre à Paris	ou	vivre en Province	❑	❑

X	Y				X	Y
❑	❑	OM	ou	PSG	❑	❑
❑	❑	Petits seins vrais	ou	gros seins faux	❑	❑
❑	❑	VO	ou	VF	❑	❑
❑	❑	Thé	ou	café	❑	❑
❑	❑	A prendre	ou	à laisser	❑	❑
❑	❑	Un tien	ou	deux tu l'auras	❑	❑
❑	❑	Train	ou	avion	❑	❑
❑	❑	Rasé	ou	pas rasé	❑	❑
❑	❑	Mozart	ou	Bach	❑	❑
❑	❑	Garder un secret	ou	révéler un scoop	❑	❑
❑	❑	Monopoly	ou	Trivial Pursuit	❑	❑
❑	❑	Briquet	ou	allumettes	❑	❑
❑	❑	Stop	ou	encore	❑	❑
❑	❑	Entrée et plat	ou	plat et dessert	❑	❑
❑	❑	Rasoir	ou	cire chaude	❑	❑
❑	❑	Orage de grêle	ou	invasion de criquets	❑	❑
❑	❑	De Gaulle	ou	Mitterrand	❑	❑
❑	❑	Bus	ou	métro	❑	❑
❑	❑	Luke Skywalker	ou	Han Solo	❑	❑
❑	❑	Avant	ou	arrière	❑	❑
❑	❑	A voile	ou	à vapeur	❑	❑
❑	❑	Garçons	ou	filles	❑	❑
❑	❑	« Citizen Kane »	ou	« Casablanca »	❑	❑
❑	❑	Peur du dentiste	ou	peur des araignées	❑	❑
❑	❑	Tintin	ou	Milou	❑	❑
❑	❑	« Cosmo »	ou	« Biba »	❑	❑
❑	❑	Pilule	ou	capote	❑	❑
❑	❑	Planifier	ou	improviser	❑	❑
❑	❑	Etre ridicule	ou	être transparent	❑	❑
❑	❑	Frites	ou	légumes	❑	❑
❑	❑	Ordinateur	ou	machine à écrire	❑	❑
❑	❑	Ange	ou	démon	❑	❑
❑	❑	Canard en plastique	ou	bain moussant	❑	❑
❑	❑	Un amant fidèle	ou	un bon amant	❑	❑
❑	❑	Petit déjeuner	ou	goûter	❑	❑
❑	❑	« Sex and the City »	ou	« Friends »	❑	❑
❑	❑	Noir	ou	blanc	❑	❑

X	Y				X	Y
❑	❑	Aurore	ou	crépuscule	❑	❑
❑	❑	Brigitte Bardot	ou	Marilyn Monroe	❑	❑
❑	❑	Salé	ou	sucré	❑	❑
❑	❑	Douche	ou	bain	❑	❑
❑	❑	Noël au balcon	ou	Pâques aux tisons	❑	❑
❑	❑	Porsche	ou	Ferrari	❑	❑
❑	❑	Chiens	ou	chats	❑	❑
❑	❑	Nike	ou	Adidas	❑	❑
❑	❑	Melons	ou	pastèques	❑	❑
❑	❑	Star du cinéma	ou	star de la chanson	❑	❑
❑	❑	Saignant	ou	à point	❑	❑
❑	❑	Pipi	ou	caca	❑	❑
❑	❑	Pouet-pouet	ou	coin-coin	❑	❑

VOS CONVICTIONS

Est-ce que vous votez ? (En dehors des émissions de téléréalité bien sûr.)

X : ❑ Oui. ❑ Non. Y : ❑ Oui. ❑ Non.

Si non, quelle en est la raison principale ?

X : ____________________

Y : ____________________

Politiquement, de quel côté vous situez-vous ?

X : ____________ Y : ____________

Avant cette question, connaissiez-vous les opinions politiques de l'autre ?

X : ❑ Oui. ❑ Non. Y : ❑ Oui. ❑ Non.

Pourriez-vous tomber amoureux(se) et vivre avec une personne à l'opposé de vos opinions politiques ?

X : ❑ Oui. ❑ Non. Y : ❑ Oui. ❑ Non.

Qu'est-ce qui vous révolte aujourd'hui ?

X : ____________________

Y : ____________________

Quelle est la dernière manifestation à laquelle vous avez participé ?

X : ____________ Y : ____________

Pour quelle raison pourriez-vous encore descendre manifester dans la rue ?

X : ______________________________

Y : ______________________________

Qui verriez-vous aujourd'hui pour diriger la France ?

X : ______________ **Y :** ______________

Vous êtes-vous déjà battu(e) avec quelqu'un étant adulte ?

X : ❑ Oui. ❑ Non. Y : ❑ Oui. ❑ Non.

Quelle était la raison de cette bagarre ?

X : ______________________________

Y : ______________________________

Êtes-vous croyant(e) ?

X : ❑ Oui. ❑ Non. Y : ❑ Oui. ❑ Non.

Êtes-vous pratiquant(e) ?

X : ❑ Oui. ❑ Non. Y : ❑ Oui. ❑ Non.

Religieusement, de quel côté vous situez-vous ?

X : ______________ **Y :** ______________

Pour vous, Dieu est… (Plusieurs réponses possibles.)

X :

- **❑ Un vieux monsieur barbu perdu dans les nuages.**
- **❑ Un concept.**
- **❑ Une femme avec douze bras.**
- **❑ Un besoin.**
- **❑ Une référence.**
- **❑ Amour.**
- **❑ Nul en service après-vente.**
- **❑ Dangereux.**
- **❑ Une super idée marketing.**
- **❑ Une belle excuse.**
- **❑ Très dur avec son fils.**
- **❑ Michael Jordan.**
- **❑ Un gros monsieur habillé en orange avec des tongs.**

Y :

- **❑ Un vieux monsieur barbu perdu dans les nuages.**
- **❑ Un concept.**
- **❑ Une femme avec douze bras.**
- **❑ Un besoin.**
- **❑ Une référence.**
- **❑ Amour.**
- **❑ Nul en service après-vente.**
- **❑ Dangereux.**
- **❑ Une super idée marketing.**
- **❑ Une belle excuse.**
- **❑ Très dur avec son fils.**
- **❑ Michael Jordan.**
- **❑ Un gros monsieur habillé en orange avec des tongs.**

Le positionnement de l'autre par rapport à la la religion vous convient-il ?

X : ❑ Oui. ❑ Non. Y : ❑ Oui. ❑ Non.

En quoi croyez-vous vraiment ?

	X	Y
En Dieu ?	❑ Oui. ❑ Non.	❑ Oui. ❑ Non.
Au diable ?	❑ Oui. ❑ Non.	❑ Oui. ❑ Non.
En la justice ?	❑ Oui. ❑ Non.	❑ Oui. ❑ Non.
À l'homéopathie ?	❑ Oui. ❑ Non.	❑ Oui. ❑ Non.
En la Force comme dans « Star Wars » ?	❑ Oui. ❑ Non.	❑ Oui. ❑ Non.
À la fidélité à vie ?	❑ Oui. ❑ Non.	❑ Oui. ❑ Non.
Aux extraterrestres ?	❑ Oui. ❑ Non.	❑ Oui. ❑ Non.
À la Bible, la Torah, le Coran et toutes ces sortes de choses ?	❑ Oui. ❑ Non.	❑ Oui. ❑ Non.
Au Viagra ?	❑ Oui. ❑ Non.	❑ Oui. ❑ Non.
À l'amitié garçon-fille ?	❑ Oui. ❑ Non.	❑ Oui. ❑ Non.
Aux « je t'aime » de votre amoureux(se) ?	❑ Oui. ❑ Non.	❑ Oui. ❑ Non.
Aux fantômes ?	❑ Oui. ❑ Non.	❑ Oui. ❑ Non.
À la paix en Palestine ?	❑ Oui. ❑ Non.	❑ Oui. ❑ Non.
Au monstre du Loch Ness ?	❑ Oui. ❑ Non.	❑ Oui. ❑ Non.
Au réchauffement climatique ?	❑ Oui. ❑ Non.	❑ Oui. ❑ Non.
Au sexe à plus de soixante ans ?	❑ Oui. ❑ Non.	❑ Oui. ❑ Non.
À Harry Potter ?	❑ Oui. ❑ Non.	❑ Oui. ❑ Non.
Aux superstitions et aux sortilèges ?	❑ Oui. ❑ Non.	❑ Oui. ❑ Non.
Aux fées ?	❑ Oui. ❑ Non.	❑ Oui. ❑ Non.
Aux vendeurs du téléachat ?	❑ Oui. ❑ Non.	❑ Oui. ❑ Non.
Au Da Vinci Code ?	❑ Oui. ❑ Non.	❑ Oui. ❑ Non.
En la démocratie ?	❑ Oui. ❑ Non.	❑ Oui. ❑ Non.
En une vie meilleure ?	❑ Oui. ❑ Non.	❑ Oui. ❑ Non.
À la télépathie ?	❑ Oui. ❑ Non.	❑ Oui. ❑ Non.
À l'informatique ?	❑ Oui. ❑ Non.	❑ Oui. ❑ Non.
Au progrès ?	❑ Oui. ❑ Non.	❑ Oui. ❑ Non.
À « Jurassik Park » ?	❑ Oui. ❑ Non.	❑ Oui. ❑ Non.
Au libéralisme ?	❑ Oui. ❑ Non.	❑ Oui. ❑ Non.
Au communisme ?	❑ Oui. ❑ Non.	❑ Oui. ❑ Non.
Au bonheur ?	❑ Oui. ❑ Non.	❑ Oui. ❑ Non.
Aux bienfaits de ce livre?	❑ Oui. ❑ Non.	❑ Oui. ❑ Non.
En vous ?	❑ Oui. ❑ Non.	❑ Oui. ❑ Non.

Êtes-vous superstitieux(se) ?

X : ❑ Oui. ❑ Non. Y : ❑ Oui. ❑ Non.

Si oui, quelles habitudes avez-vous ? (Plusieurs réponses possibles.)

	X	Y
Vous ramassez les trèfles à quatre feuilles.	❑	❑
Vous touchez du bois.	❑	❑
Vous ne passez jamais sous une échelle.	❑	❑
Vous évitez les chats noirs.	❑	❑
Vous ne laissez pas le pain retourné.	❑	❑
Vous croisez les doigts.	❑	❑
Vous jouez à « si je réussis ça, alors… ».	❑	❑
Vous croyez aux vendredis 13 en bien ou mal.	❑	❑
Vous dites « merde » pour encourager.	❑	❑
Vous regardez dans les yeux en trinquant.	❑	❑
Vous n'ouvrez pas les parapluies à l'intérieur.	❑	❑
Vous marchez dans les excréments.	❑	❑

Quel est votre numéro porte-bonheur ?

X : ______________________ **Y :** ______________________

Avez-vous un grigri ?

X : ❑ Oui. ❑ Non. Y : ❑ Oui. ❑ Non.

Si oui lequel ?

X : ______________________ **Y :** ______________________

Savez-vous que ça porte malheur d'être superstitieux(se) ?

X : ❑ Oui. ❑ Non. Y : ❑ Oui. ❑ Non.

VOS RÊVES

Qui auriez-vous rêvé d'être ?

X : ______________________ **Y :** ______________________

À quelle époque auriez-vous rêvé de vivre ?

X : ______________________ **Y :** ______________________

Quel super pouvoir rêveriez-vous d'avoir ?

X : ______________________ **Y :** ______________________

Quel est le don de la nature que vous auriez aimé avoir ?

X : ______________________ Y : ______________________

Si vous aviez une baguette magique, à quoi vous servirait-elle ?

X : ______________________

Y : ______________________

Qu'est-ce que vous rêveriez d'avoir de plus gros ?

X : ______________________ Y : ______________________

Quel est le rêve que vous faites régulièrement ?

X : ______________________

Y : ______________________

Quelle personne aimeriez-vous pouvoir ressusciter ?

X : ______________________ Y : ______________________

Quelle chanteuse rêveriez-vous de voir disparaître ?

X : ______________________ Y : ______________________

Quelle personne de votre passé aimeriez-vous pouvoir retrouver un jour ?

X : ______________________ Y : ______________________

Il vous arrive parfois de rêver d'être… (Plusieurs réponses possibles.)

X :
❑ Plus beau (belle). ❑ Plus grand(e). ❑ Plus mince. ❑ Plus musclé(e).
❑ Plus riche. ❑ Plus intelligent(e). ❑ Plus drôle. ❑ Célèbre.
❑ Un oiseau. ❑ Plus courageux(se). ❑ Moins poilu(e).
❑ Moins intelligente. ❑ Moins beau (belle). ❑ Marié(e) avec trois enfants.
❑ En chaussons au milieu de la rue. ❑ En pyjama à l'école.
❑ Orphelin(e). ❑ Une saucisse. ❑ Seul(e) au bout du monde.
❑ Astronaute. ❑ Plus doué(e) en cuisine. ❑ Célibataire, mais chut !

Y :
❑ Plus beau (belle). ❑ Plus grand(e). ❑ Plus mince. ❑ Plus musclé(e).
❑ Plus riche. ❑ Plus intelligent(e). ❑ Plus drôle. ❑ Célèbre.
❑ Un oiseau. ❑ Plus courageux(se). ❑ Moins poilu(e).
❑ Moins intelligente. ❑ Moins beau (belle). ❑ Marié(e) avec trois enfants.
❑ En chaussons au milieu de la rue. ❑ En pyjama à l'école.
❑ Orphelin(e). ❑ Une saucisse. ❑ Seul(e) au bout du monde.
❑ Astronaute. ❑ Plus doué(e) en cuisine. ❑ Célibataire, mais chut !

De quoi parlerait le livre que vous aimeriez écrire un jour ?

X : ____

Y : ____

Qu'aimeriez-vous savoir faire un jour ?

X : ____________________ Y : ____________________

Quelle est la bonne idée que vous auriez aimé avoir un jour ?

X : ____________________ Y : ____________________

Où aimeriez-vous être, là, maintenant, tout de suite ?

X : ____________________ Y : ____________________

Et où aimeriez-vous être dans dix ans ?

X : ____________________ Y : ____________________

Si les pilules suivantes existaient, quelles sont les trois que vous vous feriez prescrire en priorité ?

	X	Y
Pilule pour ne plus jamais avoir à vous raser ou à vous épiler	❑	❑
Pilule pour enfin vous entendre avec votre mère	❑	❑
Pilule pour devenir blond(e) sans aucun désagrément	❑	❑
Pilule pour séduire instantanément n'importe qui	❑	❑
Pilule pour ne pas avoir d'enfants moches	❑	❑
Pilule pour avoir un enfant hétérosexuel	❑	❑
Pilule pour avoir instantanément l'accent allemand	❑	❑
Pilule pour supporter le foot à la télé	❑	❑
Pilule pour pouvoir faire l'amour cinq fois par jour	❑	❑
Pilule pour avoir de l'assurance et demander une augmentation	❑	❑
Pilule pour savoir faire marcher votre ordinateur	❑	❑
Pilule pour chanter juste	❑	❑
Pilule pour savoir instantanément jouer du piano	❑	❑
Pilule pour comprendre et aimer la musique rap	❑	❑
Pilule pour savoir raconter des blagues en public	❑	❑

VOUS, LES HOMMES, LES FEMMES ET INVERSEMENT

Qu'aimez-vous chez les hommes ?

X : ____________________

Y : ____________________

Qu'aimez-vous chez les femmes ?

X : ____________________

Y : ____________________

Que regardez-vous en premier chez une femme ou chez un homme ?

X : ____________________

Y : ____________________

Que regardez-vous en dernier chez une femme ou chez un homme ?

X : ____________________

Y : ____________________

En amour, êtes-vous du genre à faire le premier pas ?

X : ❑ Oui. ❑ Non. Y : ❑ Oui. ❑ Non.

Vous préféreriez que l'on vous aime…

X : ❑ Pour votre physique. ❑ Pour votre argent.

Y : ❑ Pour votre physique. ❑ Pour votre argent.

Si vous êtes un homme, quelles sont les trois choses que vous enviez aux femmes ?

❑ L'intuition. ❑ Les seins. ❑ Les couettes.
❑ La sensibilité. ❑ Le maquillage. ❑ Les robes.
❑ La lingerie en dentelle. ❑ Le goût. ❑ L'instinct maternel.
❑ Le charme. ❑ L'odeur. ❑ Les talons aiguilles.
❑ Le pouvoir sur les hommes. ❑ La capacité à rester fidèle.
❑ La non-pilosité du visage. ❑ Les crèmes de jour.
❑ Le sens pratique. ❑ La croyance en l'amitié garçon-fille.
❑ Les orgasmes multiples. ❑ La mauvaise foi assumée.
❑ La capacité à ne pas penser au sexe toutes les huit secondes.
❑ Le pouvoir de mettre un enfant au monde.

Si vous êtes une femme, quelles sont les trois choses que vous enviez aux hommes ?

- ❑ La force physique.
- ❑ La non-menstruation.
- ❑ Le droit aux jambes poilues.
- ❑ Le droit au machisme.
- ❑ Le salaire à travail égal.
- ❑ La facilité à uriner dans la rue.
- ❑ La capacité érectile.
- ❑ Le droit de draguer n'importe qui.
- ❑ Le manque de maturité assumé.
- ❑ La capacité à tenir l'alcool.
- ❑ La facilité à perdre du poids.
- ❑ La relation avec leur mère.
- ❑ L'orgasme facile.
- ❑ L'absence de cellulite.
- ❑ La capacité à savoir ce qu'est un hors-jeu.
- ❑ La capacité à mettre n'importe quel vêtement, même sale.
- ❑ La possibilité de cacher un double-menton avec une barbe.

Selon que vous êtes un homme ou une femme, qu'avez-vous de plus féminin ou masculin en vous ?

X : ______________________________

Y : ______________________________

Êtes-vous déjà sorti avec une fille ou un garçon moche par intérêt ?

X : ❑ Oui. ❑ Non. **Y : ❑ Oui. ❑ Non.**

La plus grande peur d'un homme, c'est quoi ?

X : ______________________________

Y : ______________________________

La plus grande peur d'une femme, c'est quoi ?

X : ______________________________

Y : ______________________________

TEST N°1
Connaissez-vous l'autre aussi bien que vous le croyez ?

Nous allons vérifier si vous connaissez désormais suffisamment bien votre partenaire en vous posant des questions sur sa vie, ses goûts, ses habitudes. Pour chacune des questions, vous devrez répondre pour lui, puis lui montrer vos réponses. Il devra les valider et les corriger si besoin.

Ensuite, vous ferez le compte des erreurs et des bonnes réponses.

Celui qui a eu le plus de bonnes réponses a le droit de ne pas faire la vaisselle pendant une semaine…

Sa taille ?

X : ____________________ **Correction :** ____________________

Y : ____________________ **Correction :** ____________________

Son poids ?

X : ____________________ **Correction :** ____________________

Y : ____________________ **Correction :** ____________________

Sa pointure ?

X : ____________________ **Correction :** ____________________

Y : ____________________ **Correction :** ____________________

Son lieu de naissance ?

X : ____________________ **Correction :** ____________________

Y : ____________________ **Correction :** ____________________

La couleur de ses yeux ? (Sans regarder bien sûr.)

X : ____________________ **Correction :** ____________________

Y : ____________________ **Correction :** ____________________

Ses signes distinctifs (cicatrice, tatouage, piercing…) ?

X : ____________________ **Correction :** ____________________

Y : ____________________ **Correction :** ____________________

Son diplôme le plus élevé ?

X : ______________ **Correction** : ______________

Y : ______________ **Correction** : ______________

Le prénom de sa mère ?

X : ______________ **Correction** : ______________

Y : ______________ **Correction** : ______________

Le prénom de son père ?

X : ______________ **Correction** : ______________

Y : ______________ **Correction** : ______________

Sa couleur préférée ?

X : ______________ **Correction** : ______________

Y : ______________ **Correction** : ______________

Son parfum ?

X : ______________ **Correction** : ______________

Y : ______________ **Correction** : ______________

La marque de sa montre ?

X : ______________ **Correction** : ______________

Y : ______________ **Correction** : ______________

Son animal préféré ?

X : ______________ **Correction** : ______________

Y : ______________ **Correction** : ______________

Sa fleur préférée ?

X : ______________ **Correction** : ______________

Y : ______________ **Correction** : ______________

Son idole étant enfant ?

X : ______________ **Correction** : ______________

Y : ______________ **Correction** : ______________

Son héros préféré ?

X : ______________ **Correction** : ______________

Y : ______________ **Correction** : ______________

Son dessert préféré ?

X : ________________ Correction : ________________

Y . ________________ Correction : ________________

Son magazine ou journal préféré ?

X : ________________ Correction : ________________

Y : ________________ Correction : ________________

Le prénom de son premier amour ?

X : ________________ Correction : ________________

Y : ________________ Correction : ________________

Le nom de son patron ?

X : ________________ Correction : ________________

Y : ________________ Correction : ________________

Son film préféré ?

X : ________________ Correction : ________________

Y : ________________ Correction : ________________

Son livre préféré ?

X : ________________ Correction : ________________

Y : ________________ Correction : ________________

Sa chanson préférée ?

X : ________________ Correction : ________________

Y : ________________ Correction : ________________

Son chanteur préféré ?

X : ________________ Correction : ________________

Y : ________________ Correction : ________________

Sa chanteuse préférée ?

X : ________________ Correction : ________________

Y : ________________ Correction : ________________

Son groupe préféré ?

X : ________________ Correction : ________________

Y : ________________ Correction : ________________

Son acteur préféré ?

X : ______________ **Correction :** ______________

Y : ______________ **Correction :** ______________

Son actrice préférée ?

X : ______________ **Correction :** ______________

Y : ______________ **Correction :** ______________

Son réalisateur préféré ?

X : ______________ **Correction :** ______________

Y : ______________ **Correction :** ______________

Son émission préférée ?

X : ______________ **Correction :** ______________

Y : ______________ **Correction :** ______________

Sa série TV préférée ?

X : ______________ **Correction :** ______________

Y : ______________ **Correction :** ______________

Son dessin animé préféré ?

X : ______________ **Correction :** ______________

Y : ______________ **Correction :** ______________

Sa bande-dessinée préférée ?

X : ______________ **Correction :** ______________

Y : ______________ **Correction :** ______________

Son comique préféré ?

X : ______________ **Correction :** ______________

Y : ______________ **Correction :** ______________

Son superhéros préféré ?

X : ______________ **Correction :** ______________

Y : ______________ **Correction :** ______________

Sa fête préférée ?

X : ______________ **Correction :** ______________

Y : ______________ **Correction :** ______________

Son passe-temps préféré ?

X : ________________ **Correction** : ________________

Y : ________________ **Correction** : ________________

Son jeu de société préféré ?

X : ________________ **Correction** : ________________

Y : ________________ **Correction** : ________________

Son tableau préféré ?

X : ________________ **Correction** : ________________

Y : ________________ **Correction** : ________________

Son musée préféré ?

X : ________________ **Correction** : ________________

Y : ________________ **Correction** : ________________

Son lieu de vacances préféré ?

X : ________________ **Correction** : ________________

Y : ________________ **Correction** : ________________

Sa boisson pour le petit déjeuner ?

X : ________________ **Correction** : ________________

Y : ________________ **Correction** : ________________

Son bar ou restaurant préféré ?

X : ________________ **Correction** : ________________

Y : ________________ **Correction** : ________________

Son cocktail ou apéritif préféré ?

X : ________________ **Correction** : ________________

Y : ________________ **Correction** : ________________

Son sport préféré à la télé ?

X : ________________ **Correction** : ________________

Y : ________________ **Correction** : ________________

Sa tenue préférée pour dormir ?

X : ________________ **Correction** : ________________

Y : ________________ **Correction** : ________________

Ce qu'il (elle) déteste manger ?

X : ____________ Correction : ____________

Y : ____________ Correction : ____________

Ce qu'il (elle) essaie de cacher ?

X : ____________ Correction : ____________

Y : ____________ Correction : ____________

Ce qu'il (elle) aime collectionner ?

X : ____________ Correction : ____________

Y : ____________ Correction : ____________

Son personnage historique favori ?

X : ____________ Correction : ____________

Y : ____________ Correction : ____________

Son sport préféré étant jeune ?

X : ____________ Correction : ____________

Y : ____________ Correction : ____________

L'actrice (l'acteur) qu'il (elle) aimerait bien voir nu(e) ?

X : ____________ Correction : ____________

Y : ____________ Correction : ____________

Le film qui l'a fait le plus pleurer ?

X : ____________ Correction : ____________

Y : ____________ Correction : ____________

Le film qui le (la) fait le plus rire ?

X : ____________ Correction : ____________

Y : ____________ Correction : ____________

Sa danse favorite ?

X : ____________ Correction : ____________

Y : ____________ Correction : ____________

Son lieu préféré pour aller danser ?

X : ____________ Correction : ____________

Y : ____________ Correction : ____________

Son personnage Disney préféré ?

X : __________ **Correction** : __________

Y : __________ **Correction** : __________

La chanteuse qu'il (elle) déteste le plus ?

X : __________ **Correction** : __________

Y : __________ **Correction** : __________

Son juron préféré en voiture ?

X : __________ **Correction** : __________

Y : __________ **Correction** : __________

Ses chaussures favorites ?

X : __________ **Correction** : __________

Y : __________ **Correction** : __________

Ce qu'il (elle) regarde en premier quand il (elle) se regarde dans un miroir ?

X : __________ **Correction** : __________

Y : __________ **Correction** : __________

La voiture qu'il (elle) rêve de conduire ?

X : __________ **Correction** : __________

Y : __________ **Correction** : __________

Son magasin préféré ?

X : __________ **Correction** : __________

Y : __________ **Correction** : __________

Son bonbon préféré ?

X : __________ **Correction** : __________

Y : __________ **Correction** : __________

Son vœu le plus cher ?

X : __________ **Correction** : __________

Y : __________ **Correction** : __________

Son péché mignon ?

X : __________ **Correction** : __________

Y : __________ **Correction** : __________

Son parfum de glace préféré ?

X : ______________ Correction : ______________

Y : ______________ Correction : ______________

Sa limite financière pour une paire de chaussures ?

X : ______________ Correction : ______________

Y : ______________ Correction : ______________

Sa matière préférée à l'école ?

X : ______________ Correction : ______________

Y : ______________ Correction : ______________

Le vêtement auquel il (elle) tient particulièrement ?

X : ______________ Correction : ______________

Y : ______________ Correction : ______________

Sa marque préférée ?

X : ______________ Correction : ______________

Y : ______________ Correction : ______________

Son club de foot favori ?

X : ______________ Correction : ______________

Y : ______________ Correction : ______________

Son sportif préféré ?

X : ______________ Correction : ______________

Y : ______________ Correction : ______________

Son plus grand voyage ?

X : ______________ Correction : ______________

Y : ______________ Correction : ______________

Sa position préférée pour faire l'amour ?

X : ______________ Correction : ______________

Y : ______________ Correction : ______________

L'endroit du corps où il (elle) aime bien être embrassé(e) ?

X : ______________ Correction : ______________

Y : ______________ Correction : ______________

La couleur de sa brosse à dents ?

X : ______________ **Correction** : ______________

Y : ______________ **Correction** : ______________

La couleur de sa culotte (son caleçon) aujourd'hui ?

X : ______________ **Correction** : ______________

Y : ______________ **Correction** : ______________

Trois choses qu'il (elle) aime particulièrement ?

X : ______________ **Correction** : ______________

______________ **Correction** : ______________

______________ **Correction** : ______________

Y : ______________ **Correction** : ______________

______________ **Correction** : ______________

______________ **Correction** : ______________

Trois choses qu'il (elle) ne supporte pas ?

X : ______________ **Correction** : ______________

______________ **Correction** : ______________

______________ **Correction** : ______________

Y : ______________ **Correction** : ______________

______________ **Correction** : ______________

______________ **Correction** : ______________

III

NOUS DEUX AUJOURD'HUI

Où nos amoureux tendrement enlacés osent raconter leur quotidien et la réalité de la vie à deux, parlent mariage et enfants, déterminent à qui appartient le meuble télé, vérifient si leur amour est toujours aussi fort et se disent aussi que si aimer, c'est regarder ensemble dans la même direction, faut quand même faire attention dans quoi on marche…

Parce que après la rencontre, après la découverte, vient le temps délicat « d'être ensemble » et de vivre à deux dans la durée et le quotidien. Dans ce troisième chapitre ô combien essentiel, nous aborderons ce qui fait votre quotidien, mais aussi de vraies questions de fond comme le mariage ou les enfants, et chercherons à savoir une bonne fois pour toutes si l'être aimé est une personne comme une autre… Ce dont nous doutons évidemment.

CARNET DE NOTES

Regardez-vous l'un l'autre pendant une minute, pensez à vos débuts, pensez à aujourd'hui, regardez où vous vivez, ce que vous faites ensemble, ce que représente l'autre à vos yeux, pensez à votre vie au quotidien…

Quelle note globale donnez-vous aujourd'hui à votre couple ?

X : ___ / 20 **Y : ___ / 20**

Quelle appréciation pourriez-vous donner pour compléter cette note ?

X : ____

Y : ____

Allons plus loin dans l'évaluation qualitative de votre vie de couple…

Quelle note sur 20 et quelle appréciation donneriez-vous aujourd'hui à votre partenaire dans les domaines suivants ?

	« Nul »	« Peut mieux faire »	« Elève moyen »	« En progrès continuez »	« Excellent, bravo ! »
Baisers ?					
X : Note ____ / 20	❑	❑	❑	❑	❑
Y : Note ____ / 20	❑	❑	❑	❑	❑
Câlins ?					
X : Note ____ / 20	❑	❑	❑	❑	❑
Y : Note ____ / 20	❑	❑	❑	❑	❑
Préliminaires (caresses, massages, sexe oral, strip-teases, sensualité…) ?					
X : Note ____ / 20	❑	❑	❑	❑	❑
Y : Note ____ / 20	❑	❑	❑	❑	❑
Sexe ?					
X : Note ____ / 20	❑	❑	❑	❑	❑
Y : Note ____ / 20	❑	❑	❑	❑	❑
Entretien de la maison ?					
X : Note ____ / 20	❑	❑	❑	❑	❑
Y : Note ____ / 20	❑	❑	❑	❑	❑

	« Nul »	« Peut mieux faire »	« Elève moyen »	« En progrès continuez »	« Excellent, bravo ! »
Courses ?					
X : Note ____ / 20	❑	❑	❑	❑	❑
Y : Note ____ / 20	❑	❑	❑	❑	❑
Apparence physique ?					
X : Note ____ / 20	❑	❑	❑	❑	❑
Y : Note ____ / 20	❑	❑	❑	❑	❑
Style vestimentaire ?					
X : Note ____ / 20	❑	❑	❑	❑	❑
Y : Note ____ / 20	❑	❑	❑	❑	❑
Caractère ?					
X : Note ____ / 20	❑	❑	❑	❑	❑
Y : Note ____ / 20	❑	❑	❑	❑	❑
Abdominaux ?					
X : Note ____ / 20	❑	❑	❑	❑	❑
Y : Note ____ / 20	❑	❑	❑	❑	❑
Pilosité ?					
X : Note ____ / 20	❑	❑	❑	❑	❑
Y : Note ____ / 20	❑	❑	❑	❑	❑
Culture générale ?					
X : Note ____ / 20	❑	❑	❑	❑	❑
Y : Note ____ / 20	❑	❑	❑	❑	❑
Générosité ?					
X : Note ____ / 20	❑	❑	❑	❑	❑
Y : Note ____ / 20	❑	❑	❑	❑	❑
Humour ?					
X : Note ____ / 20	❑	❑	❑	❑	❑
Y : Note ____ / 20	❑	❑	❑	❑	❑
Capacité à faire la fête ?					
X : Note ____ / 20	❑	❑	❑	❑	❑
Y : Note ____ / 20	❑	❑	❑	❑	❑

	« Nul »	« Peut mieux faire »	« Elève moyen »	« En progrès continuez »	« Excellent, bravo ! »
Capacité à trouver des cadeaux originaux ?					
X : Note ____ / 20	❑	❑	❑	❑	❑
Y : Note ____ / 20	❑	❑	❑	❑	❑
Capacité à dire « je t'aime » ?					
X : Note ____ / 20	❑	❑	❑	❑	❑
Y : Note ____ / 20	❑	❑	❑	❑	❑
Romantisme-galanterie ?					
X : Note ____ / 20	❑	❑	❑	❑	❑
Y : Note ____ / 20	❑	❑	❑	❑	❑
Hygiène ?					
X : Note ____ / 20	❑	❑	❑	❑	❑
Y : Note ____ / 20	❑	❑	❑	❑	❑
Politesse ?					
X : Note ____ / 20	❑	❑	❑	❑	❑
Y : Note ____ / 20	❑	❑	❑	❑	❑
Pouvoir de séduction ?					
X : Note ____ / 20	❑	❑	❑	❑	❑
Y : Note ____ / 20	❑	❑	❑	❑	❑
Mauvaise foi ?					
X : Note ____ / 20	❑	❑	❑	❑	❑
Y : Note ____ / 20	❑	❑	❑	❑	❑
Sociabilité ?					
X : Note ____ / 20	❑	❑	❑	❑	❑
Y : Note ____ / 20	❑	❑	❑	❑	❑
Courage ?					
X : Note ____ / 20	❑	❑	❑	❑	❑
Y : Note ____ / 20	❑	❑	❑	❑	❑
Bon goût ?					
X : Note ____ / 20	❑	❑	❑	❑	❑
Y : Note ____ / 20	❑	❑	❑	❑	❑

Coiffure ?

X : Note ____ / 20 ❑ ❑ ❑ ❑ ❑
Y : Note ____ / 20 ❑ ❑ ❑ ❑ ❑

Famille ?

X : Note ____ / 20 ❑ ❑ ❑ ❑ ❑
Y : Note ____ / 20 ❑ ❑ ❑ ❑ ❑

Amis ?

X : Note ____ / 20 ❑ ❑ ❑ ❑ ❑
Y : Note ____ / 20 ❑ ❑ ❑ ❑ ❑

LA VIE À DEUX

Aujourd'hui, comment vivez-vous ?

❑ **Ensemble.** ❑ **Chacun chez soi.**
❑ **Chez vos parents respectifs.** ❑ **D'amour et d'eau fraîche.**

Quelle est votre adresse ?

X : ______________________________

Y : ______________________________

Si vous ne vivez pas ensemble, pensez-vous le faire bientôt ?

X : ❑ Oui. ❑ Non. Y : ❑ Oui. ❑ Non.

Si vous ne pensez pas vivre ensemble bientôt, quelle en est la raison principale ?

X : ______________________________

Y : ______________________________

Si vous vivez ensemble, depuis quand avez-vous emménagé ensemble ?

____________ soit à peu près ______ après le début de notre relation.

Comment cela s'est-il passé ?

❑ **X est venu(e) vivre chez Y.** ❑ **Y est venu(e) vivre chez X.**

❑ **Vous avez choisi de trouver un appartement ou une maison ensemble afin de construire à deux un univers neuf et commun dans lequel personne n'est confronté au passé de l'autre et peut s'épanouir dans le respect et le bonheur d'un foyer décoré en grande partie grâce à Ikea.**

Aviez-vous auparavant vécu ensemble à d'autres adresses ?

X : ❑ Oui. ❑ Non. Y : ❑ Oui. ❑ Non.

Si oui, lesquelles ? (Indiquez les différentes adresses ainsi que les périodes correspondantes.)

________________________ **Période :** __________

________________________ **Période :** __________

________________________ **Période :** __________

________________________ **Période :** __________

________________________ **Période :** __________

Quels sont les trois avantages majeurs dans le fait de vivre ensemble ?

X :
- ❑ **Le frigo est plus souvent plein.**
- ❑ **Le ménage est plus souvent fait.**
- ❑ **On peut avoir un câlin quand on veut.**
- ❑ **On se voit plus souvent.**
- ❑ **On a l'impression d'être un vrai couple.**
- ❑ **Le loyer coûte moins cher.**
- ❑ **On partage plus de choses ensemble.**
- ❑ **On a droit à une télé plus grande.**
- ❑ **On n'a plus à envoyer de lettres d'amour.**
- ❑ **On a moins de copains qui viennent squatter.**

Y :
- ❑ **Le frigo est plus souvent plein.**
- ❑ **Le ménage est plus souvent fait.**
- ❑ **On peut avoir un câlin quand on veut.**
- ❑ **On se voit plus souvent.**
- ❑ **On a l'impression d'être un vrai couple.**
- ❑ **Le loyer coûte moins cher.**
- ❑ **On partage plus de choses ensemble.**
- ❑ **On a droit à une télé plus grande.**
- ❑ **On n'a plus à envoyer de lettres d'amour.**
- ❑ **On a moins de copains qui viennent squatter.**

Quels sont les trois inconvénients majeurs dans le fait de vivre ensemble ?

	X	Y
Il y a des poils dans la baignoire.	❑	❑
Il faut fermer la porte aux toilettes.	❑	❑
L'autre sait tout ce que vous faites.	❑	❑
C'est difficile de faire ce qu'on veut.	❑	❑
Il faut se battre pour la télécommande.	❑	❑
Une belle-mère peut débarquer à tout moment.	❑	❑
On ne peut plus se nourrir de raviolis froids.	❑	❑
Il devient difficile d'avoir des secrets intimes.	❑	❑
Il n'y a plus le plaisir des retrouvailles.	❑	❑
On se retrouve 24 heures sur 24 avec l'autre.	❑	❑

Qu'aimeriez-vous interdire aujourd'hui dans votre couple ?

X : ____________________

Y : ____________________

Qu'aimeriez-vous autoriser aujourd'hui dans votre couple ?

X : ____________________

Y : ____________________

Aujourd'hui, dans votre relation, vous diriez plutôt que…

X : ❑ Le plus dur est passé. ❑ Le meilleur est à venir.
❑ Tout va bien. ❑ Vous traversez une phase un peu difficile.
❑ Ce n'est que du bonheur. ❑ Ça sent la fin.
❑ Vous venez d'atteindre un cap. ❑ Vous n'avez jamais été aussi heureux(se).
❑ Vous n'avez jamais été aussi heureux(se).
❑ Il vous manque quelque chose. Précisez : ____________________

Y : ❑ Le plus dur est passé. ❑ Le meilleur est à venir.
❑ Tout va bien. ❑ Vous traversez une phase un peu difficile.
❑ Ce n'est que du bonheur. ❑ Ça sent la fin.
❑ Vous venez d'atteindre un cap. ❑ Vous n'avez jamais été aussi heureux(se).
❑ Vous n'avez jamais été aussi heureux(se).
❑ Il vous manque quelque chose. Précisez : ____________________

Aujourd'hui, avez-vous l'impression d'être un vrai couple ?

X : ❑ Oui. ❑ Non. Y : ❑ Oui. ❑ Non.

Avez-vous l'impression de former une famille ?

X : ❑ Oui. ❑ Non. Y : ❑ Oui. ❑ Non.

Avez-vous l'impression d'avoir grandi depuis que vous êtes ensemble ?

X : ❑ Oui. ❑ Non. Y : ❑ Oui. ❑ Non.

Quel est le plus beau cadeau que l'autre vous ait fait depuis que vous êtes ensemble ?

X : ____________________

Y : ____________________

Et tant qu'on y est, quel est le pire cadeau que l'autre vous ait fait ?

X : ____________________

Y : ____________________

Quel est le moment le plus romantique que vous ayez vécu ensemble jusqu'à maintenant ?

X : ______________________ Y . ______________________

Quelles sont les trois choses que vous aimez en étant avec l'autre ?

X : 1. ______________________ Y : 1. ______________________
2. ______________________ 2. ______________________
3. ______________________ 3. ______________________

Quelles sont les trois choses que l'autre a apportées dans votre vie ?

X : 1. ______________________ Y : 1. ______________________
2. ______________________ 2. ______________________
3. ______________________ 3. ______________________

Quelles sont les trois choses que vous pensez avoir apportées à l'autre ?

X : 1. ______________________ Y : 1. ______________________
2. ______________________ 2. ______________________
3. ______________________ 3. ______________________

Quelle est la meilleure raison que vous ayez de rester ensemble ?

X : ______________________ Y : ______________________

Quelle est la pire raison que vous ayez de rester ensemble ?

X : ______________________ Y : ______________________

Quel est le petit défaut qui rend l'autre carrément irrésistible ?

X : ______________________ Y : ______________________

Quel est le petit défaut qui rend l'autre carrément insupportable ?

X : ______________________ Y : ______________________

Pourriez-vous vivre sans l'autre aujourd'hui ?

X :
- ❑ Oui, évidemment.
- ❑ Ben oui, sans doute.
- ❑ Oui, mais ça serait moins sympa.
- ❑ Oui, mais pour quoi faire ?
- ❑ Honnêtement non.
- ❑ Non, c'est l'autre qui paie tout.
- ❑ Non, mais ça lui ferait trop plaisir que je lui dise…

Y :
- ❑ Oui, évidemment.
- ❑ Ben oui, sans doute.
- ❑ Oui, mais ça serait moins sympa.
- ❑ Oui, mais pour quoi faire ?
- ❑ Honnêtement non.
- ❑ Non, c'est l'autre qui paie tout.
- ❑ Non, mais ça lui ferait trop plaisir que je lui dise…

Si vous vivez ensemble aujourd'hui, mettez-vous d'accord et indiquez ci-dessous à qui appartient…

Le canapé ? ❑ À X. ❑ À Y. ❑ Aux deux. ❑ Vous n'en avez pas.
La télé ? ❑ À X. ❑ À Y. ❑ Aux deux. ❑ Vous n'en avez pas.
Le meuble télé ? ❑ À X. ❑ À Y. ❑ Aux deux. ❑ Vous n'en avez pas.
Le tapis ? ❑ À X. ❑ À Y. ❑ Aux deux. ❑ Vous n'en avez pas.
Le chat ? ❑ À X. ❑ À Y. ❑ Aux deux. ❑ Vous n'en avez pas.
Le chien ? ❑ À X. ❑ À Y. ❑ Aux deux. ❑ Vous n'en avez pas.
Les poissons rouges ? ❑ À X. ❑ À Y. ❑ Aux deux. ❑ Vous n'en avez pas.
Les enfants ? ❑ À X. ❑ À Y. ❑ Aux deux. ❑ Vous n'en avez pas.
La voiture ? ❑ À X. ❑ À Y. ❑ Aux deux. ❑ Vous n'en avez pas.
Les CD ? ❑ À X. ❑ À Y. ❑ Aux deux. ❑ Vous n'en avez pas.
Les DVD ? ❑ À X. ❑ À Y. ❑ Aux deux. ❑ Vous n'en avez pas.
Les albums photo ? ❑ À X. ❑ À Y. ❑ Aux deux. ❑ Vous n'en avez pas.
L'ordinateur ? ❑ À X. ❑ À Y. ❑ Aux deux. ❑ Vous n'en avez pas.
L'appartement ou la maison ? ❑ À X. ❑ À Y. ❑ Aux deux. ❑ Vous n'en avez pas.
Le petit cadre dans la chambre ? ❑ À X. ❑ À Y. ❑ Aux deux. ❑ Vous n'en avez pas.
La table du salon ? ❑ À X. ❑ À Y. ❑ Aux deux. ❑ Vous n'en avez pas.
L'aspirateur ? ❑ À X. ❑ À Y. ❑ Aux deux. ❑ Vous n'en avez pas.
Le service en porcelaine moche ? ❑ À X. ❑ À Y. ❑ Aux deux. ❑ Vous n'en avez pas.
La chaîne hi-fi ? ❑ À X. ❑ À Y. ❑ Aux deux. ❑ Vous n'en avez pas.
La bague de fiançailles ? ❑ À X. ❑ À Y. ❑ Aux deux. ❑ Vous n'en avez pas.
Le radio-réveil ? ❑ À X. ❑ À Y. ❑ Aux deux. ❑ Vous n'en avez pas.
Le frigo ? ❑ À X. ❑ À Y. ❑ Aux deux. ❑ Vous n'en avez pas.
Les chaises ? ❑ À X. ❑ À Y. ❑ Aux deux. ❑ Vous n'en avez pas.
La console de jeux ? ❑ À X. ❑ À Y. ❑ Aux deux. ❑ Vous n'en avez pas.
La machine à laver le linge ? ❑ À X. ❑ À Y. ❑ Aux deux. ❑ Vous n'en avez pas.
La cafetière ? ❑ À X. ❑ À Y. ❑ Aux deux. ❑ Vous n'en avez pas.
L'appareil-photo ? ❑ À X. ❑ À Y. ❑ Aux deux. ❑ Vous n'en avez pas.
Les BD ? ❑ À X. ❑ À Y. ❑ Aux deux. ❑ Vous n'en avez pas.
Les magnets sur le frigo ? ❑ À X. ❑ À Y. ❑ Aux deux. ❑ Vous n'en avez pas.
Le Yucca ? ❑ À X. ❑ À Y. ❑ Aux deux. ❑ Vous n'en avez pas.
Ce livre ? ❑ À X. ❑ À Y. ❑ Aux deux. ❑ Vous n'en avez pas.

Autres objets importants à lister :

______________________	❑ À X.	❑ À Y.	❑ Aux deux.
______________________	❑ À X.	❑ À Y.	❑ Aux deux.
______________________	❑ À X.	❑ À Y.	❑ Aux deux.
______________________	❑ À X.	❑ À Y.	❑ Aux deux.
______________________	❑ À X.	❑ À Y.	❑ Aux deux.

Attention, en cas, improbable bien sûr, de séparation, la liste ci-dessus pourra être utilisée par la justice afin de déterminer la bonne répartition des biens du couple. Ne me remerciez pas, au moins, ça vous aura fait gagner du temps…

VOUS, L'AUTRE, ET TOUT LE RESTE…

Aujourd'hui, pour vous, qu'est-ce qui a vraiment de l'importance dans votre vie avec l'autre ?

	X	Y
Fêter la Saint-Valentin ?	❑ Important. ❑ Bof.	❑ Important. ❑ Bof.
Se prendre par la main dans la rue ?	❑ Important. ❑ Bof.	❑ Important. ❑ Bof.
Faire des câlins, juste comme ça ?	❑ Important. ❑ Bof.	❑ Important. ❑ Bof.
Se souvenir des anniversaires ?	❑ Important. ❑ Bof.	❑ Important. ❑ Bof.
Habiter ensemble ?	❑ Important. ❑ Bof.	❑ Important. ❑ Bof.
Danser ensemble en soirée ?	❑ Important. ❑ Bof.	❑ Important. ❑ Bof.
Dire « je t'aime » tous les jours ?	❑ Important. ❑ Bof.	❑ Important. ❑ Bof.
Connaître tous ses amis ?	❑ Important. ❑ Bof.	❑ Important. ❑ Bof.
Être aimé(e) par vos beaux-parents ?	❑ Important. ❑ Bof.	❑ Important. ❑ Bof.
Que vos parents l'aiment ?	❑ Important. ❑ Bof.	❑ Important. ❑ Bof.
Se téléphoner tous les jours ?	❑ Important. ❑ Bof.	❑ Important. ❑ Bof.
S'embrasser avant de se coucher ?	❑ Important. ❑ Bof.	❑ Important. ❑ Bof.
Aimer les enfants ?	❑ Important. ❑ Bof.	❑ Important. ❑ Bof.
Se laver tous les jours ?	❑ Important. ❑ Bof.	❑ Important. ❑ Bof.
Aimer faire l'amour ?	❑ Important. ❑ Bof.	❑ Important. ❑ Bof.
Avoir une grosse voiture ?	❑ Important. ❑ Bof.	❑ Important. ❑ Bof.
Ne pas avoir de tabous en matière de sexe ?	❑ Important. ❑ Bof.	❑ Important. ❑ Bof.
Avoir les mêmes goûts ?	❑ Important. ❑ Bof.	❑ Important. ❑ Bof.

	X	Y
Bien embrasser ?	❑ Important. ❑ Bof.	❑ Important ❑ Bof.
Offrir régulièrement des fleurs ?	❑ Important. ❑ Bof.	❑ Important. ❑ Bof.
Faire des surprises ?	❑ Important. ❑ Bof.	❑ Important. ❑ Bof.
Faire autre chose que regarder la télé ?	❑ Important. ❑ Bof.	❑ Important. ❑ Bof.
Ne rien avoir caché de son passé ?	❑ Important. ❑ Bof.	❑ Important. ❑ Bof.
Être fidèle ?	❑ Important. ❑ Bof.	❑ Important. ❑ Bof.
Aller jusqu'au bout de ce livre ?	❑ Important. ❑ Bof.	❑ Important. ❑ Bof.

Comment décririez-vous l'autre en trois mots ?

X : ____________________ **Y** : ____________________

____________________ ____________________

____________________ ____________________

Si vous fermez les yeux un instant et si vous pensez à l'autre, quelle image vous vient instantanément à l'esprit ?

X : ____________________ **Y** : ____________________

Qu'est-ce qui vous rend tous les jours un peu plus amoureux de l'autre ?

X : ____

Y : ____

Quel est le mot ou l'expression que l'autre utilise fréquemment et que vous adorez ?

X : ____

Y : ____

Quel est le mot ou l'expression que l'autre utilise fréquemment et que vous détestez ?

X : ____

Y : ____

Quel est le plus beau compliment que l'autre vous ait fait ?

X : ____

Y : ____

Quelle est la pire critique que l'autre vous ait faite ?

X : ____

Y : ____

Dans quelle tenue trouvez-vous l'autre incroyablement séduisant ?

X : ______________________________

Y : ______________________________

Dans quelle tenue trouvez-vous l'autre incroyablement pas séduisant ?

X : ______________________________

Y : ______________________________

Quelle est la phrase que vous a dite l'autre un jour et que vous n'avez jamais oubliée ?

X : ______________________________

Y : ______________________________

À quoi ressemblerait une journée idéale avec l'autre ?

X : ______________________________

____

____

____

____

Y : ______________________________

____

____

____

____

Quelle est la chose la plus gentille que l'autre vous ait jamais dite ?

X : ______________________________

Y : ______________________________

Où aimeriez-vous emmener l'autre un jour ?

X : ______________________________

Y : ______________________________

Qu'est-ce qui vous rend admiratif quand vous regardez la vie de l'autre ?

X : ______________________________

Y : ______________________________

Pensez-vous que l'autre mérite plus d'attention et d'amour que vous ne lui en donnez aujourd'hui ?

X : ❑ Oui ❑ Non. ❑ Peut-être. Y : ❑ Oui. ❑ Non. ❑ Peut-être.

L'autre a-t-il bonne haleine au réveil le matin ?

X : ❑ Bien sûr que oui. ❑ Bien sûr que non. ❑ Vous ne savez pas. ❑ Joker.

X : ❑ Bien sûr que oui. ❑ Bien sûr que non. ❑ Vous ne savez pas. ❑ Joker.

Avez-vous une photo de l'autre dans votre portefeuille ?

X : ❑ Oui. ❑ Non. Y : ❑ Oui. ❑ Non.

Êtes-vous dégoûté(e) quand vous entendez l'autre péter ou roter ?

X : ❑ Oui. ❑ Non. Y : ❑ Oui. ❑ Non.

À quoi laissez-vous l'autre gagner ?

X : ______________________________

Y : ______________________________

Est-ce que vous êtes parfois gêné(e) quand l'autre se promène nu(e) dans l'appartement ou la maison ?

X : ❑ Oui. ❑ Non. Y : ❑ Oui. ❑ Non.

Avez-vous déjà remarqué que l'autre a des petits bourrelets au niveau du ventre ?

X : ❑ Oui. ❑ Non. Y : ❑ Oui. ❑ Non.

Quelles sont les trois habitudes que vous avez qui énervent particulièrement l'autre ?

X : ______________ **Y :** ______________

______________ ______________

______________ ______________

Qu'est-ce que vous faites généralement à l'insu de l'autre ?

X : ______________ **Y :** ______________

Quelles sont les trois choses que vous faites que l'autre adore ?

X : ______________ **Y :** ______________

______________ ______________

______________ ______________

Quelles sont les trois choses que vous espérez ne jamais voir dans votre couple ?

X : ______________________ Y : ______________________

______________________ ______________________

______________________ ______________________

Qu'est-ce que vous espérez que l'autre ne vous dise ou redise jamais ?

X : ____

Y : ____

Qu'est-ce que vous espérez que l'autre ne vous fasse ou refasse jamais ?

X : ____

Y : ____

Quel acteur ou actrice verriez-vous jouer le rôle de votre partenaire dans un film ?

X : ______________________ Y : ______________________

Quel objet vous fait immédiatement penser à l'autre ?

X : ______________________ Y : ______________________

À quelle personnalité votre partenaire vous fait-il (elle) penser ?

X : ______________________ Y : ______________________

Quel est votre moyen favori pour exciter l'autre ?

X : ______________________ Y : ______________________

Quel est votre moyen favori pour énerver l'autre ?

X : ______________________ Y : ______________________

Quel est votre moyen favori pour demander pardon à l'autre ?

X : ______________________ Y : ______________________

Aujourd'hui, quel est le lieu le plus symbolique pour votre couple ?

X : ______________________ Y : ______________________

Quelle erreur commise dans une relation précédente essayez-vous de ne pas refaire aujourd'hui ?

X : ______________________ Y : ______________________

Êtes-vous d'accord avec les choix de carrière de l'autre ?

X : ❑ Oui. ❑ Non. Y : ❑ Oui. ❑ Non.

Si non, qu'aimeriez-vous plutôt le ou la voir faire comme métier ?

X : ______________________ Y : ______________________

À quel caprice de l'autre ne céderez-vous jamais ?

X : ______________________ Y : ______________________

Qu'est-ce que vous avez arrêté de faire depuis que vous êtes en couple ?

X : ______________________ Y : ______________________

Si vous pouviez enseigner par magie quelque chose à l'autre, qu'est-ce que ce serait ?

X : ______________________ Y : ______________________

Vous êtes-vous déjà séparés pendant un certain temps ?

X : ❑ Oui. ❑ Non. Y : ❑ Oui. ❑ Non.

Si oui, combien de temps, et pourquoi ?

X : ____

Y : ____

Au bout de combien de temps l'absence de l'autre se fait-elle véritablement sentir ?

X : ______________________ Y : ______________________

Quand l'autre n'est pas là, qu'est-ce qui est le plus agréable ?

X : ______________________ Y : ______________________

Qu'est-ce que vous n'aimiez pas dans votre vie de couple et que vous commencez à accepter aujourd'hui ?

X : ______________________ Y : ______________________

Quel est le sport ou l'activité que vous aimez ou aimeriez pratiquer avec l'autre aujourd'hui ?

X : ______________________ Y : ______________________

Dans quelles conditions êtes-vous le (la) plus disposé(e) à dire « je t'aime » aujourd'hui ?

X : ______________________ Y : ______________________

Parmi les gens que vous connaissez, quel couple ne prendriez-vous surtout pas en exemple ?

X : ______________________ Y : ______________________

Quelle est la couleur qui décrirait le mieux votre relation ?

X : ____________________ Y : ____________________

Quelle est l'épreuve la plus difficile que vous ayez vécue ensemble ?

X : ____

Y : ____

Quel est le choix de votre partenaire que vous respectez le plus ?

X : ____________________ Y : ____________________

À quoi pensez-vous être utile pour l'autre ?

X : ____________________ Y : ____________________

Avez-vous déjà eu peur que l'autre ne meure ?

X : ❑ Oui. ❑ Non. Y : ❑ Oui. ❑ Non.

Si oui, à quelle occasion ?

X : ____________________ Y : ____________________

Dans quelle ville aimeriez-vous que l'autre vous embrasse ?

X : ____________________ Y : ____________________

Quel est le plat que vous adorez que l'autre vous cuisine ?

X : ____________________ Y : ____________________

Quel est le plat que votre partenaire ne sait vraiment pas cuisiner ?

X : ____________________ Y : ____________________

Pourriez-vous aller aux toilettes devant lui (elle) ?

X : ❑ Oui. ❑ Non. Y : ❑ Oui. ❑ Non.

Quel est le cadeau que vous aimeriez qu'il (elle) vous fasse un jour ?

X : ____________________ Y : ____________________

Qu'aimeriez-vous lui voler un jour ?

X : ____________________ Y : ____________________

Quelle est la dernière preuve d'amour que vous lui avez donnée ?

X : ____

Y : ____

Qu'est-ce qui prouve que vous voulez que cette relation dure ?

X : ____

Y : ____

Quel est votre meilleur souvenir de voyage à deux ?

X : ______________________ Y : ______________________

Quelle est la photo de vous deux que vous préférez ?

X : ______________________ Y : ______________________

Quel serait le lieu idéal pour aller boire un verre à deux, là, maintenant ?

X : ______________________ Y : ______________________

En dehors d'aller aux toilettes, qu'aimez-vous faire sans votre partenaire ?

X :
❑ Voir des ami(e)s. ❑ Faire du sport. ❑ Aller au cinéma.
❑ Partir en vacances. ❑ Allez chez vos parents. ❑ Ecouter de la musique.
❑ Lire. ❑ Dormir. ❑ Regarder des films porno.
❑ Aller en boîte danser la salsa. ❑ Regarder des débilités à la télé.
❑ Boire. ❑ Vous faire draguer. ❑ Vous étaler dans le lit.
❑ Vous curer le nez. ❑ Rappeler un(e) ex. ❑ Jouer aux jeux vidéo.
❑ Rien. ❑ Autre chose, précisez : ______________________

Y :
❑ Voir des ami(e)s. ❑ Faire du sport. ❑ Aller au cinéma.
❑ Partir en vacances. ❑ Allez chez vos parents. ❑ Ecouter de la musique.
❑ Lire. ❑ Dormir. ❑ Regarder des films porno.
❑ Aller en boîte danser la salsa. ❑ Regarder des débilités à la télé.
❑ Boire. ❑ Vous faire draguer. ❑ Vous étaler dans le lit.
❑ Vous curer le nez. ❑ Rappeler un(e) ex. ❑ Jouer aux jeux vidéo.
❑ Rien. ❑ Autre chose, précisez : ______________________

Quel est le dernier cadeau que vous ayez fait à l'autre ?

X : ______________________ Y : ______________________

Quel est le dernier film que vous ayez vu ensemble au cinéma ?

____

Quel est le dernier disque ou DVD que vous ayez écouté ou regardé ?

X : ______________________ Y : ______________________

À quand remonte votre dernier dîner en tête à tête ?

____

C'était où ? ______________________

Quand avez-vous fait l'amour pour la dernière fois ?

X : ______________________ Y : ______________________

Quand avez-vous fait l'amour en dehors d'un lit pour la dernière fois ?

X : ______________________ **Y** : ______________________

Quand avez-vous pleuré pour la dernière fois à cause de l'autre ?

X : ______________________ **Y** : ______________________

Quel est le dernier achat que vous ayez fait ensemble ?

____

Est-ce que dans votre couple, vous payez tout à part égale ?

X : ❑ Oui. ❑ Non. Y : ❑ Oui. ❑ Non.

Est-ce que ça vous pose un problème parfois ?

X : ❑ Oui. ❑ Non. Y : ❑ Oui. ❑ Non.

Quel est le lieu de vos dernières vacances ?

____

Quand avez-vous eu envie de mettre fin à votre relation pour la dernière fois ?

X : ______________________ **Y** : ______________________

Terminez ces phrases...

J'aimerais que tu me...

X : ____

Y : ____

Je n'ai jamais su...

X : ____

Y : ____

Il faut que nous...

X : ____

Y : ____

Et si on...

X : ____

Y : ____

Je ne t'ai jamais dit mais...

X : ____

Y : ____

Un jour, je te promets que…

X : ___

Y : ___

Regardez vous dans les yeux pendant une minute. Qu'est-ce que vous n'aviez jamais remarqué auparavant ?

X : ___

Y : ___

Dessinez ci-dessous un portrait, même très mal fait, de votre partenaire.

Y par X…

X par Y…

TEST N°2
Qui fait quoi ?

Parce que c'est marrant, mais en général, dans un couple, chacun est persuadé qu'il fait tout et que l'autre ne fait rien. Nous allons donc vérifier que vous êtes tous les deux d'accord sur les rôles que vous occupez dans le couple. Répondez donc aux questions suivantes en votre âme et conscience, puis comparez afin de déterminer les points sur lesquels vous n'êtes pas d'accord.

Aujourd'hui, dans votre couple, ...

	X	Y
Qui est le plus impliqué ?	❑ Vous. ❑ L'autre.	❑ Vous. ❑ L'autre.
Qui fait le plus de concessions ?	❑ Vous. ❑ L'autre.	❑ Vous. ❑ L'autre.
Qui fait le moins d'efforts ?	❑ Vous. ❑ L'autre.	❑ Vous. ❑ L'autre.
Qui a la famille la plus envahissante ?	❑ Vous. ❑ L'autre.	❑ Vous. ❑ L'autre.
Qui râle toujours pour faire les courses ?	❑ Vous. ❑ L'autre.	❑ Vous. ❑ L'autre.
Qui contrôle la télécommande ?	❑ Vous. ❑ L'autre.	❑ Vous. ❑ L'autre.
Qui écrit les cartes postales ?	❑ Vous. ❑ L'autre.	❑ Vous. ❑ L'autre.
Qui découpe le poulet le dimanche ?	❑ Vous. ❑ L'autre.	❑ Vous. ❑ L'autre.
Qui s'occupe des cadeaux pour Noël ?	❑ Vous. ❑ L'autre.	❑ Vous. ❑ L'autre.
Qui décore le sapin ?	❑ Vous. ❑ L'autre.	❑ Vous. ❑ L'autre.
Qui provoque le plus de disputes ?	❑ Vous. ❑ L'autre.	❑ Vous. ❑ L'autre.
Qui est le plus rancunier ?	❑ Vous. ❑ L'autre.	❑ Vous. ❑ L'autre.
Qui est le plus heureux ?	❑ Vous. ❑ L'autre.	❑ Vous. ❑ L'autre.
Qui chante le mieux ?	❑ Vous. ❑ L'autre.	❑ Vous. ❑ L'autre.
Qui a le plus d'humour ?	❑ Vous. ❑ L'autre.	❑ Vous. ❑ L'autre.
Qui gère le compte commun ?	❑ Vous. ❑ L'autre.	❑ Vous. ❑ L'autre.
Qui paie les factures ?	❑ Vous. ❑ L'autre.	❑ Vous. ❑ L'autre.
Qui veut faire l'amour le plus souvent ?	❑ Vous. ❑ L'autre.	❑ Vous. ❑ L'autre.
Qui descend les poubelles ?	❑ Vous. ❑ L'autre.	❑ Vous. ❑ L'autre.
Qui choisit la destination des vacances ?	❑ Vous. ❑ L'autre.	❑ Vous. ❑ L'autre.
Qui a eu le plus d'aventures extraconjugales ?	❑ Vous. ❑ L'autre.	❑ Vous. ❑ L'autre.
Qui est le plus amoureux ?	❑ Vous. ❑ L'autre.	❑ Vous. ❑ L'autre.
Qui veut toujours avoir raison ?	❑ Vous. ❑ L'autre.	❑ Vous. ❑ L'autre.
Qui ne range jamais ?	❑ Vous. ❑ L'autrc.	❑ Vous. ❑ L'autre.
Qui fait la cuisine ?	❑ Vous. ❑ L'autre.	❑ Vous. ❑ L'autre.

	X	Y
Qui plaît beaucoup ?	❑ Vous. ❑ L'autre.	❑ Vous. ❑ L'autre.
Qui passe trop de temps dans la salle de bains ?	❑ Vous. ❑ L'autre.	❑ Vous. ❑ L'autre.
Qui conduit ?	❑ Vous. ❑ L'autre.	❑ Vous. ❑ L'autre.
Qui aimerait bien changer ses habitudes ?	❑ Vous. ❑ L'autre.	❑ Vous. ❑ L'autre.
Qui en a marre d'aller chez ses beaux-parents ?	❑ Vous. ❑ L'autre.	❑ Vous. ❑ L'autre.
Qui fait la déco ?	❑ Vous. ❑ L'autre.	❑ Vous. ❑ L'autre.
Qui est jaloux de l'autre ?	❑ Vous. ❑ L'autre.	❑ Vous. ❑ L'autre.
Qui aimerait déménager ?	❑ Vous. ❑ L'autre.	❑ Vous. ❑ L'autre.
Qui irait bien dans des boîtes échangistes ?	❑ Vous. ❑ L'autre.	❑ Vous. ❑ L'autre.
Qui fait la vaisselle ?	❑ Vous. ❑ L'autre.	❑ Vous. ❑ L'autre.
Qui porte la culotte ?	❑ Vous. ❑ L'autre.	❑ Vous. ❑ L'autre.
Qui porte le soutien-gorge ?	❑ Vous. ❑ L'autre.	❑ Vous. ❑ L'autre.
Qui n'a plus droit à l'erreur ?	❑ Vous. ❑ L'autre.	❑ Vous. ❑ L'autre.
Qui aime aller chez Ikea le dimanche ?	❑ Vous. ❑ L'autre.	❑ Vous. ❑ L'autre.
Qui passe le plus de temps devant le miroir ?	❑ Vous. ❑ L'autre.	❑ Vous. ❑ L'autre.
Qui appelle l'autre en général ?	❑ Vous. ❑ L'autre.	❑ Vous. ❑ L'autre.
Qui sort le plus ?	❑ Vous. ❑ L'autre.	❑ Vous. ❑ L'autre.
Qui a le plus d'ami(e)s ?	❑ Vous. ❑ L'autre.	❑ Vous. ❑ L'autre.
Qui se fait le plus draguer aujourd'hui ?	❑ Vous. ❑ L'autre.	❑ Vous. ❑ L'autre.
Qui ne pourrait pas vivre sans l'autre ?	❑ Vous. ❑ L'autre.	❑ Vous. ❑ L'autre.
Qui est le chef ?	❑ Vous. ❑ L'autre.	❑ Vous. ❑ L'autre.

Une fois ces réponses apportées, vérifiez le nombre de réponses incohérentes, c'est-à-dire quand vous avez répondu chacun la même chose. Identifiez ces questions à problème en mettant une croix dans la marge et essayez de revenir dessus dans quelque temps, quand vous serez d'accord…

TEST N°3
Est-il un homme comme un autre ?

J'imagine bien que non, sinon que feriez-vous ensemble, mais bon, il est toujours utile de vérifier parfois...

Avant tout, si votre partenaire est un homme, pensez-vous qu'il soit un homme comme un autre ?

X : ❑ Oui. ❑ Non. Y : ❑ Oui. ❑ Non.

Si vous n'y voyez pas d'inconvénients, nous allons vérifier. (Attention, vous ne devez répondre à ces questions que si votre partenaire est un homme.)

Il croit que l'amitié avec une fille n'est possible que si la fille est moche ?	**❑ Oui. ❑ Non.**
Il se met de grandes gifles après s'être rasé ?	**❑ Oui. ❑ Non.**
Il oublie régulièrement votre anniversaire ?	**❑ Oui. ❑ Non.**
Il garde ses chaussettes quand il fait l'amour ?	**❑ Oui. ❑ Non.**
Il déteste quand vous vous collez contre lui après l'amour ?	**❑ Oui. ❑ Non.**
Il a oublié 72 % des prénoms des filles avec lesquelles il a couchées ?	**❑ Oui. ❑ Non.**
Il ne rappelle jamais quand il promet de rappeler ?	**❑ Oui. ❑ Non.**
Il flippe ou a flippé à mort à l'idée d'avoir des enfants un jour ?	**❑ Oui. ❑ Non.**
Il pense que les préliminaires, c'est le restaurant ?	**❑ Oui. ❑ Non.**
Il achète des fleurs essentiellement à la Toussaint ?	**❑ Oui. ❑ Non.**
Il fait remarquer pendant trois jours qu'il passé l'aspirateur ?	**❑ Oui. ❑ Non.**
Il dit savoir faire la cuisine mais vous laisse tout faire ?	**❑ Oui. ❑ Non.**
Il râle quand vous faites les magasins ensemble ?	**❑ Oui. ❑ Non.**
Il prétend que les jeux vidéo stimulent l'intelligence ?	**❑ Oui. ❑ Non.**
Il boit de la bière en regardant du foot ?	**❑ Oui. ❑ Non.**
Il a déjà demandé à un pote de demander à une fille si elle voulait sortir avec lui ?	**❑ Oui. ❑ Non.**
Il n'a rien compris à « Virgin Suicides » ?	**❑ Oui. ❑ Non.**
Il aurait bien aimé être Bruce Willis.	**❑ Oui. ❑ Non.**
Il aime bien vous laisser prendre les décisions à sa place ?	**❑ Oui. ❑ Non.**
Il est d'une mauvaise foi absolue ?	**❑ Oui. ❑ Non.**
Il s'étonne quand vous changez les draps plus d'une fois pas mois ?	**❑ Oui. ❑ Non.**

Il passe des heures à lire aux toilettes ? ❑ **Oui.** ❑ **Non.**
Il n'a pas coupé le cordon ombilical avec sa mère ? ❑ **Oui.** ❑ **Non.**
Il a deux testicules ? ❑ **Oui.** ❑ **Non.**

Comptez le nombre de « non » aux questions précédentes.

Si ce nombre est supérieur à dix, il n'est pas un homme comme les autres.

Conclusion :

❑ **Il est un homme comme un autre, wah la honte.**
❑ **Il n'est pas un homme comme un autre, je le savais.**

TEST N°4
Est-elle une femme comme une autre ?

J'espère bien que non, sinon que feriez vous ensemble mais bon, vérifions aussi par acquit de conscience…

Si votre partenaire est une femme, pensez-vous qu'elle soit une femme comme une autre ?

X : ❑ **Oui.** ❑ **Non.** **Y :** ❑ **Oui.** ❑ **Non.**

Si vous n'y voyez pas d'inconvénients, nous allons vérifier. (Attention, vous ne devez répondre à ces questions que si votre partenaire est une femme.)

Elle a toujours les pieds glacés et elle essaie de les réchauffer sur vous ? ❑ **Oui.** ❑ **Non.**
Elle met des heures à se préparer le matin ? ❑ **Oui.** ❑ **Non.**
Elle vous demande tous les trois jours si vous ne trouvez pas qu'elle a grossi ? ❑ **Oui.** ❑ **Non.**
Elle passe son temps à vous poser des questions sur vos ex ? ❑ **Oui.** ❑ **Non.**
Elle a arrêté d'aimer le foot le 13 juillet 1998 ? ❑ **Oui.** ❑ **Non.**
Elle aime bien les grands pyjamas roses sans forme mais très confortables ? ❑ **Oui.** ❑ **Non.**
Elle achète certains vêtements en sachant qu'elle ne les mettra jamais ? ❑ **Oui.** ❑ **Non.**
Elle passe des heures au téléphone avec ses copines ? ❑ **Oui.** ❑ **Non.**

Elle adore aller acheter des bougies parfumées ? ❑ Oui. ❑ Non.
Elle vous demande négligemment « c'était qui ? » quand vous raccrochez ? ❑ Oui. ❑ Non
Elle vous fait les poches de temps en temps, juste pour vérifier des trucs ? ❑ Oui. ❑ Non.
Elle gueule quand vous regardez une autre fille ? ❑ Oui. ❑ Non.
Elle veut absolument trouver une copine à votre copain Michel ? ❑ Oui. ❑ Non.
Elle éteint régulièrement la télé en disant « faut qu'on parle » ? ❑ Oui. ❑ Non.
Elle hurle « j'ai rien à me mettre » un matin sur deux ? ❑ Oui. ❑ Non.
Elle se jette sur un pot de glace juste après une séance d'abdo-fessiers ? ❑ Oui. ❑ Non.
Elle veut un (nouvel) enfant bientôt ? ❑ Oui. ❑ Non.
Elle sépare le blanc et les couleurs pour faire une lessive ? ❑ Oui. ❑ Non.
Elle pourrait tuer pour une paire de chaussures Manolo Blahnik ? ❑ Oui. ❑ Non.
Elle simule une fois sur deux ? ❑ Oui. ❑ Non.
Elle doute toujours un peu quand vous lui dites « je t'aime » ? ❑ Oui. ❑ Non.
Elle préfère les mecs qui ne s'intéressent pas à elle ? ❑ Oui. ❑ Non.
Elle se prend régulièrement la tête avec sa mère ? ❑ Oui. ❑ Non.
Elle hurle quand vous roulez trop vite ? ❑ Oui. ❑ Non.
Elle a des seins ? ❑ Oui. ❑ Non.

Comptez le nombre de « non » aux questions précédentes.

Si ce nombre est supérieur à dix, elle n'est pas une femme comme les autres.

Conclusion :

❑ Elle est une femme comme une autre, et alors ?
❑ Elle n'est pas une femme comme une autre, vous voyez ?

TEST N°5
La passion est-elle restée la même entrc vous ?

Rappelez-moi, ça fait combien de temps déjà que vous êtes ensemble ?

____

Ça fait beaucoup non ?

X : ❑ Oui. ❑ Non. Y : ❑ Oui. ❑ Non.

Trouvez-vous que l'autre a changé depuis que vous êtes ensemble ?

X : ❑ Oui. ❑ Non. ❑ Un peu. Y : ❑ Oui. ❑ Non. ❑ Un peu.

Sur quels domaines l'autre est-il (elle) resté(e) le (la) même ?

X : ____________________ **Y :** ____________________

Et qu'est-ce qui a le plus changé chez l'autre depuis le début de votre histoire ?

X : ❑ **Son poids.** ❑ **Ses attentions.** ❑ **Ses amis.**
❑ **Ses passe-temps.** ❑ **Sa coiffure.** ❑ **Ses objectifs.**
❑ **Ses destinations de vacances.** ❑ **Ses goûts cinématographiques.**
❑ **Ses opinions politiques.** ❑ **Autre chose (précisez)** ____________

Y : ❑ **Son poids.** ❑ **Ses attentions.** ❑ **Ses amis.**
❑ **Ses passe-temps.** ❑ **Sa coiffure.** ❑ **Ses objectifs.**
❑ **Ses destinations de vacances.** ❑ **Ses goûts cinématographiques.**
❑ **Ses opinions politiques.** ❑ **Autre chose (précisez)** ____________

Qu'est-ce qui n'a pas changé entre vous ?

X : ______________________________________

Y : ______________________________________

Depuis le début de votre relation, vous trouvez que…

	X	Y
Les choses évoluent dans le bon sens.	❑	❑
Tout va bien, mais la passion s'est calmée.	❑	❑
Les choses se dégradent fortement.	❑	❑
Rien n'a changé, et c'est tant mieux.	❑	❑

Si vous n'y voyez pas d'inconvénients, nous allons vérifier…

Vous vous embrassez toujours pour vous dire « bonne nuit » ? ❑ Oui. ❑ Non.
Vous vous lavez encore les dents avant de vous embrasser le matin ? ❑ Oui. ❑ Non.

Vous avez encore envie de vous jeter sur l'autre en rentrant le soir ? ❑ Oui. ❑ Non.
Vous continuez à vous offrir des fleurs ou des petits cadeaux ? ❑ Oui. ❑ Non.
Vous vous retenez encore de faire du bruit quand vous êtes aux toilettes ? ❑ Oui. ❑ Non.
Vous vous dites toujours régulièrement « je t'aime » ? ❑ Oui. ❑ Non.
Vous essayez toujours de séduire l'autre ? ❑ Oui. ❑ Non.
Vous dites tous les jours à l'autre qu'il est toujours aussi beau ou belle ? ❑ Oui. ❑ Non.
Vous continuez à surveiller votre ligne ? ❑ Oui. ❑ Non.
Vous partez encore en week-end surprise ? ❑ Oui. ❑ Non.
Vous apportez encore le petit déjeuner au lit à votre partenaire ? ❑ Oui. ❑ Non.
Vous vous appelez encore cinq fois par jour ? ❑ Oui. ❑ Non.
Vous faites encore l'amour tous les jours ? ❑ Oui. ❑ Non.
Vous accompagnez encore l'autre à l'aéroport quand il (elle) part ? ❑ Oui. ❑ Non.
Vous vous prenez toujours la main dans la rue ? ❑ Oui. ❑ Non.
Vous remarquez toujours quand l'autre revient de chez le coiffeur ? ❑ Oui. ❑ Non.
Vous arrachez encore sauvagement les vêtements de l'autre ? ❑ Oui. ❑ Non.
Vous laissez encore des messages d'amour sur le miroir de la salle de bains ? ❑ Oui. ❑ Non.
Vous faites encore parfois l'amour en dehors du lit ? ❑ Oui. ❑ Non.
Vous écoutez toujours attentivement quand l'autre raconte sa journée ? ❑ Oui. ❑ Non.
Vous rentrez le ventre quand vous êtes nu devant l'autre ? ❑ Oui. ❑ Non.
Vous écrivez encore parfois des lettres d'amour à l'autre ? ❑ Oui. ❑ Non.
Vous êtes encore jaloux quand l'autre regarde quelqu'un dans la rue ? ❑ Oui. ❑ Non.
Vous avez toujours pensé que le Viagra, c'était pour les autres ? ❑ Oui. ❑ Non.
Vous avez récemment regardé l'autre en vous disant « j'ai de la chance » ? ❑ Oui. ❑ Non.

Comptez le nombre de « non » aux questions précédentes.

Si ce nombre est inférieur à dix, la passion est restée la même.

Conclusion :

❑ Vous êtes aussi amoureux qu'au premier jour, c'est magnifique, vous le saviez, c'est le bonheur…

❑ Ce n'est plus tout à fait ça, mais bon, vous n'avez peut-être plus autant d'attentions et de petits gestes l'un à l'égard de l'autre, mais ce n'est pas pour ça que vous ne vous aimez plus, c'est juste que vous avez pris quelques petites habitudes que vous allez essayer de combattre désormais, voilà, merci…

Si les choses entre vous ont effectivement un peu changé et si la passion n'est plus aussi dévorante, pensez-vous que cela puisse être corrigé ?

X : ❑ Oui ❑ Non Y : ❑ Oui. ❑ Non.

Quelles seraient, parmi les actions identifiées dans la liste précédente ou parmi d'autres, les cinq bonnes résolutions que vous aimeriez que l'autre prenne afin de corriger le tir ?

X		Y	
X : 1	____________	**Y : 1**	____________
2	____________	**2**	____________
3	____________	**3**	____________
4	____________	**4**	____________
5	____________	**5**	____________

Tant qu'on est dans les « to do Lists », profitez-en pour faire votre « to do List » de la semaine prochaine ce sera toujours ça de gagné…

À faire la semaine prochaine.		**À faire la semaine prochaine.**	
X : 1	____________	**Y : 1**	____________
2	____________	**2**	____________
3	____________	**3**	____________
4	____________	**4**	____________
5	____________	**5**	____________

VOUS ET LE MARIAGE

Êtes-vous mariés ? (Pacsés, ça marche aussi.)

X : ❑ Oui. ❑ Non. Y : ❑ Oui. ❑ Non.

Si oui, êtes-vous mariés ensemble ?

X : ❑ Oui. ❑ Non. Y : ❑ Oui. ❑ Non.

Si vous n'êtes pas encore mariés, vous pourrez répondre à ces questions le jour où vous vous serez mariés ou bien répondre en vous projetant dans le futur et en imaginant ce qu'il va se passer à votre futur mariage.

Si vous êtes mariés, …

Quelle était la date exacte de votre mariage ?

X : ______________________ **Y :** ______________________

Honnêtement, avez-vous eu du mal à vous en souvenir ?

X : ❑ Oui. ❑ Non. Y : ❑ Oui. ❑ Non.

Était-ce votre premier mariage ?

X : ❑ Oui. ❑ Non. Y : ❑ Oui. ❑ Non.

Si non, combien de fois avez-vous été marié(e) auparavant ?

X : ____ fois Y : ____ fois

Pour quelles raisons vouliez-vous vous marier ? (Choisissez-en trois.)

X :
- ❑ **Pour le caractère sacré du mariage.**
- ❑ **Pour les cadeaux.**
- ❑ **Pour les impôts.**
- ❑ **Pour réunir vos amis et vos parents.**
- ❑ **Pour faire la fête.**
- ❑ **Pour la robe ou le costume.**
- ❑ **Pour faire plaisir à vos parents.**
- ❑ **Pour la nuit de noces.**
- ❑ **Pour officialiser votre union.**
- ❑ **Pour faire comme tout le monde.**
- ❑ **Pour changer de nom.**
- ❑ **Pour faire plaisir à l'autre.**
- ❑ **Pour ne plus vivre dans le péché.**
- ❑ **Parce qu'on vous l'a demandé.**
- ❑ **Pour voir votre père pleurer.**
- ❑ **Parce que vous vous aimiez, tout simplement.**

Y :
- ❑ **Pour le caractère sacré du mariage.**
- ❑ **Pour les cadeaux.**
- ❑ **Pour les impôts.**
- ❑ **Pour réunir vos amis et vos parents.**
- ❑ **Pour faire la fête.**
- ❑ **Pour la robe ou le costume.**
- ❑ **Pour faire plaisir à vos parents.**
- ❑ **Pour la nuit de noces.**
- ❑ **Pour officialiser votre union.**
- ❑ **Pour faire comme tout le monde.**

❑ **Pour changer de nom.** ❑ **Pour faire plaisir à l'autre.**
❑ **Pour ne plus vivre dans le péché.** ❑ **Parce qu'on vous l'a demandé.**
❑ **Pour voir votro pòro plouror.**
❑ **Parce que vous vous aimiez, tout simplement.**

Où, quand et comment s'était faite la demande en mariage ?

____

____

La future mariée a-t-elle répondu « oui » immédiatement ?

❑ **Oui.** ❑ **Non.**

Êtes-vous heureux(se) de vous être marié(e) ?

X : ❑ **Oui.** ❑ **Non.** **Y :** ❑ **Oui.** ❑ **Non.**

Honnêtement, entre nous, était-ce un beau mariage ?

X : ❑ **Oui.** ❑ **Non.** **Y :** ❑ **Oui.** ❑ **Non.**

Ce mariage correspondait-il à ce dont vous rêviez ?

X : ❑ **Oui.** ❑ **Non.** **Y :** ❑ **Oui.** ❑ **Non.**

Que manquait-il par rapport à vos rêves d'enfant ?

X : ______________ **Y :** ______________

Dans le détail,...

Où était-ce ? ______________

Combien y avait-il d'invités ? ______________

Quel temps faisait-il ? ______________

Quel était le menu ?

Entrées : ______________

Plats : ______________

Desserts : ______________

Boissons : ______________

Est-ce que c'était bon ?

X : ❑ **Oui.** ❑ **Non.** **Y :** ❑ **Oui.** ❑ **Non.**

Qui avait choisi le faire-part ? ❑ **X** ❑ **Y** ❑ **Aucun des deux.**

Qui avait choisi le lieu ? ❑ **X** ❑ **Y** ❑ **Aucun des deux.**

Qui tenait le plus à se marier ? ❑ **X** ❑ **Y** ❑ **Aucun des deux.**

Qui a pleuré ? ❑ **X** ❑ **Y** ❑ **Aucun des deux.**

Qui a regretté ? ❑ X ❑ Y ❑ **Aucun des deux.**

Qui s'est senti ridicule à un moment ? ❑ X ❑ Y ❑ **Aucun des deux.**

Qui a fait un régime avant ce mariage ? ❑ X ❑ Y ❑ **Aucun des deux.**

Qui pensait que c'était beaucoup d'argent quand même ?
❑ X ❑ Y ❑ **Aucun des deux.**

Qui aurait voulu plus simple ? ❑ X ❑ Y ❑ **Aucun des deux.**

Qui a vécu là le plus beau jour de sa vie ? ❑ X ❑ Y ❑ **Aucun des deux.**

Qui aviez-vous refusé d'inviter ? (Vous pouvez citer plusieurs noms.)

X : ______________________________

Y : ______________________________

Qui auriez-vous mieux fait de ne pas inviter ?

X : ______________________________

Y : ______________________________

Qui auriez-vous aimé ne pas voir à votre mariage parmi les amis de votre conjoint ?

X : ______________________________

Y : ______________________________

Qui auriez-vous aimé inviter à votre mariage mais que l'autre a refusé ?

X : ______________________________

Y : ______________________________

Qui auriez-vous aimé voir à votre mariage et n'était pas là finalement ?

X : ______________________________

Y : ______________________________

En plus de votre partenaire, y avait-il à votre mariage une autre personne avec laquelle vous ayez couché ?

X : ❑ **Oui.** ❑ **Non.** **Y** : ❑ **Oui.** ❑ **Non.**

Votre partenaire le savait-il à ce moment-là ?

X : ❑ **Oui.** ❑ **Non.** **Y** : ❑ **Oui.** ❑ **Non.**

Quel est le moment que vous avez préféré dans votre mariage ?

X : ______________________________

Y : ______________________________

À quoi avez-vous pensé au moment de dire « oui » ?

X : ____________________

Y : ____________________

Avez-vous, même un court instant, pensé à dire « non » ?

X : ❑ Oui. ❑ Non. Y : ❑ Oui. ❑ Non.

Quel est votre plus beau souvenir de ce mariage ?

X : ____________________

Y : ____________________

Quel est votre pire souvenir de ce mariage ?

X : ____________________

Y : ____________________

Qu'est-ce qui vous a particulièrement énervé ce jour-là ?

X : __________ Y : __________

Étiez-vous très ému(e) ?

X : ❑ Oui. ❑ Non. Y : ❑ Oui. ❑ Non.

Avez-vous eu la sensation de profiter pleinement de cette journée ?

X : ❑ Oui. ❑ Non. Y : ❑ Oui. ❑ Non.

Juste avant le mariage, aviez-vous pensé à tout annuler ?

X : ❑ Oui. ❑ Non. Y : ❑ Oui. ❑ Non.

Qu'est-ce qui vous faisait peur avant ce mariage ?

X : __________ Y : __________

Qu'est-ce qui vous a le plus embarrassé ce jour-là ?

X : __________ Y : __________

Qu'est-ce qui vous a le plus fait rire ce jour-là ?

X : __________ Y : __________

Quelles surprises, chansons, ou spectacles préparés par votre famille ou vos amis avez-vous appréciés ?

X : __________ Y : __________

Quelles surprises, chansons, ou spectacles préparés par votre famille ou vos amis avez-vous détestés ?

X : __________ Y : __________

Avez-vous dansé « La Chenille » ?

X : ❑ Oui. ❑ Non. Y : ❑ Oui. ❑ Non.

Des couples se sont-ils formés lors de votre mariage ?

X : ❑ Oui. ❑ Non. Y : ❑ Oui. ❑ Non.

Avez-vous fait l'amour le soir de votre mariage ?

X : ❑ Oui. ❑ Non. Y : ❑ Oui. ❑ Non.

Est-ce que c'était bien ?

X : ❑ Oui. ❑ Non. Y : ❑ Oui. ❑ Non.

Vraiment ?

X : ❑ Oui. ❑ Non. Y : ❑ Oui. ❑ Non.

Était-ce la première fois que vous faisiez l'amour ?

X : ❑ Oui. ❑ Non. Y : ❑ Oui. ❑ Non.

Si oui, avec le recul, est-ce que vous pensez que ça valait le coup d'attendre tout ce temps-là ?

X : ❑ Oui. ❑ Non. Y : ❑ Oui. ❑ Non.

Quel est le cadeau le plus pourri que vous ayez reçu pour votre mariage ?

X : ____________________ Y : ____________________

Quel était le montant total des cadeaux offerts ? (En euros.) __________

Si c'était à refaire, que changeriez-vous dans ce mariage magnifique malgré tout, bien sûr ?

X : ____

Y : ____

Qu'est-ce que le fait de vous marier a changé entre vous ?

X : ____

Y : ____

Vous sentez-vous plus adulte depuis que vous vous êtes marié(e) ?

X : ❑ Oui. ❑ Non. Y : ❑ Oui. ❑ Non.

Quel objectif de durée vous étiez-vous fixé(e) au départ sur ce mariage ?

X : ❑ Moins de 2 ans. ❑ De 2 à 5 ans. ❑ De 5 à 10 ans.
❑ De 10 à 20 ans. ❑ De 20 à 30 ans. ❑ Plus de 30 ans.
❑ Pour la vie évidemment.

Y : ❑ Moins de 2 ans. ❑ De 2 à 5 ans. ❑ De 5 à 10 ans.
❑ De 10 à 20 ans. ❑ De 20 à 30 ans. ❑ Plus de 30 ans.
❑ Pour la vie évidemment.

Au jour d'aujourd'hui, pensez-vous que cet objectif puisse toujours être atteint ?

X : ❑ **Oui.** ❑ **Non.** **Y :** ❑ **Oui.** ❑ **Non.**

Avec quelle autre personne vous étiez-vous imaginé(e) vous marier un jour ? (Vous pouvez donner cinq noms.)

X : ____________________ **Y :** ____________________

____________________ ____________________

____________________ ____________________

____________________ ____________________

____________________ ____________________

Aviez-vous déjà demandé quelqu'un d'autre que votre actuel(le) partenaire en mariage ou aviez-vous déjà dit oui à une demande de mariage venant de quelqu'un d'autre ?

X : ❑ **Oui.** ❑ **Non.** **Y :** ❑ **Oui.** ❑ **Non.**

Si oui, c'était qui ?

X : ____________________ **Y :** ____________________

Est-ce que vous rentrez encore dans les vêtements que vous portiez le jour de votre mariage ?

X : ❑ **Oui.** ❑ **Non.** **Y :** ❑ **Oui.** ❑ **Non.**

Avez-vous signé un contrat de mariage ?

X : ❑ **Oui.** ❑ **Non.** **Y :** ❑ **Oui.** ❑ **Non.**

Pourquoi faire ?

X : ____

Y : ____

Si vous n'êtes pas mariés…

Envisagez-vous de vous marier un jour ?

X : ❑ **Oui.** ❑ **Non.** **Y :** ❑ **Oui.** ❑ **Non.**

Ensemble ?

X : ❑ **Oui.** ❑ **Non.** **Y :** ❑ **Oui.** ❑ **Non.**

Si oui, est-ce déjà planifié ?

X : ❑ **Oui.** ❑ **Non.** **Y :** ❑ **Oui.** ❑ **Non.**

Quelle est la date prévue ? ____________________

Avez-vous déjà commencé à vous organiser ?

X : ❑ Oui. ❑ Non. Y : ❑ Oui. ❑ Non.

Une demande officielle a-t-elle été formulée ?

X : ❑ Oui. ❑ Non. Y : ❑ Oui. ❑ Non.

Qui a le plus envie de se marier aujourd'hui ?

X : ❑ Vous. ❑ L'autre. ❑ Les deux, et c'est pour ça que c'est magnifique.

Y : ❑ Vous. ❑ L'autre. ❑ Les deux, et c'est pour ça que c'est magnifique.

Si vous êtes une femme et que vous vous mariez, seriez-vous heureuse de prendre le nom de votre partenaire ?

X : ❑ Oui. ❑ Non. Y : ❑ Oui. ❑ Non.

Comment verriez-vous votre mariage dans l'absolu ?
(Mettez-vous d'accord, ça vous aidera le jour venu.)

Lieu ? ____________________

Forme de la robe ? ____________________

Nombre approximatif d'invités ? ____________________

Nom des témoins de la mariée ? ____________________

Nom des témoins du marié ? ____________________

Mariage religieux ? ❑ Oui. ❑ Non.

Faire-part faits main ? ❑ Oui. ❑ Non.

Dragées offertes ? ❑ Oui. ❑ Non.

« Danse des canards » pendant le soirée ? ❑ Oui. ❑ Non.

Ex interdits à la réception ? ❑ Oui. ❑ Non.

Jarretière mise en vente ? ❑ Oui. ❑ Non.

Contrat de mariage ? ❑ Oui. ❑ Non.

Enterrement de vie de garçon autorisé ? ❑ Oui. ❑ Non.

Menu du dîner ? ____________________

____

Musique pour ouvrir le bal ? ____________________

Lieu pour la liste de mariage ? ____________________

Destination du voyage de noces ? ____________________

Si vous n'envisagez pas de vous marier un jour, quelle en est la raison principale ?

X : ❑ Vous êtes très bien comme ça. ❑ Ça coûte très cher.
❑ Vous êtes déjà marié(e) avec quelqu'un d'autre. ❑ Vous avez la trouille.
❑ Vous ne croyez pas en l'amour à vie. ❑ Vous êtes gay.
❑ Vous n'aimeriez pas devoir divorcer un jour. ❑ Vos familles sont contre.
❑ Vous trouvez ça carrément has-been.
❑ Vous avez peur du choc des cultures entre vos familles.
❑ Vous n'aimez pas être au centre des choses.
❑ Vous n'êtes pas vraiment amoureux.
❑ Autre chose, précisez : ______

Y : ❑ Vous êtes très bien comme ça. ❑ Ça coûte très cher.
❑ Vous êtes déjà marié(e) avec quelqu'un d'autre. ❑ Vous avez la trouille.
❑ Vous ne croyez pas en l'amour à vie. ❑ Vous êtes gay.
❑ Vous n'aimeriez pas devoir divorcer un jour. ❑ Vos familles sont contre.
❑ Vous trouvez ça carrément has-been.
❑ Vous avez peur du choc des cultures entre vos familles.
❑ Vous n'aimez pas être au centre des choses.
❑ Vous n'êtes pas vraiment amoureux.
❑ Autre chose, précisez : ______

VOUS ET LES ENFANTS

Avez-vous des enfants ?

X : ❑ Oui. ❑ Non. Y : ❑ Oui. ❑ Non.

Si oui, présentez-les ci-dessous en quelques mots…

Prénoms enfant 1 ? ______

Date de naissance ? ______

Aime ? ______

______

N'aime pas ? ______

______

Prénoms enfant 2 ? ______________________________

Date de naissance ? ______________________________

Aime ? ______________________________

____

N'aime pas ? ______________________________

____

Prénoms enfant 3 ? ______________________________

Date de naissance ? ______________________________

Aime ? ______________________________

____

N'aime pas ? ______________________________

____

Prénoms enfant 4 ? ______________________________

Date de naissance ? ______________________________

Aime ? ______________________________

____

N'aime pas ? ______________________________

____

Si vous avez plus de quatre enfants, écrivez plus petit…

Vos enfants ressemblent plutôt…

X : ❑ **À leur père.** ❑ **À leur mère.** ❑ **Aux deux.** ❑ **À quelqu'un d'autre.**
Y : ❑ **À leur père.** ❑ **À leur mère.** ❑ **Aux deux.** ❑ **À quelqu'un d'autre.**

Si vous n'avez pas d'enfants, aimeriez-vous avoir des enfants un jour avec l'autre ?

X : ❑ **Oui.** ❑ **Non.** **Y :** ❑ **Oui.** ❑ **Non.**

Si vous en avez déjà, aimeriez-vous en refaire avec l'autre ?

X : ❑ **Oui.** ❑ **Non.** **Y :** ❑ **Oui.** ❑ **Non.**

Si oui, à quel horizon prévoyez-vous de le faire ?

X : ❑ **Ce soir.** ❑ **D'ici 6 mois.** ❑ **D'ici 6 mois à 1 an.**
❑ **D'ici 1 an à 3 ans.** ❑ **D'ici 3 à 5 ans.** ❑ **D'ici une trentaine d'années.**
❑ **Écoutez, si on pouvait ne pas parler de date ça m'arrangerait vous voyez…**

Y : ❑ Ce soir. ❑ D'ici 6 mois. ❑ D'ici 6 mois à 1 an.
❑ D'ici 1 an à 3 ans. ❑ D'ici 3 à 5 ans. ❑ D'ici une trentaine d'années.
❑ Écoutez, si on pouvait ne pas parler de date ça m'arrangerait vous voyez…

Aimez-vous les enfants au fait ?

X : ❑ Oui. ❑ Non. Y : ❑ Oui. ❑ Non.

Et est-ce que les enfants vous aiment ?

X : ❑ Oui. ❑ Non. Y : ❑ Oui. ❑ Non.

Pensez-vous être ou pouvoir être un bon père ou une bonne mère ?

X : ❑ Oui. ❑ Non. Y : ❑ Oui. ❑ Non.

Pensez-vous que votre partenaire fait ou ferait un bon père ou une bonne mère ?

X : ❑ Oui. ❑ Non. Y : ❑ Oui. ❑ Non.

Pour votre premier enfant, ou pour le prochain, vous préféreriez…

X : ❑ Un garçon. ❑ Une fille. ❑ Ne pas être là.
X : ❑ Un garçon. ❑ Une fille. ❑ Ne pas être là.

Pour quelle raison en particulier ?

X : ______________________ Y : ______________________

Quel est votre prénom préféré pour un garçon ?

X : ______________________ Y : ______________________

Quel est votre prénom préféré pour une fille ?

X : ______________________ Y : ______________________

Quel est votre pire prénom pour un garçon ?

X : ______________________ Y : ______________________

Quel est votre pire prénom pour une fille ?

X : ______________________ Y : ______________________

Qu'est-ce qui vous fai(sai)t le plus peur en devenant parent ?

X : ______________________ Y : ______________________

Selon vous, qu'est-ce qui est le plus dur dans le boulot de mère ?

X : ______________________ Y : ______________________

Selon vous, qu'est-ce qui est le plus dur dans le boulot de père ?

X : ______________________ Y : ______________________

Pour quelle raison aimeriez-vous avoir un (autre) enfant ?

X : ____________________ **Y :** ____________________

Pour quelle raison serait-il plus raisonnable sans doute de ne pas en avoir ?

X : ____________________ **Y :** ____________________

Si vous êtes une femme et que votre partenaire ne veut pas d'enfants, que seriez-vous prête à faire pour le convaincre ?

- ❑ En discuter des mois jusqu'à ce qu'il finisse par céder.
- ❑ Ne rien lui dire.
- ❑ Le menacer de le quitter.
- ❑ Lui donner de l'argent.
- ❑ Promettre que vous vous occuperez de tout.
- ❑ Lui promettre un cadeau en échange.
- ❑ Oublier de prendre votre pilule ou faire des trous avec une épingle dans un préservatif.
- ❑ Expliquer que vos seins vont quadrupler de volume.
- ❑ Débuter une grève du sexe.
- ❑ Lui faire croire qu'il ferait un père exceptionnel.
- ❑ Faire intervenir sa mère.
- ❑ Autre chose, précisez : ____________________

Qu'est-ce que vous supportez le moins chez un enfant ?
(Choisissez en trois.)

X :

- ❑ Ça crie.
- ❑ Ça casse tout.
- ❑ Ça fait caca.
- ❑ C'est tout le temps malade.
- ❑ Ça coûte cher.
- ❑ Ça se salit tout le temps.
- ❑ Ça ne sait pas s'occuper tout seul.
- ❑ Ça écoute de la mauvaise musique.
- ❑ Ça embête tout le monde dans les avions.
- ❑ Ça ne s'intéresse pas à la politique.
- ❑ Ça comprend mieux l'informatique que vous.
- ❑ Ça ne se sait pas écrire « rhododendron ».
- ❑ Ça offre des colliers de nouilles et des dessins pourris.
- ❑ Ça ne range pas sa chambre.
- ❑ Autre chose, précisez : ____________________

Y :

- ❑ Ça crie.
- ❑ Ça casse tout.
- ❑ Ça fait caca.
- ❑ C'est tout le temps malade.
- ❑ Ça coûte cher.
- ❑ Ça ne sait pas s'occuper tout seul.
- ❑ Ça écoute de la mauvaise musique.
- ❑ Ça embête tout le monde dans les avions.
- ❑ Ça ne s'intéresse pas à la politique.
- ❑ Ça comprend mieux l'informatique que vous.

❑ **Ça se salit tout le temps.** ❑ **Ça ne se sait pas écrire « rhododendron ».**
❑ **Ça offre des colliers de nouilles et des dessins pourris**
❑ **Ça ne range pas sa chambre.**
❑ **Autre chose, précisez :** ______________________

Qu'est-ce que vous aimeriez que vos enfants héritent de vous ?

X : ______________________ **Y :** ______________________

Qu'est-ce que vous aimeriez que vos enfants héritent de l'autre ?

X : ______________________ **Y :** ______________________

Qu'est-ce que vous aimeriez que vos enfants n'héritent surtout pas de vous ?

X : ______________________ **Y :** ______________________

Qu'est-ce que vous aimeriez que vos enfants réussissent mieux que vous ?

X : ______________________ **Y :** ______________________

Qu'est-ce que vous aimeriez que vos enfants ratent ?

X : ______________________ **Y :** ______________________

Qui parlera de sexe à vos enfants ?

X : ❑ **Vous.** ❑ **L'autre.** ❑ **Les deux.** ❑ **Aucun des deux.**
X : ❑ **Vous.** ❑ **L'autre.** ❑ **Les deux.** ❑ **Aucun des deux.**

Quelles activités aimeriez-vous que vos enfants fassent en grandissant ?

X : ______________________ **Y :** ______________________

Quelles études aimeriez-vous que vos enfants fassent un jour ?

X : ______________________ **Y :** ______________________

Quel métier n'aimeriez-vous pas que vos enfants exercent un jour ?

X : ______________________ **Y :** ______________________

À qui pourriez-vous confier vos enfants sans hésitation si besoin était ?

X : ______________________ **Y :** ______________________

Quel jouet vous ayant appartenu aimeriez-vous donner à vos enfants ?

X : ______________________ **Y :** ______________________

Quel est le conseil le plus important que vous pourriez donner à vos enfants ?

X : ____

Y : ____

Qu'aimeriez-vous transmettre comme valeurs à vos enfants ?

X : ______________________________

Y : ______________________________

Qu'est-ce que vous aimeriez faire avec vos enfants ?

X : ______________________________

Y : ______________________________

Êtes-vous pour les châtiments corporels ?

X : ❑ Oui. ❑ Non. Y : ❑ Oui. ❑ Non.

Pourriez-vous gifler votre enfant ?

X : ❑ Oui. ❑ Non. Y : ❑ Oui. ❑ Non.

À partir de quel âge votre fille aura-t-elle le droit de porter un string ?

X : ______________ **Y :** ______________

Qu'est-ce que vous avez fait dans votre jeunesse que vous interdirez à vos enfants ?

X : ______________________________

Y : ______________________________

Qu'est-ce qui serait le pire selon vous ? (À classer de 1 à 8.)

	X	Y
Votre enfant fume à l'âge de 11 ans.	❑	❑
Votre enfant regarde la télévision cinq heures par jour à l'âge de 12 ans.	❑	❑
Votre enfant fait l'amour pour la première fois à l'âge de 13 ans.	❑	❑
Votre enfant se fait un tatouage à l'âge de 14 ans.	❑	❑
Votre enfant écoute de la musique débile à l'âge de 15 ans.	❑	❑
Votre enfant vous traite de « vieux débris » à l'âge de 16 ans.	❑	❑
Votre enfant entre en quatrième à l'âge de 17 ans.	❑	❑
Votre enfant vote Front national à l'âge de 18 ans.	❑	❑

Combien d'enfants voudriez-vous avoir au total dans la vie ?

X : ______________ **Y :** ______________

Avoir un enfant vous conduirait-il à réfléchir plus longuement avant de quitter l'autre ?

X : ❑ Oui. ❑ Non. Y : ❑ Oui. ❑ Non.

Seriez-vous intéressé(e) à l'idée de vous entraîner à la réalisation d'un enfant avec votre partenaire, là, maintenant, tout de suite ?

X : ❑ Oui. ❑ Non.   Y : ❑ Oui. ❑ Non.

Si oui, vous pouvez poser ce livre et le reprendre plus tard.

IV

LES SUJETS QUI FÂCHENT

Où nos héros prennent leur courage à deux mains pour affronter enfin les discussions qui commencent par « chéri(e), il faut qu'on parle », afin de les régler une bonne fois pour toutes et de repartir du bon pied vers un monde meilleur, tout en se disant que ce n'est qu'un mauvais moment à passer et qu'on ne fera pas ça tous les jours.

Arrêtons de nous voiler maladroitement la face, dans un couple, il y a toujours des sujets qui fâchent, des conversations à éviter, des domaines qu'il vaut mieux ne pas aborder, des choses qu'il ne faut pas savoir, au risque de se lancer dans des discussions stériles et éreintantes. Heureusement, ce livre est là et afin d'éviter tout drame ultérieur, je vous propose dans ce quatième chapitre d'aborder ensemble tous ces sujets un peu tendus. Vous verrez, après, vous me remercierez...

JUSQU'ICI, TOUT VA BIEN

Êtes-vous heureux(se) en ce moment ?

X : ❑ Oui. ❑ Non. Y : ❑ Oui. ❑ Non.

Avez-vous déjà été plus heureux(se) au cours de votre vie ?

X : ❑ Oui. ❑ Non. Y : ❑ Oui. ❑ Non.

Qu'est-ce qui manque à votre bonheur aujourd'hui ?
(Trois choix possibles.)

X :
❑ Un enfant. ❑ Un bon boulot. ❑ De l'argent.
❑ Une grande télé. ❑ Une maîtresse ❑ Un amant.
❑ Un beau mariage. ❑ Un chien ou un chat. ❑ Un hobby.
❑ Une vie sexuelle débridée. ❑ Des amis. ❑ Une Porsche.
❑ De nouvelles chaussures. ❑ Une opération de chirurgie esthétique.
❑ Un ventre plat. ❑ Rien.
❑ Autre chose, précisez : ______________________

Y :
❑ Un enfant. ❑ Un bon boulot. ❑ De l'argent.
❑ Une grande télé. ❑ Une maîtresse ❑ Un amant.
❑ Un beau mariage. ❑ Un chien ou un chat. ❑ Un hobby.
❑ Une vie sexuelle débridée. ❑ Des amis. ❑ Une Porsche.
❑ De nouvelles chaussures. ❑ Une opération de chirurgie esthétique.
❑ Un ventre plat. ❑ Rien.
❑ Autre chose, précisez : ______________________

Avez-vous déjà été amoureux(se) de quelqu'un plus que vous ne l'êtes aujourd'hui ?

X : ❑ Oui. ❑ Non. Y : ❑ Oui. ❑ Non.

Si oui, qui était-ce ?

X : ______________________ Y : ______________________

Pensez-vous sincèrement que la personne qui remplit ce livre avec vous soit l'homme ou la femme de votre vie ?

X : ❑ Oui. ❑ Non. ❑ Je ne sais toujours pas.
Y : ❑ Oui. ❑ Non. ❑ Je ne sais toujours pas.

Qu'est-ce qui pourrait menacer votre histoire d'amour aujourd'hui ?

X :
❑ La jalousie. ❑ Les problèmes d'argent. ❑ Le sexe.
❑ Une discussion politique. ❑ La routine. ❑ Vos parents.

❑ Un enfant. ❑ Ses parents. ❑ L'alcool.
❑ Les séries-le foot à la télé. ❑ Le manque de communication.
❑ Les odeurs corporelles. ❑ Une troisième personne. ❑ Le boulot.
❑ La fatigue. ❑ Autre chose, précisez : ______________

Y : ❑ La jalousie. ❑ Les problèmes d'argent. ❑ Le sexe.
❑ Une discussion politique. ❑ La routine. ❑ Vos parents.
❑ Un enfant. ❑ Ses parents. ❑ L'alcool.
❑ Les séries-le foot à la télé. ❑ Le manque de communication.
❑ Les odeurs corporelles. ❑ Une troisième personne. ❑ Le boulot.
❑ La fatigue. ❑ Autre chose, précisez : ______________

Quand avez-vous fait un point sur ce qui n'allait pas dans votre couple pour la dernière fois ?

❑ Il y a 10 minutes. ❑ Il y a une semaine.
❑ Il y a quelques mois. ❑ Il y a au moins un an.

De quoi avez-vous parlé ?

____

Qui était l'instigateur de cette discussion ? ❑ X ❑ Y

Cette discussion a-t-elle été suivie d'effet, à part la rédaction de ce livre ?

X : ❑ Oui. ❑ Non. Y : ❑ Oui. ❑ Non.

Avec qui parlez-vous de vos histoires de couple ?

X : ____________________ Y : ____________________

Trouvez-vous que votre histoire d'amour est en baisse de régime actuellement ?

X : ❑ Oui. ❑ Non. Y : ❑ Oui. ❑ Non.

Aujourd'hui, dans votre couple, vous aimeriez...
(Choisissez sept réponses.)

	X	Y
Plus de passion ?	❑	❑
Plus de voyages ?	❑	❑
Plus de conversations ?	❑	❑
Plus de moments ensemble ?	❑	❑
Plus de moments en solitaire ?	❑	❑
Plus de sourires ?	❑	❑
Plus de rêves à deux ?	❑	❑

	X	Y
Plus de sexe ?	❑	❑
Plus de fêtes ?	❑	❑
Plus de surprises ?	❑	❑
Plus de câlins ?	❑	❑
Plus de « je t'aime » ?	❑	❑
Plus de moments romantiques ?	❑	❑
Plus de support moral ?	❑	❑
Plus d'enfants ?	❑	❑
Plus de temps sans les enfants ?	❑	❑
Plus de dodo ?	❑	❑
Plus de sourires ?	❑	❑
Plus de cadeaux ?	❑	❑
Plus de rêves à partager ?	❑	❑
Plus de cuir ?	❑	❑
Plus de tolérance ?	❑	❑
Plus de fun ?	❑	❑
Plus de liberté ?	❑	❑
Plus de week-ends en amoureux ?	❑	❑
Plus de petits déjeuners au lit ?	❑	❑
Plus de strings ?	❑	❑

Mais vous aimeriez aussi… (Choisissez sept réponses.)

	X	Y
Moins de copains qui débarquent n'importe quand ?	❑	❑
Moins de migraines le soir ?	❑	❑
Moins de coups de fil avec belle-maman ?	❑	❑
Moins de tentatives culinaires douteuses ?	❑	❑
Moins de jeux vidéo ?	❑	❑
Moins de dépenses inutiles ?	❑	❑
Moins de repas chez sa sœur ?	❑	❑
Moins de « qu'est-ce qu'on mange ? » ?	❑	❑
Moins de télé ?	❑	❑
Moins d'achats impulsifs ?	❑	❑
Moins de foot ?	❑	❑
Moins d'habitudes ?	❑	❑
Moins de bourrelets ?	❑	❑
Moins de mauvaise foi ?	❑	❑

	X	Y
Moins de jalousie maladive ?	❑	❑
Moins de sorties en boîte ?	❑	❑
Moins de visites dans les supermarchés ?	❑	❑
Moins de disputes pour rien ?	❑	❑
Moins de « pardon, j'écoutais pas » ?	❑	❑
Moins de « non, ça, ça me dégoûte » ?	❑	❑
Moins de « t'étais où encore ? » ?	❑	❑
Moins de stress ?	❑	❑
Moins de bibelots moches ?	❑	❑
Moins de poils ?	❑	❑

Si vous pouviez recommencer votre histoire depuis le début, est-ce que vous le feriez ?

X : ❑ Oui. ❑ Non. Y : ❑ Oui. ❑ Non.

Si oui, quelle erreurs éviteriez-vous de refaire ?

X : ____________________

Y : ____________________

Si oui, quels moments aimeriez-vous particulièrement retrouver ?

X : ____________________

Y : ____________________

CHÉRI(E), J'AI UN TRUC À TE DIRE...

Trouvez-vous que vous communiquez de manière satisfaisante entre vous ?

X : ❑ Oui. ❑ Non. Y : ❑ Oui. ❑ Non.

Qui provoque généralement les discussions ou les mises au point dans votre couple ?

X : ❑ Vous. ❑ L'autre. Y : ❑ Vous. ❑ L'autre.

Vous sentez-vous capable de tout dire à votre partenaire ?

X : ❑ Oui. ❑ Non. Y : ❑ Oui. ❑ Non.

Si oui, ça tombe bien. Si non, je vais vous y aider.

Regardez votre partenaire un instant. Pensez à vous deux...

Aujourd'hui, avec le recul, vous diriez que vous aimez l'autre surtout… (Trois choix possibles.)

X : ❑ Pour son physique. ❑ Pour son intelligence.
❑ Parce qu'il (elle) vous rappelle votre père (votre mère).
❑ Pour son argent. ❑ Pour sa manière d'embrasser.
❑ Parce que c'est la seule personne au monde à vous supporter.
❑ Parce qu'il (elle) vous rassure. ❑ Pour sa maison de campagne.
❑ Parce qu'il (elle) fait très bien l'amour. ❑ Par politesse.
❑ Parce que vos parents vous l'ont demandé. ❑ Quand (elle) il n'est pas là.
❑ Parce que vous n'avez jamais trouvé mieux.
❑ Pour autre chose, précisez : ____________________

Y : ❑ Pour son physique. ❑ Pour son intelligence.
❑ Parce qu'il (elle) vous rappelle votre père (votre mère).
❑ Pour son argent. ❑ Pour sa manière d'embrasser.
❑ Parce que c'est la seule personne au monde à vous supporter.
❑ Parce qu'il (elle) vous rassure. ❑ Pour sa maison de campagne.
❑ Parce qu'il (elle) fait très bien l'amour. ❑ Par politesse.
❑ Parce que vos parents vous l'ont demandé. ❑ Quand (elle) il n'est pas là.
❑ Parce que vous n'avez jamais trouvé mieux.
❑ Pour autre chose, précisez : ____________________

Quelles sont les trois habitudes de l'autre que vous ne supportez pas ?

X : ____________________ Y : ____________________

____________________ ____________________

____________________ ____________________

Qu'est-ce qui vous déçoit aujourd'hui chez l'autre ?

X : ____________________ Y : ____________________

Quelle promesse l'autre vous a faite un jour et qu'il n'a jamais tenue ?

X : ____

Y : ____

Quelle est sa pire faute de goût selon vous ?

X : ____________________ Y : ____________________

Si vous êtes un homme, qu'est-ce que votre mère fait mieux que votre partenaire ?

X : ____________________ Y : ____________________

Si vous êtes une femme, qu'est-ce que votre père fait mieux que votre partenaire ?

X : ______________________ **Y :** ______________________

Combien de fois par jour pensez-vous à votre partenaire ?

X : ❑ **Pratiquement jamais… Quoi ? On avait dit qu'on était honnêtes !**
❑ **Une à deux fois.** ❑ **Plusieurs fois.** ❑ **Tout le temps.**
❑ **Beaucoup trop souvent d'après votre patron et votre entourage.**

Y : ❑ **Pratiquement jamais… Quoi ? On avait dit qu'on était honnêtes !**
❑ **Une à deux fois.** ❑ **Plusieurs fois.** ❑ **Tout le temps.**
❑ **Beaucoup trop souvent d'après votre patron et votre entourage.**

Regardez votre partenaire attentivement pendant une minute.

Quels sont les défauts physiques qu'objectivement vous pouvez lui trouver au niveau…

Du visage en général ?

X : ______________________ **Y :** ______________________

Du nez ?

X : ______________________ **Y :** ______________________

Des yeux ?

X : ______________________ **Y :** ______________________

De la bouche ?

X : ______________________ **Y :** ______________________

Des dents ?

X : ______________________ **Y :** ______________________

Des oreilles ?

X : ______________________ **Y :** ______________________

De la coiffure ou des cheveux ?

X : ______________________ **Y :** ______________________

Du corps en général ?

X : ______________________ **Y :** ______________________

Du ventre ?

X : ______________________ **Y :** ______________________

De la poitrine ?

X : ______________________ Y : ______________________

Des mains ?

X : ______________________ Y : ______________________

Des jambes ?

X : ______________________ Y : ______________________

Des pieds ?

X : ______________________ Y : ______________________

Aviez-vous remarqué ces défauts auparavant ?

X : ❑ Oui. ❑ Non. Y : ❑ Oui. ❑ Non.

Poussons plus loin les observations et les confidences sur le physique de votre partenaire…

Au niveau poids…

X : ❑ Ça va. ❑ Peut mieux faire. Y : ❑ Ça va. ❑ Peut mieux faire.

Au niveau muscles…

X : ❑ Ça va. ❑ Peut mieux faire. Y : ❑ Ça va. ❑ Peut mieux faire.

Au niveau pilosité…

X : ❑ Ça va. ❑ Peut mieux faire. Y : ❑ Ça va. ❑ Peut mieux faire.

Au niveau odeurs…

X : ❑ Ça va. ❑ Peut mieux faire. Y : ❑ Ça va. ❑ Peut mieux faire.

Au niveau cellulite…

X : ❑ Ça va. ❑ Peut mieux faire. Y : ❑ Ça va. ❑ Peut mieux faire.

Au niveau bourrelets…

X : ❑ Ça va. ❑ Peut mieux faire. Y : ❑ Ça va. ❑ Peut mieux faire.

Au niveau bronzage…

X : ❑ Ça va. ❑ Peut mieux faire. Y : ❑ Ça va. ❑ Peut mieux faire.

Au niveau douceur de peau…

X : ❑ Ça va. ❑ Peut mieux faire. Y : ❑ Ça va. ❑ Peut mieux faire.

Qu'aimeriez-vous que votre partenaire se refasse faire grâce à la chirurgie esthétique si c'était possible ?

X : ______________________ Y : ______________________

Si votre partenaire porte des lunettes, le ou la préférez-vous avec ou sans lunettes ?

X : ❑ Avec. ❑ Sans. ❑ Les deux lui vont bien.

Y : ❑ Avec. ❑ Sans. ❑ Les deux lui vont bien.

Si votre partenaire est une femme, trouvez-vous ses seins…

X : ❑ **Trop petits.** ❑ **Trop gros.** ❑ **Parfaits comme ils sont.** ❑ **Trop peu nombreux.**

Y : ❑ **Trop petits.** ❑ **Trop gros.** ❑ **Parfaits comme ils sont.** ❑ **Trop peu nombreux.**

Si votre partenaire est un homme, trouvez-vous son sexe…

X : ❑ **Trop petit.** ❑ **Trop gros.** ❑ **Parfait comme il est.** ❑ **Amusant.**

Y : ❑ **Trop petit.** ❑ **Trop gros.** ❑ **Parfait comme il est.** ❑ **Amusant.**

Qu'est-ce qui a le plus changé physiquement chez l'autre depuis que vous êtes ensemble ?

X : ________________ **Y :** ________________

L'aimerez-vous encore quand il sera chauve ou quand elle sera grosse ?

X : ❑ **Oui.** ❑ **Non.** ❑ **Faut voir, je réserve ma réponse…**
Y : ❑ **Oui.** ❑ **Non.** ❑ **Faut voir, je réserve ma réponse…**

Avec beaucoup d'imagination, à quel animal pourriez-vous comparer votre partenaire ?

X : ________________ **Y :** ________________

Qu'est-ce que vous aimeriez pouvoir changer chez l'autre aujourd'hui ?

X : ________________________________

Y : ________________________________

Qu'est-ce que vous avez renoncé à changer chez l'autre ?

X : ________________________________

Y : ________________________________

Honnêtement, aimeriez-vous que l'autre ait quelque chose de plus gros ?

X : ❑ **Oui, j'aimerais.** ❑ **Non, tout est à la bonne taille.**
Y : ❑ **Oui, j'aimerais.** ❑ **Non, tout est à la bonne taille.**

Quelle phrase votre partenaire répète trop souvent ?

X : ________________________________

Y : ________________________________

Qu'est-ce que l'autre fait parfois devant tout le monde et qui vous met mal à l'aise ?

X : ________________ **Y :** ________________

Qu'est-ce que votre partenaire vous a emprunté et ne vous a jamais rendu ?

X : ____________________ Y : ____________________

Avez-vous déjà accepté de l'argent de la part de l'autre ?

X : ❑ Oui. ❑ Non. Y : ❑ Oui. ❑ Non.

Si oui, était-ce gênant pour vous ?

X : ❑ Oui. ❑ Non. Y : ❑ Oui. ❑ Non.

Avez-vous déjà pleuré l'un devant l'autre ?

X : ❑ Oui. ❑ Non. Y : ❑ Oui. ❑ Non.

Avez-vous déjà fait pleurer l'autre ?

X : ❑ Oui. ❑ Non. Y : ❑ Oui. ❑ Non.

Pourquoi ?

X : ____

Y : ____

Avez-vous déjà fait exprès de faire de la peine à l'autre ?

X : ❑ Oui. ❑ Non. Y : ❑ Oui. ❑ Non.

Avez-vous déjà demandé pardon à l'autre ?

X : ❑ Oui. ❑ Non. Y : ❑ Oui. ❑ Non.

Si oui, à quelle occasion ?

X : ____

Y : ____

Quel est le cadeau que l'autre ne vous a jamais fait et dont vous rêviez pourtant ?

X : ____________________ Y : ____________________

Qu'est-ce qui appartenait à l'autre que vous avez fait exprès de casser ou de perdre ?

X : ____________________ Y : ____________________

Si vous êtes une femme, qu'est-ce qui vous énerve dans le comportement au quotidien de votre homme ?

❑ Il ne range rien. **❑ Il n'aide jamais pour le ménage.**

❑ Il dépense sans réfléchir. **❑ Il évite toute discussion sérieuse.**

❑ Il souffle dès que vous lui demandez quelque chose.

- ❑ Il ne parle jamais avenir.
- ❑ Il ne prend jamais de décisions.
- ❑ Il est tout le temps fatigué.
- ❑ Il veut toujours avoir raison.
- ❑ Il laisse s'accumuler la vaisselle dans l'évier.
- ❑ Il pète au lit.
- ❑ Il est toujours d'accord avec vous.
- ❑ Il veut tout le temps faire l'amour.
- ❑ Il regarde les autres filles en cachette.
- ❑ Il vous trompe.
- ❑ Il râle quand le frigo est vide.
- ❑ Il dit des gros mots.
- ❑ Il passe son temps à zapper.
- ❑ Il critique en permanence ce que vous faites.
- ❑ Il allume la télé dès qu'il rentre à la maison.
- ❑ Autre chose, précisez : ____________________

Si vous êtes un homme, qu'est-ce qui vous énerve dans le comportement au quotidien de votre copine ?

- ❑ Elle est maniaque question ménage.
- ❑ Elle parle tout le temps.
- ❑ Elle hurle pour une minuscule araignée.
- ❑ Elle ressemble à sa mère.
- ❑ Elle change d'avis en permanence.
- ❑ Elle adore la téléréalité.
- ❑ Elle veut tout le temps aller danser.
- ❑ Elle met des sous-vêtements.
- ❑ Elle téléphone des heures à ses copines.
- ❑ Elle déteste le tuning.
- ❑ Elle se prend la tête pour tout et n'importe quoi.
- ❑ Elle remplit son armoire de vêtements qu'elle ne met jamais.
- ❑ Elle passe des heures dans la salle de bains.
- ❑ Elle veut savoir ce que vous avez fait dans la journée.
- ❑ Elle se serre contre vous quand vous dormez.
- ❑ Elle laisse traîner ses collants.
- ❑ Elle demande « j'ai grossi ? » tous les jours.
- ❑ Elle se jette sur des gâteaux après avoir mangé une demi-carotte au dîner.
- ❑ Autre chose, précisez : ____________________

Pensez-vous que votre partenaire soit…

Trop dépensier(e) ?

X : ❑ Oui. ❑ Non. Y : ❑ Oui. ❑ Non.

Trop stressé(e) ?

X : ❑ Oui. ❑ Non. Y : ❑ Oui. ❑ Non.

Trop égoïste ?

X : ❑ Oui. ❑ Non. Y : ❑ Oui. ❑ Non.

Trop gamin(e) ?

X : ❑ Oui. ❑ Non. Y : ❑ Oui. ❑ Non.

Trop bavard(e) ?

X : ❑ Oui. ❑ Non. Y : ❑ Oui. ❑ Non.

Trop ambitieux(se) ?

X : ❑ Oui. ❑ Non. Y : ❑ Oui. ❑ Non.

Trop de mauvaise foi ?

X : ❑ Oui. ❑ Non. Y : ❑ Oui. ❑ Non.

Trop chiant(e) parfois ?

X : ❑ Oui. ❑ Non. Y : ❑ Oui. ❑ Non.

Qu'est-ce que vous aimeriez faire aujourd'hui mais que votre partenaire n'apprécierait sans doute pas ?

X : ____________________

Y : ____________________

Comptez-vous le faire malgré tout un de ces jours ?

X : ❑ Oui. ❑ Non. Y : ❑ Oui. ❑ Non.

Qui a le plus besoin de l'autre aujourd'hui ?

X : ❑ Vous. ❑ L'autre. ❑ Ça dépend, financièrement vous voulez dire ?

Y : ❑ Vous. ❑ L'autre. ❑ Ça dépend, financièrement vous voulez dire ?

Qu'est-ce que vous n'aimez pas dans votre couple aujourd'hui ?

X : ____________________

Y : ____________________

Avez-vous déjà pensé que vous n'aviez peut-être pas fait le bon choix ?

X : ❑ Oui. ❑ Non. Y : ❑ Oui. ❑ Non.

Qu'est-ce que vous n'avez jamais dit à l'autre que vous aimeriez lui dire maintenant ?

X : ____________________

____

Y : ____________________

____

Quelles sont les trois choses que vous auriez aimé ne jamais savoir sur le passé de votre partenaire ?

X : ____________________ Y : ____________________

____________________ ____________________

____________________ ____________________

Et qu'est-ce que vous ne voulez surtout pas savoir aujourd'hui ?

	X	Y
Combien d'ex il (elle) a.	❑	❑
Ce qu'il (elle) raconte à ses ami(e)s sur vous.	❑	❑
À quoi il (elle) pense quand vous faites l'amour.	❑	❑
Le prix de ses dernières chaussures.	❑	❑
Le montant des DVD achetés le mois dernier.	❑	❑
Ce qu'il (elle) pense du métier que vous faites.	❑	❑
Ce qui se passe à son boulot.	❑	❑
La note qu'il (elle) vous mettrait sur 20.	❑	❑
Les raisons qui l'ont poussé(e) à vivre avec vous.	❑	❑
S'il (elle) simule parfois.	❑	❑
Quand il (elle) a envie de faire caca.	❑	❑
S'il (elle) vous a trompé(e).	❑	❑
Ce qu'il (elle) marmonne quand il (elle) marmonne seul(e) dans son coin.	❑	❑
Ce qu'il (elle) pense de votre meilleur copain (copine).	❑	❑
À quoi il (elle) pense quand il (elle) vous voit tout(e) nu(e).	❑	❑
Le nombre de fois où il (elle) se fait draguer par semaine.	❑	❑

Autre chose, précisez : ____________________________

Avez-vous conscience que vous risquez de savoir tout ça en continuant ce livre ?

X : ❑ Oui. ❑ Non.   Y : ❑ Oui. ❑ Non.

Donc on peut continuer ?

X : ❑ Oui. ❑ Non.   Y : ❑ Oui. ❑ Non.

Si non, posez ce livre pendant quelque temps et revenez-y quand la curiosité sera trop forte.

Si oui, allons-y, il reste encore beaucoup de questions auxquelles répondre.

C'EST MARRANT, J'AVAIS OUBLIÉ DE T'EN PARLER...

Puisque nous sommes dans les confidences et que nous nous amusons bien, allons un petit peu plus loin...

Avez-vous déjà menti à l'autre ?

X : ❑ Oui. ❑ Non. Y : ❑ Oui. ❑ Non.

Si oui, à quel propos était-ce la dernière fois ?

X : ____________________ **Y :** ____________________

Si non, est-ce que vous ne nous prendriez pas pour des imbéciles des fois ?

X : ❑ Oui. ❑ Non. Y : ❑ Oui. ❑ Non.

Pensez-vous qu'il soit bon de garder certaines choses secrètes pour ne pas menacer la stabilité de son couple ?

X : ❑ Oui. ❑ Non. Y : ❑ Oui. ❑ Non.

À combien estimez-vous le pourcentage de mensonge ou de non-dits dans ce que vous dites à votre partenaire ou dans ce qu'il sait de votre vie ?

X : ❑ 0%. ❑ 1 à 10%. ❑ 11 à 25%. ❑ 26 à 50%. ❑ 51 à 75%. ❑ 75 à 100%. ❑ 100%.

Y : ❑ 0%. ❑ 1 à 10%. ❑ 11 à 25%. ❑ 26 à 50%. ❑ 51 à 75%. ❑ 75 à 100%. ❑ 100%.

Ce pourcentage va-t-il en diminuant ou en s'accroissant actuellement ?

X : ❑ En diminuant. ❑ En s'accroissant. ❑ Il reste constant.

Y : ❑ En diminuant. ❑ En s'accroissant. ❑ Il reste constant.

Parlons donc de ces petits mensonges sans conséquence et autres non-dits diplomatiques...

Quel est le vêtement appartenant à l'autre que vous aimeriez bien jeter ?

X : ____________________ **Y :** ____________________

Quel est le disque lui appartenant que vous aimeriez bien briser ?

X : ____________________ **Y :** ____________________

Quel est le livre lui appartenant que vous aimeriez bien brûler ?

X : ____________________ **Y :** ____________________

Quel est le film qu'il (elle) aime beaucoup que vous détestez ?

X : ____________________ **Y :** ____________________

Si vous le pouviez, quel objet de votre partenaire aimeriez-vous vendre dans un vide-grenier ?

X : ______________________ Y : ______________________

Quel est l'élément de décoration appartenant à l'autre que vous adoreriez casser ?

X : ______________________ Y : ______________________

Quel est le lieu de vacances où vous allez tout le temps que vous détestez ?

X : ______________________ Y : ______________________

Quel est le plat qu'il (elle) adore faire ou manger que vous détestez ?

X : ______________________ Y : ______________________

Quelle est la position sexuelle qu'il (elle) adore que vous détestez ?

X : ______________________ Y : ______________________

Qu'est-ce que vous n'aimez pas dans sa manière de faire l'amour ?

X : ______________________ Y : ______________________

Entre nous, comment n'aimez-vous pas que l'autre se coiffe ?

X : ______________________ Y : ______________________

Comment n'aimez-vous pas que l'autre s'habille?

X : ______________________ Y : ______________________

Quel est le parfum que met l'autre parfois et que vous n'aimez pas ?

X : ______________________ Y : ______________________

Quelle est la personne qui lui tourne autour que vous n'aimez pas ?

X : ______________________ Y : ______________________

Quelle est la personne de sa famille que vous n'appréciez pas ?

X : ______________________ Y : ______________________

Quel est le tic verbal qu'il (elle) a que vous détestez ?

X : ______________________ Y : ______________________

Quelle est l'émission TV qu'il (elle) regarde que vous détestez ?

X : ______________________ Y : ______________________

Qu'est-ce que vous ne supportez pas que l'autre fasse en public ?

X : ______________________ Y : ______________________

Quelle est la partie de son corps que vous aimez le moins ?

X : ______________________ **Y** : ______________________

A quoi trouvez-vous que votre partenaire est particulièrement nul ?

X : ______________________ **Y** : ______________________

Quelle est la petite manie de l'autre que vous ne supportez pas ?

X : ____

Y : ____

Qu'est-ce que l'autre laisse toujours traîner et qui vous énerve particulièrement ?

X : ______________________ **Y** : ______________________

Avez-vous déjà dit « mais moi aussi je t'aime » juste pour pouvoir suivre la fin d'un match ou d'un feuilleton à la télé ?

X : ❑ Oui. ❑ Non. Y : ❑ Oui. ❑ Non.

Est-ce que vous trouvez que l'autre fait bien la cuisine ?

X : ❑ Oui ❑ Non ❑ Bof… Y : ❑ Oui ❑ Non ❑ Bof…

Qu'est-ce qui vous coupe parfois l'envie de faire l'amour avec l'autre ?

X : ______________________ **Y** : ______________________

Qu'est-ce que votre ex faisait mieux que votre partenaire actuel(le) en cuisine ?

X : ______________________ **Y** : ______________________

Qu'est-ce que vous préférez faire avec quelqu'un d'autre que votre partenaire ?

X : ____

Y : ____

Que faites-vous généralement pour « punir » l'autre ?

X : ______________________ **Y** : ______________________

Si vous avez un animal de compagnie, trouvez-vous que celui-ci est parfois plus important que vous aux yeux de votre partenaire ?

X : ❑ Oui. ❑ Non. Y : ❑ Oui. ❑ Non.

Si l'un de vous deux a répondu oui, l'autre reconnaît-il que c'est parfois assez vrai quand on y réfléchit ?

X : ❑ Oui. ❑ Non. Y : ❑ Oui. ❑ Non.

Quel est le pire cadeau que vous ait fait l'autre et que vous avez fait semblant d'aimer ?

X : ______________________ Y : ______________________

Où est ce cadeau aujourd'hui d'ailleurs ?

X : ______________________ Y : ______________________

Avez-vous été récemment jaloux(se), mais sans le montrer à votre partenaire ?

X : ❑ Oui. ❑ Non. Y : ❑ Oui. ❑ Non.

Si oui, à quelle occasion était-ce ?

X : ____

Y : ____

Aimez-vous entretenir avec les autres des rapports de séduction ambigus, juste pour le plaisir ?

X : ❑ Oui. ❑ Non. Y : ❑ Oui. ❑ Non.

Avez-vous dans votre entourage des connaissances avec lesquelles il pourrait sans doute se passer quelque chose ?

X : ❑ Oui. ❑ Non. Y : ❑ Oui. ❑ Non.

Si oui, veuillez donner des noms, ça intéressera sans doute votre partenaire…

X : ______________________ Y : ______________________

Qui pourrait vous troubler sur votre lieu de travail ?

X : ______________________ Y : ______________________

Quel(le) voisin(e) trouvez-vous particulièrement mignon(ne) ?

X : ______________________ Y : ______________________

Avec quelle ami(e) de votre partenaire auriez-vous potentiellement aimé avoir une aventure ?

X : ______________________ Y : ______________________

Pour quelle célébrité pourriez-vous dire « où il (elle) veut, quand il (elle) veut ?

X : ______________________ Y : ______________________

Avec qui allez-vous déjeuner ou dîner de temps en temps sans le dire à votre partenaire ?

X : ______________________ Y : ______________________

Vous a-t-on dragué(e) aujourd'hui ?

X : ❑ Oui. ❑ Non. Y : ❑ Oui. ❑ Non.

Qui vous a dragué(e) récemment ?

X : ____________________ **Y :** ____________________

L'aviez-vous dit à votre partenaire ?

X : ❑ Bien sûr que oui ! ❑ Bien sûr que non !
❑ Ah, non, tiens, j'ai oublié, c'est bête hein ?

Y : ❑ Bien sûr que oui ! ❑ Bien sûr que non !
❑ Ah, non, tiens, j'ai oublié, c'est bête hein ?

Combien de fois vous a-t-on vraiment dragué(e) depuis que vous êtes en couple ?

X : ❑ Jamais. ❑ Rarement. ❑ Parfois. ❑ Assez souvent.
❑ Tout le temps.

Y : ❑ Jamais. ❑ Rarement. ❑ Parfois. ❑ Assez souvent.
❑ Tout le temps.

Cette fréquence vous satisfait-elle ?

X : ❑ Oui. ❑ Non. Y : ❑ Oui. ❑ Non.

Qu'avez-vous déjà fait dans la vie que votre partenaire vous avait pourtant interdit ?

X : ____

Y : ____

Qu'est-ce que l'autre n'a vraiment pas besoin de savoir ?

X : ____

Y : ____

Qu'est-ce qu'il serait quand même grand temps que vous disiez à l'autre ?

X : ____

Y : ____

À ce sujet, honnêtement, que faites-vous quand…

Quelqu'un vous drague au boulot ?

X : ❑ Vous le dites. ❑ Vous vous taisez.
Y : ❑ Vous le dites. ❑ Vous vous taisez.

Un(e) ex vous appelle pour aller boire un verre ?

X : ❑ Vous le dites. ❑ Vous vous taisez.
Y : ❑ Vous le dites. ❑ Vous vous taisez.

Votre mère le (la) critique sévèrement au téléphone ?

X : ❑ Vous le dites. ❑ Vous vous taisez.
Y : ❑ Vous le dites. ❑ Vous vous taisez.

Sa coiffure est ratée ?

X : ❑ Vous le dites. ❑ Vous vous taisez.
Y : ❑ Vous le dites. ❑ Vous vous taisez.

Il (elle) a grossi ?

X : ❑ Vous le dites. ❑ Vous vous taisez.
Y : ❑ Vous le dites. ❑ Vous vous taisez.

Il (elle) a raté un repas concocté avec amour ?

X : ❑ Vous le dites. ❑ Vous vous taisez.
Y : ❑ Vous le dites. ❑ Vous vous taisez.

Vous déjeunez avec un copain (copine) top model ?

X : ❑ Vous le dites. ❑ Vous vous taisez.
Y : ❑ Vous le dites. ❑ Vous vous taisez.

Sa cravate est affreuse ou ses chaussures sont horribles ?

X : ❑ Vous le dites. ❑ Vous vous taisez.
Y : ❑ Vous le dites. ❑ Vous vous taisez.

Vous trouvez qu'il (elle) conduit très vite et très mal?

X : ❑ Vous le dites. ❑ Vous vous taisez.
Y : ❑ Vous le dites. ❑ Vous vous taisez.

Ses parents deviennent vraiment trop pénibles ?

X : ❑ Vous le dites. ❑ Vous vous taisez.
Y : ❑ Vous le dites. ❑ Vous vous taisez.

Il (elle) vous doit de l'argent depuis un petit moment ?

X : ❑ Vous le dites. ❑ Vous vous taisez.
Y : ❑ Vous le dites. ❑ Vous vous taisez.

Vous avez une liaison purement sexuelle avec son (sa) meilleur(e) ami(e) ?

X : ❑ Vous le dites. ❑ Vous vous taisez.
Y : ❑ Vous le dites. ❑ Vous vous taisez.

L'autre a mauvaise haleine ?

X : ❑ Vous le dites. ❑ Vous vous taisez.
Y : ❑ Vous le dites. ❑ Vous vous taisez.

L'autre se trompe de chemin en voiture ?

X : ❑ Vous le dites. ❑ Vous vous taisez.
Y : ❑ Vous le dites. ❑ Vous vous taisez.

Vous vous rendez compte que l'autre vous ment ?

X : ❑ Vous le dites. ❑ Vous vous taisez.
Y : ❑ Vous le dites. ❑ Vous vous taisez.

L'autre ne vous fait pas jouir ?

X : ❑ Vous le dites. ❑ Vous vous taisez.
Y : ❑ Vous le dites. ❑ Vous vous taisez.

Soyons encore plus clair…

Que faites-vous aujourd'hui sans le dire à votre partenaire ?

Vous buvez ?

X : ❑ Oui. ❑ Non. Y : ❑ Oui. ❑ Non.

Vous prenez de la drogue ?

X : ❑ Oui. ❑ Non. Y : ❑ Oui. ❑ Non.

Vous draguez vos collègues ?

X : ❑ Oui. ❑ Non. Y : ❑ Oui. ❑ Non.

Vous mettez de l'argent de côté ?

X : ❑ Oui. ❑ Non. Y : ❑ Oui. ❑ Non.

Vous pariez sur des courses de chevaux ?

X : ❑ Oui. ❑ Non. Y : ❑ Oui. ❑ Non.

Vous allez voir des prostituées ?

X : ❑ Oui. ❑ Non. Y : ❑ Oui. ❑ Non.

Vous avez une maîtresse et trois enfants cachés ?

X : ❑ Oui. ❑ Non. Y : ❑ Oui. ❑ Non.

Vous revoyez certain(e)s de vos ex ?

X : ❑ Oui. ❑ Non. Y : ❑ Oui. ❑ Non.

Vous chatez sur Internet ?

X : ❑ Oui. ❑ Non. Y : ❑ Oui. ❑ Non.

Vous écoutez Céline Dion ?

X : ❑ Oui. ❑ Non. Y : ❑ Oui. ❑ Non.

Vous travalllez pour le gouvernement ?

X : ❑ Oui. ❑ Non. Y : ❑ Oui. ❑ Non.

Vous mangez des tonnes de chocolat ?

X : ❑ Oui. ❑ Non. Y : ❑ Oui. ❑ Non.

Vous lisez « Voici » ?

X : ❑ Oui. ❑ Non. Y : ❑ Oui. ❑ Non.

Vous allez à l'église ?

X : ❑ Oui. ❑ Non. Y : ❑ Oui. ❑ Non.

Vous prenez des cours du soir ?

X : ❑ Oui. ❑ Non. Y : ❑ Oui. ❑ Non.

Vous postulez à la Star Académie ?

X : ❑ Oui. ❑ Non. Y : ❑ Oui. ❑ Non.

Vous sauvez le monde avec une cape et un collant ?

X : ❑ Oui. ❑ Non. Y : ❑ Oui. ❑ Non.

Pensez-vous qu'il soit indispensable de mentir un peu pour maintenir la paix dans un couple ?

X : ❑ Oui. ❑ Non. Y : ❑ Oui. ❑ Non.

Et au fait, avec vos beaux-parents, ça va comment ?

X : ❑ Ça va bien. ❑ Ça pourrait aller mieux.
Y : ❑ Ça va bien. ❑ Ça pourrait aller mieux.

VOS BEAUX-PARENTS ET VOUS...

Vous êtes-vous déjà disputés à cause de vos parents ou beaux-parents ?

X : ❑ Oui. ❑ Non. Y : ❑ Oui. ❑ Non.

Vos parents ont-il eu du mal à accepter votre partenaire ?

X : ❑ Oui. ❑ Non. Y : ❑ Oui. ❑ Non.

Vous rappelez-vous le jour où vous avez présenté l'autre à vos parents ?

X : ❑ Oui. ❑ Non. Y : ❑ Oui. ❑ Non.

Cette rencontre ô combien importante, c'était…

X : **Où ?** ______________ **Quand ?** ______________

Comment ? ______________

Y : **Où ?** ______________ **Quand ?** ______________

Comment ? ______________

Est-ce que cela s'est bien passé ?

X : ❑ **Oui.** ❑ **Non. Pourquoi ?** ______________

Y : ❑ **Oui.** ❑ **Non. Pourquoi ?** ______________

De quoi aviez-vous peur quand vous avez présenté l'autre à vos parents ?

X : ______________

Y : ______________

Aujourd'hui, que pensent vos parents de votre partenaire ?

X : ❑ **Ils l'adorent.** ❑ **Ils s'en méfient.** ❑ **Ils le (la) détestent.**
❑ **Ils refusent de le (la) voir.** ❑ **Ils le (la) plaignent.** ❑ **Ils l'ignorent.**
❑ **Ils l'acceptent, sans plus.** ❑ **Ils le (la) remercient tous les jours.**
❑ **Vous ne savez pas.**

Y : ❑ **Ils l'adorent.** ❑ **Ils s'en méfient.** ❑ **Ils le (la) détestent.**
❑ **Ils refusent de le (la) voir.** ❑ **Ils le (la) plaignent.** ❑ **Ils l'ignorent.**
❑ **Ils l'acceptent, sans plus.** ❑ **Ils le (la) remercient tous les jours.**
❑ **Vous ne savez pas.**

Qu'est-ce que vos parents apprécient particulièrement chez l'autre ?

X : ______________ **Y :** ______________

Qu'est-ce que vos parents critiquent le plus chez votre partenaire ?

X : ______________

Y : ______________

Qu'ont-ils le plus de mal à comprendre ou à accepter chez votre partenaire ?

X : ______________

Y : ______________

Aimez-vous vos beaux-parents ?

X : ❑ **Oui.** ❑ **Non.** **Y :** ❑ **Oui.** ❑ **Non.**

Tutoyez-vous vos beaux-parents ?

X : ❑ Oui. ❑ Non. Y : ❑ Oui. ❑ Non

Appelez-vous régulièrement vos beaux-parents pour avoir des nouvelles ?

X : ❑ Oui. ❑ Non. Y : ❑ Oui. ❑ Non.

Trouvez-vous votre belle-mère ou votre beau-père attirant sexuellement ?

X : ❑ Oui. ❑ Non. Y : ❑ Oui. ❑ Non.

Êtes-vous déjà parti(e) en vacances avec vos beaux-parents ?

X : ❑ Oui. ❑ Non. Y : ❑ Oui. ❑ Non.

Seriez-vous prêt à le faire ou à le refaire un jour ?

X : ❑ Oui. ❑ Non. Y : ❑ Oui. ❑ Non.

Vos beaux-parents ont-ils la clé de chez vous ?

X : ❑ Oui. ❑ Non. Y : ❑ Oui. ❑ Non.

Au bout de combien de temps la promiscuité avec vos beaux-parents devient-elle pénible ?

X : ❑ 10 minutes. ❑ Une soirée. ❑ Une journée.
❑ Deux jours. ❑ Une semaine. ❑ Quatorze ans.

Y : ❑ 10 minutes. ❑ Une soirée. ❑ Une journée.
❑ Deux jours. ❑ Une semaine. ❑ Quatorze ans.

Qu'est-ce que vous trouvez particulièrement moche dans la maison de vos beaux-parents ?

X : ____________________

Y : ____________________

Quel est le pire cadeau que vous aient fait vos beaux-parents ?

X : ____________________ **Y :** ____________________

Quel est le plus beau cadeau que vous aient fait vos beaux-parents ?

X : ____________________ **Y :** ____________________

Qu'est-ce qui vous surprend le plus chez eux ?

X : ____________________

Y : ____________________

Qu'est-ce qui vous déplaît le plus chez eux ?

X : ____________________

Y : ____________________

Quel sujet de conversation revient le plus souvent entre vous et vos beaux-parents ?

X : ______________________________

Y : ______________________________

Quel sujet de conversation évitez-vous d'aborder avec vos beaux-parents ?

X : ______________________________

Y : ______________________________

Avez-vous dans le fond la sensation que vos beaux-parents vous ont vraiment accepté dans leur famille ?

X : ❑ Oui. ❑ Non. Y : ❑ Oui. ❑ Non.

Trouvez-vous que votre partenaire ressemble à ses parents ?

X : ❑ Oui, et c'est très bien. ❑ Oui, et c'est dommage.
❑ Non, et c'est très bien. ❑ Non, et c'est dommage.

Y : ❑ Oui, et c'est très bien. ❑ Oui, et c'est dommage.
❑ Non, et c'est très bien. ❑ Non, et c'est dommage.

Êtes-vous généralement fier de présenter votre partenaire à d'autres personnes comme vos parents ou votre famille ?

X : ❑ Oui. ❑ Non. Y : ❑ Oui. ❑ Non.

Qu'est-ce que vous mettez en avant dans ces moments-là ?

X : ❑ Son charme. ❑ Sa gentillesse. ❑ Son métier.
❑ Ses études. ❑ Sa beauté. ❑ Son humour.
❑ Sa voiture. ❑ Sa culture. ❑ Ses origines.
❑ Son physique. ❑ Son amour pour vous. ❑ Son salaire.

Y : ❑ Son charme. ❑ Sa gentillesse. ❑ Son métier.
❑ Ses études. ❑ Sa beauté. ❑ Son humour.
❑ Sa voiture. ❑ Sa culture. ❑ Ses origines.
❑ Son physique. ❑ Son amour pour vous. ❑ Son salaire.

Parmi les membres de votre famille, qui a ou a eu le plus de mal à accepter votre partenaire ?

X : ______________ Y : ______________

Pourquoi ?

X : ______________________________

Y : ______________________________

Est-ce que les choses ont changé ?

X : ❑ Oui. ❑ Non. Y : ❑ Oui. ❑ Non.

En général, qu'est-ce que les membres de votre famille apprécient chez l'autre quand ils le (la) connaissent ?

X : ______________________ Y : ______________________

Est-ce que vous vous êtes déjà vraiment disputés à cause de vos parents respectifs ?

X : ❑ Oui. ❑ Non. Y : ❑ Oui. ❑ Non.

VOS DISPUTES

Diriez-vous que vous vous disputez souvent ?

X : ❑ Oui. ❑ Non. Y : ❑ Oui. ❑ Non.

En général, qui commence les disputes ?

X : ❑ Vous. ❑ L'autre. ❑ Chacun à son tour.
Y : ❑ Vous. ❑ L'autre. ❑ Chacun à son tour.

Quand vous êtes-vous disputés sérieusement pour la dernière fois ? (Mettez-vous d'accord sans vous disputer merci.)

❑ Il y a moins d'une heure. ❑ Il y a moins d'un jour.
❑ Il y a moins d'une semaine. ❑ Il y a moins d'un mois.
❑ Il y a moins d'un an. ❑ Il y a moins de dix ans.
❑ Il y a très très longtemps, dans une galaxie très éloignée…

Qui avait commencé cette dispute ?

X : ❑ Vous. ❑ L'autre. Y : ❑ Vous. ❑ L'autre.

Qui a gagné ?

X : ❑ Vous. ❑ L'autre. Y : ❑ Vous. ❑ L'autre.

Quelle était la raison de cette dernière dispute ? (Mettez-vous encore d'accord sans vous disputer merci.)

❑ Les problèmes d'argent. ❑ Une fille/un garçon. ❑ Un oubli de cadeau.
❑ L'abus d'alcool. ❑ Une parole en l'air. ❑ Un achat à la con.
❑ Une faute d'orthographe. ❑ Les enfants ❑ Une mauvaise blague.
❑ Une bêtise. ❑ La venue d'une de vos mères.
❑ La fatigue. ❑ L'envie de se réconcilier ensuite.
❑ Vous ne savez même plus. ❑ Autre chose, précisez : ______________

Vous vous disputez en moyenne tous les...

X : ______________________ Y : ______________________

Qui cherche le plus souvent à avoir raison ?

X : ❑ Vous. ❑ L'autre. ❑ Chacun à son tour.

Y : ❑ Vous. ❑ L'autre. ❑ Chacun à son tour.

Si vous aviez un véritable problème de couple, qui iriez-vous voir pour avoir des conseils ?

X : ❑ Votre mère. ❑ Votre père. ❑ Votre meilleur(e) ami(e).
❑ Une voyante. ❑ Un psy. ❑ Un sexologue.
❑ Un barman. ❑ Jean-Luc Delarue.

Y : ❑ Votre mère. ❑ Votre père. ❑ Votre meilleur(e) ami(e).
❑ Une voyante. ❑ Un psy. ❑ Un sexologue.
❑ Un barman. ❑ Jean-Luc Delarue.

Quel est le sujet de dispute le plus idiot que vous ayez trouvé ensemble ?

X : ____

Y : ____

Avez-vous déjà préféré dormir sur le canapé qu'avec l'autre ?

X : ❑ Oui. ❑ Non. Y : ❑ Oui. ❑ Non.

L'autre s'en est-il rendu compte ?

X : ❑ Oui. ❑ Non. Y : ❑ Oui. ❑ Non.

Qui finit par craquer après une dispute en général ?

X : ❑ Vous. ❑ L'autre. ❑ Ça dépend.

Y : ❑ Vous. ❑ L'autre. ❑ Ça dépend.

Qui pleure en premier en général ?

X : ❑ Vous. ❑ L'autre. ❑ Ça dépend.

Y : ❑ Vous. ❑ L'autre. ❑ Ça dépend.

Qu'avez-vous cassé de plus cher au cours d'une dispute ?

X : ____

Y : ____

Est-ce que vous avez déjà essayé de vous disputer avec l'autre juste pour voir, ou juste pour le plaisir de la réconciliation ?

X : ❑ Oui. ❑ Non. Y : ❑ Oui. ❑ Non.

Offrez-vous parfois des fleurs pour autre chose que pour vous faire pardonner quelque chose ?

X : ❑ Oui. ❑ Non. Y : ❑ Oui. ❑ Non.

Avez-vous déjà soufflé fort ou parlé dans votre barbe suite à une remarque de votre partenaire ?

X : ❑ Oui. ❑ Non. Y : ❑ Oui. ❑ Non.

Avez-vous déjà eu envie de frapper votre partenaire au cours d'une dispute ?

X : ❑ Oui. ❑ Non. Y : ❑ Oui. ❑ Non.

Si oui, l'avez-vous fait ?

X : ❑ Oui. ❑ Non. Y : ❑ Oui. ❑ Non.

Si oui, l'autre vous a-t-il (elle) vraiment pardonné(e)?

X : ❑ Oui. ❑ Non. Y : ❑ Oui. ❑ Non.

Quels sont les sujets les plus enclins à créer des disputes dans votre couple ? (Choisissez-en trois.)

X :
- ❑ L'argent.
- ❑ L'alcool.
- ❑ La décoration.
- ❑ La cuisine.
- ❑ Belle-Maman.
- ❑ La manière de conduire.
- ❑ Le sexe.
- ❑ Les chaussettes qui traînent.
- ❑ Le choix des prochaines vacances.
- ❑ Les infidélités réelles ou imaginées.
- ❑ L'éducation des enfants.
- ❑ La place du travail dans votre vie.
- ❑ La propreté des WC.
- ❑ La possession de la télécommande.
- ❑ Les travaux qui n'avancent pas.
- ❑ Autre chose, précisez : ____________________

Y :
- ❑ L'argent.
- ❑ L'alcool.
- ❑ La décoration.
- ❑ La cuisine.
- ❑ Belle-Maman.
- ❑ La manière de conduire.
- ❑ Le sexe.
- ❑ Les chaussettes qui traînent.
- ❑ Le choix des prochaines vacances.
- ❑ Les infidélités réelles ou imaginées.
- ❑ L'éducation des enfants.
- ❑ La place du travail dans votre vie.
- ❑ La propreté des WC.
- ❑ La possession de la télécommande.
- ❑ Les travaux qui n'avancent pas.
- ❑ Autre chose, précisez : ____________________

Êtes-vous du même avis sur les sujets suivants :

La politique ? ❑ Oui. ❑ Non. La religion ? ❑ Oui. ❑ Non.

La peine de mort ?	❑ Oui. ❑ Non.	Le mariage gay ?	❑ Oui. ❑ Non.
L'avortement ?	❑ Oui. ❑ Non.	Les impôts ?	❑ Oui. ❑ Non.
Le string pour homme ?	❑ Oui. ❑ Non.	Les piercings ?	❑ Oui. ❑ Non.
Les vestes en polaire ?	❑ Oui. ❑ Non.	La téléréalité ?	❑ Oui. ❑ Non.
Les chansons de Céline Dion ?	❑ Oui. ❑ Non.	L'échangisme ?	❑ Oui. ❑ Non.
Le concept de fidélité ?	❑ Oui. ❑ Non.	La guerre des étoiles ?	❑ Oui. ❑ Non.
Le vernis à ongles bleu ?	❑ Oui. ❑ Non.	Les OGM ?	❑ Oui. ❑ Non.
La constitution européenne ?	❑ Oui. ❑ Non.	Le clonage ?	❑ Oui. ❑ Non.
La protection de la nature ?	❑ Oui. ❑ Non.	Les radars	❑ Oui. ❑ Non.
La couleur du canapé ?	❑ Oui. ❑ Non.	Le sexe à toute heure ?	❑ Oui. ❑ Non.

Êtes-vous également d'accord…

Pour habiter à moins d'1 km de votre belle-mère ?	❑ Oui. ❑ Non.
Pour vous prêter vos voitures ?	❑ Oui. ❑ Non.
Pour adopter un enfant si vous ne pouvez pas en avoir ?	❑ Oui. ❑ Non.
Pour que vos enfants portent aussi le nom de leur mère ?	❑ Oui. ❑ Non.
Pour aller vivre à la campagne un jour ?	❑ Oui. ❑ Non.
Pour repeindre le salon bientôt ?	❑ Oui. ❑ Non.
Pour prendre un chien ?	❑ Oui. ❑ Non.
Pour finir vos vies ensemble ?	❑ Oui. ❑ Non.

Quel sujet n'avez-vous jamais osé aborder avec votre partenaire ?

X : ______________________ Y : ______________________

Quel sujet n'aborderez-vous plus jamais histoire d'éviter une dispute certaine ?

X : ______________________ Y : ______________________

Est-ce que, aujourd'hui, vous attendez plus de votre partenaire ?

X : ❑ Oui. ❑ Non. Y : ❑ Oui. ❑ Non.

Si oui, qu'attendez-vous en particulier ?

X : ______________________ Y : ______________________

Quels conseils donneriez-vous à l'autre aujourd'hui ? (S'il (elle) n'était pas aussi susceptible…)

« Lave-toi plus souvent »	X : ❑ Oui. ❑ Non.	Y : ❑ Oui. ❑ Non.
« Sois plus patient(e) »	X : ❑ Oui. ❑ Non.	Y : ❑ Oui. ❑ Non.
« Sois plus généreux(se) »	X : ❑ Oui. ❑ Non.	Y : ❑ Oui. ❑ Non.
« Détends-toi »	X : ❑ Oui. ❑ Non.	Y : ❑ Oui. ❑ Non.
« Fais plus de compromis »	X : ❑ Oui. ❑ Non.	Y : ❑ Oui. ❑ Non.

« Fais moins de compromis »	X : ❑ Oui. ❑ Non.	Y : ❑ Oui. ❑ Non.
« Dis moi "je t'aime" plus souvent »	X : ❑ Oui. ❑ Non.	Y : ❑ Oui. ❑ Non.
« Arrête de te dénigrer tout le temps »	X : ❑ Oui. ❑ Non.	Y : ❑ Oui. ❑ Non.
« Profite de la vie »	X : ❑ Oui. ❑ Non.	Y : ❑ Oui. ❑ Non.
« Arrête de faire la gueule »	X : ❑ Oui. ❑ Non.	Y : ❑ Oui. ❑ Non.
« Passe plus de temps tout(e) seul(e) »	X : ❑ Oui. ❑ Non.	Y : ❑ Oui. ❑ Non.
« Arrête de vouloir toujours avoir raison »	X : ❑ Oui. ❑ Non.	Y : ❑ Oui. ❑ Non.
« Essaie de boire un peu moins »	X : ❑ Oui. ❑ Non.	Y : ❑ Oui. ❑ Non.
« Arrête de ne voir que tes problèmes »	X : ❑ Oui. ❑ Non.	Y : ❑ Oui. ❑ Non.
« Souris »	X : ❑ Oui. ❑ Non.	Y : ❑ Oui. ❑ Non.
« Va voir un docteur »	X : ❑ Oui. ❑ Non.	Y : ❑ Oui. ❑ Non.
« Vois le bon côté des choses »	X : ❑ Oui. ❑ Non.	Y : ❑ Oui. ❑ Non.
« Change de job »	X : ❑ Oui. ❑ Non.	Y : ❑ Oui. ❑ Non.
« Fais un régime »	X : ❑ Oui. ❑ Non.	Y : ❑ Oui. ❑ Non.
« Va voir un psy »	X : ❑ Oui. ❑ Non.	Y : ❑ Oui. ❑ Non.
« Kiffe ta life »	X : ❑ Oui. ❑ Non.	Y : ❑ Oui. ❑ Non.
« Change de slip (culotte) plus souvent »	X : ❑ Oui. ❑ Non.	Y : ❑ Oui. ❑ Non.
« Coupe le cordon avec ta mère »	X : ❑ Oui. ❑ Non.	Y : ❑ Oui. ❑ Non.
« Sois moins égoïste »	X : ❑ Oui. ❑ Non.	Y : ❑ Oui. ❑ Non.
« Va-t'en »	X : ❑ Oui. ❑ Non.	Y : ❑ Oui. ❑ Non.
« Prends un chewing-gum »	X : ❑ Oui. ❑ Non.	Y : ❑ Oui. ❑ Non.
« Change de chaîne »	X : ❑ Oui. ❑ Non.	Y : ❑ Oui. ❑ Non.
« Arrête le tuning »	X : ❑ Oui. ❑ Non.	Y : ❑ Oui. ❑ Non.
« Change d'ami(e)s »	X : ❑ Oui. ❑ Non.	Y : ❑ Oui. ❑ Non.
« Appelle ton frère/copine pour vous expliquer enfin »	X : ❑ Oui. ❑ Non.	Y : ❑ Oui. ❑ Non.
« Crois en toi »	X : ❑ Oui. ❑ Non.	Y : ❑ Oui. ❑ Non.
« Change ta garde-robe »	X : ❑ Oui. ❑ Non.	Y : ❑ Oui. ❑ Non.
« Ouvre les yeux »	X : ❑ Oui. ❑ Non.	Y : ❑ Oui. ❑ Non.
« Sois plus dur(e) »	X : ❑ Oui. ❑ Non.	Y : ❑ Oui. ❑ Non.
« Eteins la télé de temps en temps »	X : ❑ Oui. ❑ Non.	Y : ❑ Oui. ❑ Non.
« Arrête de mettre des sous-vêtements »	X : ❑ Oui. ❑ Non.	Y : ❑ Oui. ❑ Non.
« Lâche-toi plus souvent »	X : ❑ Oui. ❑ Non.	Y : ❑ Oui. ❑ Non.
« Arrête de dépenser inutilement »	X : ❑ Oui. ❑ Non.	Y : ❑ Oui. ❑ Non.
« Occupe-toi plus de tes enfants »	X : ❑ Oui. ❑ Non.	Y : ❑ Oui. ❑ Non.
« Couche-toi plus tôt »	X : ❑ Oui. ❑ Non.	Y : ❑ Oui. ❑ Non.
« Embrasse-moi »	X : ❑ Oui. ❑ Non.	Y : ❑ Oui. ❑ Non.

Quelle est la chose la plus méchante que vous ayez dite un jour à l'autre ?

X : ______________________________

Y : ______________________________

Regrettez-vous de l'avoir dite aujourd'hui ?

X : ❑ Oui. ❑ Non. **Y : ❑ Oui. ❑ Non.**

Avez-vous déjà été méchant avec l'autre juste pour le plaisir ?

X : ❑ Oui. ❑ Non. **Y : ❑ Oui. ❑ Non.**

Quand avez-vous été mesquin avec votre partenaire pour la dernière fois ?

X : ______________ **Y :** ______________

Avez-vous déjà appelé votre partenaire par un autre prénom ?

X : ❑ Oui. ❑ Non. **Y : ❑ Oui. ❑ Non.**

Si oui, lequel était-ce ?

X : ______________ **Y :** ______________

Ce lapsus a-t-il été source de dispute ?

X : ❑ Oui. ❑ Non. **Y : ❑ Oui. ❑ Non.**

Qu'avez-vous dit pour vous justifier ?

X : ______________________________

Y : ______________________________

Comment expliquez-vous ce lapsus après coup ?

X : ______________________________

Y : ______________________________

Aujourd'hui, dans votre couple, quelles sont les sept phrases que vous détestez le plus entendre ?

	X	Y		X	Y
« Ecoute, il faut qu'on parle. »	❑	❑	**« On va chez Ikea dimanche ? »**	❑	❑
« T'as pas un peu grossi ? »	❑	❑	**« T'as même pas fait les courses ? »**	❑	❑
« Quoi ? Encore du foot ? »	❑	❑	**« Y a Juju qui reste dîner au fait. »**	❑	❑
« Y a Maman qui vient dîner. »	❑	❑	**« Non, pas ce soir, je suis crevé(e). »**	❑	❑
« Je n'ai rien à me mettre. »	❑	❑	**« Tu sais, ça arrive à tout le monde. »**	❑	❑
« C'était qui ? »	❑	❑	**« Je peux goûter ce que t'as commandé ? »**	❑	❑
« Tu m'aimes ? »	❑	❑	**« Tu me rappelles ta mère (ton père). »**	❑	❑
« Y a quoi à manger ? »	❑	❑	**« Faut que j'appelle Maman, excuse. »**	❑	❑

	X	Y		X	Y
« Tu me prêtes ton pull ? »	❑	❑	« Je suis déjà venu ici avec mon ex. »	❑	❑
« J'arrive tout de suite juré ! »	❑	❑	« T'es con(ne) ou tu fais exprès ? »	❑	❑
« T'es où là ? »	❑	❑	« C'est vraiment une porcherie ici. »	❑	❑
« C'est quand qu'on arrive ? »	❑	❑	« Ca va, Moumoune ? »	❑	❑
« Ça te dirait pas Mulhouse ?	❑	❑	« On fait les comptes ? »	❑	❑
« Y avait plus "Virgin Suicides" alors j'ai loué "Piège de cristal". »				❑	❑
« Tu trouves pas qu'on passe trop de temps ensemble ? »				❑	❑

Quel sera le sujet de votre prochaine dispute ?

X : ____________________ **Y :** ____________________

Et c'est prévu pour quand normalement ?

X : ____________________ **Y :** ____________________

Si vous n'avez pas trouvé de sujet de dispute à venir, en voici un très bon qui suit…

VOUS DEUX ET L'INFIDÉLITÉ

Est-ce que le problème de l'infidélité est un sujet tabou dans votre couple ?

X : ❑ Oui. ❑ Non. Y : ❑ Oui. ❑ Non.

Avant tout, croyez-vous que l'on puisse être fidèle toute sa vie à la même personne ?

X : ❑ Oui. ❑ Non. Y : ❑ Oui. ❑ Non.

Si un(e) de vos ami(e)s était trompé(e) par son mari (femme), et qu'il (elle) ne le savait pas, que feriez-vous ?

X : **❑ Vous le lui diriez.** **❑ Vous ne le lui diriez pas.**
❑ Vous lui feriez de subtils sous-entendus.

Y : **❑ Vous le lui diriez.** **❑ Vous ne le lui diriez pas.**
❑ Vous lui feriez de subtils sous-entendus.

Si un(e) de vos ami(e)s trompait son mari (femme), et qu'il (elle) ne le savait pas, que feriez-vous ?

X : **❑ Vous le lui diriez.** **❑ Vous ne le lui diriez pas.**
❑ Vous lui feriez de subtils sous-entendus.

Y : **❑ Vous lui diriez.** **❑ Vous ne lui diriez pas.**
❑ Vous lui feriez de subtils sous-entendus.

Avez-vous déjà été trompé(e) ?

X : ❑ Oui. ❑ Non. Y : ❑ Oui. ❑ Non.

Si oui, par qui était-ce ?

X : ____________________ **Y :** ____________________

Si oui, avez-vous mis fin à cette relation dès que vous l'avez su ?

X : ❑ Oui. ❑ Non. Y : ❑ Oui. ❑ Non.

Avez-vous déjà trompé quelqu'un ?

X : ❑ Oui. ❑ Non. Y : ❑ Oui. ❑ Non.

Si oui, qui était-ce ?

X : ____________________ **Y :** ____________________

Si oui, combien de fois ?

X : ____________________ **Y :** ____________________

Si oui, l'autre a-t-il (elle) fini par le savoir ?

X : ❑ Oui. ❑ Non. Y : ❑ Oui. ❑ Non.

Selon vous, l'infidélité commence…

	X	Y
Quand on regarde quelqu'un d'autre.	❑	❑
Quand on fantasme sur quelqu'un d'autre.	❑	❑
Quand on drague quelqu'un d'autre.	❑	❑
Quand on embrasse quelqu'un d'autre.	❑	❑
Quand on caresse les seins de quelqu'un d'autre.	❑	❑
Quand on fait une fellation à quelqu'un d'autre.	❑	❑
Quand il y a pénétration avec quelqu'un d'autre.	❑	❑
Quand on dit « je t'aime » à quelqu'un d'autre.	❑	❑

Si vous êtes marié(e), portez-vous votre alliance en permanence ?

X : ❑ Oui. ❑ Non. Y : ❑ Oui. ❑ Non.

Si non, pourquoi ne le faites-vous pas ?

	X	Y
Vous l'avez perdue.	❑	❑
Vous n'aimez pas les bijoux.	❑	❑
Vous n'avez pas envie de dire que vous êtes marié(e).	❑	❑
Vous oubliez, c'est tout.	❑	❑
Vous avez grossi des doigts.	❑	❑

X Y

Vous trouvez cette tradition ridicule. ❑ ❑
On ne sait jamais qui on peut rencontrer dans un bar. ❑ ❑
Le pouvoir de l'anneau est trop fort et il serait trop dangereux de le porter en permanence. ❑ ❑

Quand vous sortez sans votre partenaire et que quelqu'un s'approche pour vous parler, précisez-vous systématiquement que vous êtes en couple ?

X : ❑ Oui. ❑ Non. Y : ❑ Oui. ❑ Non.

Avez-vous déjà été plus ou moins infidèle à votre partenaire ?

X : ❑ Oui. ❑ Non. Y : ❑ Oui. ❑ Non.

Si oui, était-ce sérieux ?

X : **❑ Non, juste un flirt… ❑ Non, juste un baiser…**
❑ Non, juste quelques préliminaires…
❑ Euh, comment dire, malheureusement oui, alors changeons de sujet merci…

Y : **❑ Non, juste un flirt… ❑ Non, juste un baiser…**
❑ Non, juste quelques préliminaires…
❑ Euh, comment dire, malheureusement oui, alors changeons de sujet merci…

Si oui, l'avez-vous dit immédiatement ?

X : ❑ Oui. ❑ Non. Y : ❑ Oui. ❑ Non.

Si oui, l'aviez-vous dit au moins avant aujourd'hui ?

X : ❑ Oui. ❑ Non. Y : ❑ Oui. ❑ Non.

Si oui, l'aviez-vous dit contraint(e) et forcé(e) ?

X : ❑ Oui. ❑ Non. Y : ❑ Oui. ❑ Non.

Faites-vous toute confiance à l'autre aujourd'hui ?

X : ❑ Oui. ❑ Non. Y : ❑ Oui. ❑ Non.

Pensez-vous que votre partenaire a déjà essayé de vous tromper ?

X : ❑ Oui. ❑ Non. Y : ❑ Oui. ❑ Non.

À quelle occasion avez-vous eu des doutes ?

X : ____________________

Y : ____________________

Selon vous, avec quelles personnes de son entourage pourrait-il (elle) avoir une aventure ?

X : ____________________

Y : ____________________

Quelle est la personne qui lui tourne autour dont vous vous méfiez plus particulièrement ?

X : ______________________ **Y** : ______________________

Croyez-vous aux « j'ai une réunion, je rentrerai tard ce soir » ?

X : ❑ Oui. ❑ Non. Y : ❑ Oui. ❑ Non.

L'avez-vous déjà suivi(e) ou fait suivre ?

X : ❑ Oui. ❑ Non. Y : ❑ Oui. ❑ Non.

Avez-vous déjà fouillé ses poches ou ses placards ?

X : ❑ Oui. ❑ Non. Y : ❑ Oui. ❑ Non.

Avez-vous déjà vérifié ses messages dans son téléphone portable ?

X : ❑ Oui. ❑ Non. Y : ❑ Oui. ❑ Non.

Avez-vous déjà trouvé que son parfum était « différent » ?

X : ❑ Oui. ❑ Non. Y : ❑ Oui. ❑ Non.

Si l'autre vous trompait un jour (ce n'est qu'une hypothèse, rassurez-vous)…

X :
❑ Vous aimeriez qu'il (elle) vous le dise tout de suite.
❑ Vous aimeriez ne pas le savoir. ❑ Vous vous vengeriez.
❑ Vous aimeriez qu'il (elle) s'en aille tout de suite.
❑ Vous aimeriez qu'il (elle) meure dans d'affreuses souffrances dévoré(e) par un gnou.

Y :
❑ Vous aimeriez qu'il (elle) vous le dise tout de suite.
❑ Vous aimeriez ne pas le savoir. ❑ Vous vous vengeriez.
❑ Vous aimeriez qu'il (elle) s'en aille tout de suite.
❑ Vous aimeriez qu'il (elle) meure dans d'affreuses souffrances dévoré(e) par un gnou.

Si vous appreniez que votre partenaire vous trompe ou vous avait trompé(e), le (la) quitteriez-vous immédiatement ?

X : ❑ Oui. ❑ Non. Y : ❑ Oui. ❑ Non.

Si non, pourriez-vous à nouveau lui refaire confiance un jour ?

X : ❑ Oui. ❑ Non. Y : ❑ Oui. ❑ Non.

Si non, vous laisseriez-vous aller vous-même à le (la) tromper par vengeance ?

X : ❑ Oui. ❑ Non. Y : ❑ Oui. ❑ Non.

Est-ce que, par principe, de toute manière, vous êtes très jaloux(se) ?

X : ❑ Oui. ❑ Non. Y : ❑ Oui. ❑ Non.

Ça vous inquiète…

Quand l'autre passe des heures au téléphone avec son ex ?

X : ❑ Oui. ❑ Non. Y : ❑ Oui. ❑ Non.

Quand l'autre discute avec quelqu'un dans un bar ?

X : ❑ Oui. ❑ Non. Y : ❑ Oui. ❑ Non.

Quand l'autre met sa langue dans la bouche de quelqu'un d'autre ?

X : ❑ Oui. ❑ Non. Y : ❑ Oui. ❑ Non.

Quand l'autre part en week-end sans vous ?

X : ❑ Oui. ❑ Non. Y : ❑ Oui. ❑ Non.

Quand l'autre reçoit un SMS sans dire qui c'est ?

X : ❑ Oui. ❑ Non. Y : ❑ Oui. ❑ Non.

Quand un(e) nouveau(elle) stagiaire arrive dans son service ?

X : ❑ Oui. ❑ Non. Y : ❑ Oui. ❑ Non.

Quand l'autre a moins envie de faire l'amour ?

X : ❑ Oui. ❑ Non. Y : ❑ Oui. ❑ Non.

Quand l'autre sort seul(e) avec des ami(e)s ?

X : ❑ Oui. ❑ Non. Y : ❑ Oui. ❑ Non.

Quand l'autre a des griffures dans le dos ?

X : ❑ Oui. ❑ Non. Y : ❑ Oui. ❑ Non.

Si vous trouvez un numéro de téléphone anonyme dans sa poche, qu'est-ce que vous faites ?

X : ❑ Rien, vous le laissez. ❑ Vous le jetez à la poubelle.
❑ Vous appelez pour voir qui c'est. ❑ Vous lui demandez qui c'est.
❑ Vous changez un chiffre, histoire de rire un peu…

Y : ❑ Rien, vous le laissez. ❑ Vous le jetez à la poubelle.
❑ Vous appelez pour voir qui c'est. ❑ Vous lui demandez qui c'est.
❑ Vous changez un chiffre, histoire de rire un peu…

Qu'est-ce qui serait le pire selon vous ?

	X	Y
L'autre vous trompe avec votre meilleur ami(e).	❑	❑
L'autre vous trompe avec une personne de son sexe.	❑	❑
L'autre vous trompe avec un membre de votre famille.	❑	❑
L'autre vous trompe avec son ex.	❑	❑
L'autre vous trompe avec un garçon (une fille) très très moche.	❑	❑
L'autre vous trompe et tout le monde est au courant sauf vous.	❑	❑

Pensez-vous qu'avoir une aventure puisse être bénéfique pour votre couple d'une certaine manière ?

X : ❑ Oui. ❑ Non. Y : ❑ Oui. ❑ Non.

Oseriez-vous donner un tel argument à votre partenaire pour justifier quelque chose ?

X : ❑ Oui. ❑ Non. Y : ❑ Oui. ❑ Non.

Êtes-vous finalement pour la dépénalisation de l'infidélité ?

X : ❑ Oui. ❑ Non. Y : ❑ Oui. ❑ Non.

Ça vous dirait qu'on change de sujet maintenant ?

X : ❑ Oui. ❑ Non. Y : ❑ Oui. ❑ Non.

Si vous avez répondu non, il y a manifestement encore un problème entre vous sur le sujet ô combien délicat de l'infidélité. Je vous conseille dès lors de fermer ce livre quelques instants afin de pouvoir en parler de manière ouverte, courtoise et détendue.

Si vous avez répondu oui, je vous propose d'enchaîner avec un nouveau sujet propice à l'échange, et pas seulement de coups, les ex…

VOUS ET VOS EX

Attention, ceci est un sujet particulièrement sensible. Soyez prudents, les pièges sont nombreux et souvent invisibles…

Pensez-vous tout connaître sur le passé sentimental de votre partenaire ?

X : ❑ Oui. ❑ Non. Y : ❑ Oui. ❑ Non.

Si non, souhaitez-vous le connaître ?

X : ❑ Oui. ❑ Non. Y : ❑ Oui. ❑ Non.

Est-ce que le sujet des ex est un sujet tabou dans votre couple ?

X : ❑ Oui. ❑ Non. Y : ❑ Oui. ❑ Non.

Pensez-vous que l'autre ait été plus heureux avec quelqu'un d'autre que vous dans la vie ?

X : ❑ Oui. ❑ Non. Y : ❑ Oui. ❑ Non.

Votre partenaire a-t-il le droit de revoir ses ex de temps en temps ?

X : ❑ Oui. ❑ Non. Y : ❑ Oui. ❑ Non.

Parmi les ex que vous connaissez, duquel ou de laquelle vous méfiez-vous le plus ?

X . ______________________ **Y** : ______________________

Avant d'aborder ce sujet dans le détail, à combien estimez-vous le nombre d'ex de votre partenaire ?

X : ______________________ **Y** : ______________________

Dans cette estimation, incluez-vous les flirts, c'est-à-dire ceux ou celles avec lesquels seuls des baisers ont été échangés ?

X :
❑ **Non, ça ne compte pas.**
❑ **Bien sûr, et puis quoi encore, c'était en toute amitié peut-être ?**

Y :
❑ **Non, ça ne compte pas.**
❑ **Bien sûr, et puis quoi encore, c'était en toute amitié peut-être ?**

Bon, ces préliminaires étant établis, êtes-vous prêt à enfin révéler tout sur votre passé sentimental et sexuel, du plus inavouable au plus douloureux ?

X :
❑ **Oui, vous n'avez rien à cacher.**
❑ **Euh, oui, vous n'avez pas le choix de toute manière.**
❑ **Pas vraiment, ça sent mauvais comme chapitre.**
❑ **Non, mais bon, vous sentez bien que la pression va être insoutenable.**

Y :
❑ **Oui, vous n'avez rien à cacher.**
❑ **Euh, oui, vous n'avez pas le choix de toute manière.**
❑ **Pas vraiment, ça sent mauvais comme chapitre.**
❑ **Non, mais bon, vous sentez bien que la pression va être insoutenable.**

Votre premier amoureux(se) à l'école, c'était qui ?

X : ______________________ **Y** : ______________________

La première personne du sexe opposé (hors famille) que vous avez vue toute nue, c'était qui ?

X : ______________________ **Y** : ______________________

Quelles étaient les circonstances de cette première séance de touche-pipi ?

X : ____

Y : ____

Qu'avez-vous voulu toucher en premier d'ailleurs ?

X : ______________________ **Y** : ______________________

Étant jeune, de qui étiez-vous amoureux(se) sans jamais avoir osé lui dire ? (Vous pouvez dire plusieurs noms.)

X : ______________________________

Y : ______________________________

Avez-vous revu cette ou ces personnes depuis ?

X : ❑ Oui. ❑ Non. Y : ❑ Oui. ❑ Non.

Avez-vous révélé vos sentiments d'alors ?

X : ❑ Oui. ❑ Non. Y : ❑ Oui. ❑ Non.

Étant jeune, avez-vous déjà demandé à un(e) ami(e) de demander à quelqu'un s'il ne voulait pas sortir avec vous ?

X : ❑ Oui. ❑ Non. Y : ❑ Oui. ❑ Non.

Si oui, pour qui était-ce ?

X : ______________ Y : ______________

Est-ce que ça a marché ?

X : ❑ Oui. ❑ Non. Y : ❑ Oui. ❑ Non.

Est-ce que c'est pas un peu la honte quand même ?

X : ❑ Oui. ❑ Non. Y : ❑ Oui. ❑ Non.

Votre premier grand et beau râteau, c'était avec qui ?

X : ______________ Y : ______________

Quel(le) était, selon vous, la plus belle fille ou le plus beau garçon de votre collège ou de votre lycée ?

X : ______________ Y : ______________

Lui adressiez-vous la parole ?

X : ❑ Oui. ❑ Non. Y : ❑ Oui. ❑ Non.

Étiez-vous amoureux(se) d'elle (de lui) ?

X : ❑ Oui. ❑ Non. Y : ❑ Oui. ❑ Non.

Êtes-vous parvenu à vos fins ?

X : ❑ Oui. ❑ Non. Y : ❑ Oui. ❑ Non.

Quel est le véritable premier « coup de foudre » de votre vie ?

X : ______________ Y : ______________

Votre premier baiser, c'était avec qui ?

X : ______________ Y : ______________

Vous aviez quel âge ?

X : ______________________ **Y :** ______________________

Et quel âge avait votre partenaire ?

X : ______________________ **Y :** ______________________

C'était où ?

X : ______________________ **Y :** ______________________

C'était comment ?

X : ❑ **Bien.** ❑ **Attendu.** ❑ **Excitant.** ❑ **Dégoûtant.**
❑ **Bizarre.** ❑ **Moyen.** ❑ **Décevant.** ❑ **Fatigant.**
❑ **Compliqué.** ❑ **Payant.** ❑ **Merveilleux.** ❑ **Baveux.**
❑ **Technique.** ❑ **Clinique.** ❑ **Beau.**
❑ **Un des moments les plus forts de votre vie.**

Y : ❑ **Bien.** ❑ **Attendu.** ❑ **Excitant.** ❑ **Dégoûtant.**
❑ **Bizarre.** ❑ **Moyen.** ❑ **Décevant.** ❑ **Fatigant.**
❑ **Compliqué.** ❑ **Payant.** ❑ **Merveilleux.** ❑ **Baveux.**
❑ **Technique.** ❑ **Clinique.** ❑ **Beau.**
❑ **Un des moments les plus forts de votre vie.**

Avez-vous, comme on dit trivialement, « mis la langue » pour ce premier baiser ?

X : ❑ **Oui.** ❑ **Non.** **Y :** ❑ **Oui.** ❑ **Non.**

Étiez-vous amoureux(se) ou était-ce plus une expérience qu'autre chose ?

X : ❑ **Vous étiez amoureux(se), c'est pour ça que c'était si bien.**
❑ **C'était plus pour savoir comment on faisait, mais bon, c'était bien quand même.**
❑ **Franchement, ce n'était pas si bien que ça, et en plus, l'autre était moche…**

Y : ❑ **Vous étiez amoureux(se), c'est pour ça que c'était si bien.**
❑ **C'était plus pour savoir comment on faisait, mais bon, c'était bien quand même.**
❑ **Franchement, ce n'était pas si bien que ça, et en plus, l'autre était moche…**

Votre première expérience sexuelle, c'était avec qui ?

X : ______________________ **Y :** ______________________

Vous aviez quel âge ? **X :** ______________ **Y :** ______________

Et quel âge avait votre partenaire ?

X : ______________________ Y : ______________________

Était-ce aussi la première fois pour votre partenaire ?

X : ❑ Oui. ❑ Non. Y : ❑ Oui. ❑ Non.

C'était quand ? (Essayez d'être le plus précis possible.)

X : ______________________ Y : ______________________

C'était où ? (Essayez d'être le plus précis possible.)

X : ______________________ Y : ______________________

Avez-vous globalement un bon souvenir de la perte de votre virginité ?

X : ❑ Oui. ❑ Non. Y : ❑ Oui. ❑ Non.

C'était comment ? (Essayez d'être encore le plus précis, plusieurs choix sont possibles.)

X :
❑ Magique. ❑ Douloureux. ❑ Rapide. ❑ Agréable.
❑ Quelconque. ❑ Décevant. ❑ Précipité. ❑ Traumatisant.
❑ Un fiasco. ❑ Un rêve. ❑ Sale. ❑ Beau.
❑ Comme vous l'aviez imaginé. ❑ Technique. ❑ Tendre.
❑ Beaucoup de pression. ❑ Comme dans les films…
❑ Mieux que prévu. ❑ Bruyant. ❑ Trop tôt. ❑ Cru.
❑ Carrément trop bien ! ❑ Génial. ❑ Stressant.
❑ Impressionnant. ❑ Nul. ❑ Romantique. ❑ À confirmer.

Y :
❑ Magique. ❑ Douloureux. ❑ Rapide. ❑ Agréable.
❑ Quelconque. ❑ Décevant. ❑ Précipité. ❑ Traumatisant.
❑ Un fiasco. ❑ Un rêve. ❑ Sale. ❑ Beau.
❑ Comme vous l'aviez imaginé. ❑ Technique. ❑ Tendre.
❑ Beaucoup de pression. ❑ Comme dans les films…
❑ Mieux que prévu. ❑ Bruyant. ❑ Trop tôt. ❑ Cru.
❑ Carrément trop bien ! ❑ Génial. ❑ Stressant.
❑ Impressionnant. ❑ Nul. ❑ Romantique. ❑ À confirmer.

Aviez-vous utilisé un contraceptif ?

X : ❑ Oui. ❑ Non. Y : ❑ Oui. ❑ Non.

Au bout de combien de temps avez-vous refait l'amour ?

X : ______________________ Y : ______________________

Était-ce avec la même personne ?

X : ❑ Oui. ❑ Non. Y : ❑ Oui. ❑ Non.

Finalement, combien de temps serez-vous resté(e) avec la première personne avec laquelle vous avez fait l'amour ?

X : ______________________ **Y** : ______________________

À qui avez-vous dit « je t'aime » pour la première fois ?

X : ______________________ **Y** : ______________________

Pensez-vous avoir couché avec suffisamment de personnes dans votre vie jusqu'à aujourd'hui ?

X : ❑ Oui. ❑ Non. **Y : ❑ Oui. ❑ Non.**

Combien de partenaires avez-vous eus jusqu'à aujourd'hui ?

X : ______________________ **Y** : ______________________

Comptez-vous dans ce nombre les personnes que vous n'avez fait qu'embrasser ?

X : ❑ Oui. ❑ Non. **Y : ❑ Oui. ❑ Non.**

Combien sont-elles environ ?

X : ______________________ **Y** : ______________________

Tenez-vous quelque part, cachée, une liste complète des personnes avec lesquelles vous avez pu avoir une aventure ?

X : ❑ Oui. ❑ Non. **Y : ❑ Oui. ❑ Non.**

Cela vous dérangerait-il que nous fassions cette liste ensemble ?

X : **❑ Franchement, oui. ❑ Honnêtement, non. ❑ Sincèrement, peut-être.**

Y : **❑ Franchement, oui. ❑ Honnêtement, non. ❑ Sincèrement, peut-être.**

Indiquez donc ci-dessous, de préférence dans l'ordre, les prénoms et noms de l'ensemble des personnes avec lesquelles vous avez pu échanger un baiser ou faire l'amour un jour en étant le plus honnête et le plus exhaustif possible, d'avance merci (si vous manquez de place, vous pouvez utiliser les pages vierges situées en fin de livre) :

X : ____

____

____

____

____

____

____

____

____

Y : ____

____

____

____

____

____

____

____

____

Nous allons maintenant nous concentrer sur le Top 5 de vos ex.

Déterminez par ordre d'importance, les cinq ex qui ont le plus compté dans votre vie et remplissez le tableau suivant :

Pour X :

Prénom et nom de vos cinq ex les plus importants(e)s

1	2	3	4	5
________	________	________	________	________
________	________	________	________	________

Date de début de cette relation ?

________	________	________	________	________

Durée de cette relation ?

________	________	________	________	________

Cette relation est-elle un bon souvenir ?

❑ **Oui.** ❑ **Non.** ❑ **Oui.** ❑ **Non.** ❑ **Oui.** ❑ **Non.** ❑ **Oui.** ❑ **Non.** ❑ **Oui.** ❑ **Non.**

Avez-vous fait l'amour ensemble ?

❑ **Oui.** ❑ **Non.** ❑ **Oui.** ❑ **Non.** ❑ **Oui.** ❑ **Non.** ❑ **Oui.** ❑ **Non.** ❑ **Oui.** ❑ **Non.**

Avez-vous vécu ensemble ?

❑ **Oui.** ❑ **Non.** ❑ **Oui.** ❑ **Non.** ❑ **Oui.** ❑ **Non.** ❑ **Oui.** ❑ **Non.** ❑ **Oui.** ❑ **Non.**

Étiez-vous amoureux(se) ?

❑ **Oui.** ❑ **Non.** ❑ **Oui.** ❑ **Non.** ❑ **Oui.** ❑ **Non.** ❑ **Oui.** ❑ **Non.** ❑ **Oui.** ❑ **Non.**

Quelle note sur 20 pour les bisous ?

___ / 20 ___ / 20 ___ / 20 ___ / 20 ___ / 20

Quelle note sur 20 pour le sexe ?

___ / 20 ___ / 20 ___ / 20 ___ / 20 ___ / 20

Qu'aimiez-vous chez lui (elle) ?

___ ___ ___ ___ ___

Que n'aimiez-vous pas chez lui (elle) ?

___ ___ ___ ___ ___

Qui a quitté l'autre ?

___ ___ ___ ___ ___

Quelles étaient les raisons de cette rupture ?

___ ___ ___ ___ ___

___ ___ ___ ___ ___

Regrettez-vous parfois de ne plus être ensemble ?

❑ Oui. ❑ Non. ❑ Oui. ❑ Non. ❑ Oui. ❑ Non. ❑ Oui. ❑ Non. ❑ Oui. ❑ Non.

Vous êtes-vous revus depuis cette rupture ?

❑ Oui. ❑ Non. ❑ Oui. ❑ Non. ❑ Oui. ❑ Non. ❑ Oui. ❑ Non. ❑ Oui. ❑ Non.

Avez-vous recouché ensemble après votre rupture ?

❑ Oui. ❑ Non. ❑ Oui. ❑ Non. ❑ Oui. ❑ Non. ❑ Oui. ❑ Non. ❑ Oui. ❑ Non.

Gardez-vous quelque part des photos de lui (elle) ?

❑ Oui. ❑ Non. ❑ Oui. ❑ Non. ❑ Oui. ❑ Non. ❑ Oui. ❑ Non. ❑ Oui. ❑ Non.

S'il (elle) revenait vers vous, et si vous étiez célibataire bien sûr, seriez-vous capable de vous remettre ensemble ?

❑ Oui. ❑ Non. ❑ Oui. ❑ Non. ❑ Oui. ❑ Non. ❑ Oui. ❑ Non. ❑ Oui. ❑ Non.

Êtes-vous toujours en contact ?

❑ Oui. ❑ Non. ❑ Oui. ❑ Non. ❑ Oui. ❑ Non. ❑ Oui. ❑ Non. ❑ Oui. ❑ Non.

Sachant tout ça, avez-vous le droit de le (la) revoir ?

❑ Oui. ❑ Non. ❑ Oui. ❑ Non. ❑ Oui. ❑ Non. ❑ Oui. ❑ Non. ❑ Oui. ❑ Non.

Pour Y :

Prénom et nom de vos cinq ex les plus important(e)s

1	2	3	4	5
___	___	___	___	___
___	___	___	___	___

Date de début de cette relation ?

________ ________ ________ ________ ________

Durée de cette relation ?

________ ________ ________ ________ ________

Cette relation est-elle un bon souvenir ?

❑ Oui. ❑ Non. ❑ Oui. ❑ Non. ❑ Oui. ❑ Non. ❑ Oui. ❑ Non. ❑ Oui. ❑ Non.

Avez-vous fait l'amour ensemble ?

❑ Oui. ❑ Non. ❑ Oui. ❑ Non. ❑ Oui. ❑ Non. ❑ Oui. ❑ Non. ❑ Oui. ❑ Non.

Avez-vous vécu ensemble ?

❑ Oui. ❑ Non. ❑ Oui. ❑ Non. ❑ Oui. ❑ Non. ❑ Oui. ❑ Non. ❑ Oui. ❑ Non.

Étiez-vous amoureux(se) ?

❑ Oui. ❑ Non. ❑ Oui. ❑ Non. ❑ Oui. ❑ Non. ❑ Oui. ❑ Non. ❑ Oui. ❑ Non.

Quelle note sur 20 pour les bisous ?

___ / 20 ___ / 20 ___ / 20 ___ / 20 ___ / 20

Quelle note sur 20 pour le sexe ?

___ / 20 ___ / 20 ___ / 20 ___ / 20 ___ / 20

Qu'aimiez-vous chez lui (elle) ?

________ ________ ________ ________ ________

Que n'aimiez-vous pas chez lui (elle) ?

________ ________ ________ ________ ________

Qui a quitté l'autre ?

________ ________ ________ ________ ________

Quelles étaient les raisons de cette rupture ?

________ ________ ________ ________ ________

________ ________ ________ ________ ________

Regrettez-vous parfois de ne plus être ensemble ?

❑ Oui. ❑ Non. ❑ Oui. ❑ Non. ❑ Oui. ❑ Non. ❑ Oui. ❑ Non. ❑ Oui. ❑ Non.

Vous êtes-vous revus depuis cette rupture ?

❑ Oui. ❑ Non. ❑ Oui. ❑ Non. ❑ Oui. ❑ Non. ❑ Oui. ❑ Non. ❑ Oui. ❑ Non.

Avez-vous recouché ensemble après votre rupture ?

❑ Oui. ❑ Non. ❑ Oui. ❑ Non. ❑ Oui. ❑ Non. ❑ Oui. ❑ Non. ❑ Oui. ❑ Non.

Gardez-vous quelque part des photos de lui (elle) ?

❑ Oui. ❑ Non. ❑ Oui. ❑ Non. ❑ Oui. ❑ Non. ❑ Oui. ❑ Non. ❑ Oui. ❑ Non.

S'il (elle) revenait vers vous, et si vous étiez célibataire bien sûr, seriez-vous capable de vous remettre ensemble ?

❑ Oui. ❑ Non. ❑ Oui. ❑ Non. ❑ Oui. ❑ Non. ❑ Oui. ❑ Non. ❑ Oui. ❑ Non.

Êtes-vous toujours en contact ?

❑ Oui. ❑ Non. ❑ Oui. ❑ Non. ❑ Oui. ❑ Non. ❑ Oui. ❑ Non. ❑ Oui. ❑ Non.

Sachant tout ça, avez-vous le droit de le (la) revoir ?

❑ Oui. ❑ Non. ❑ Oui. ❑ Non. ❑ Oui. ❑ Non. ❑ Oui. ❑ Non. ❑ Oui. ❑ Non.

Au delà de ce tableau, êtes-vous toujours en contact avec certain(e)s de vos ex ?

X : ❑ Oui. ❑ Non. Y : ❑ Oui. ❑ Non.

Votre partenaire est-il (elle) bien évidemment au courant ?

X : ❑ Oui. ❑ Non. Y : ❑ Oui. ❑ Non.

Parmi tous(tes) vos ex, quel(le) est ou était…

La plus jolie / le plus beau ?

X : ______________________ Y : ______________________

Le (la) plus moche ?

X : ______________________ Y : ______________________

Le (la) plus bête ?

X : ______________________ Y : ______________________

Le (la) plus intelligent(e) ?

X : ______________________ Y : ______________________

Le (la) plus jeune ?

X : ______________________ Y : ______________________

Le (la) plus vieille ?

X : ______________________ Y : ______________________

Le (la) plus cultivé(e) ?

X : ______________________ Y : ______________________

Le (la) plus drôle ?

X : ______________________ Y : ______________________

Le (la) plus détestable ?

X : ______________________ Y : ______________________

Le meilleur parti ?

X : ______________________ Y : ______________________

Celui (celle) que vous aimeriez oublier ?

X : ______________________ Y : ______________________

Celui (celle) dont vous avez été le plus amoureux(se) ?

X : ______________________ Y : ______________________

Celui (celle) qui faisait le mieux l'amour ?

X : ______________________ Y : ______________________

Celui (celle) qui faisait le moins bien l'amour ?

X : ______________________ Y : ______________________

Celui (celle) que vous n'avez pas présenté(e) à vos amis ?

X : ______________________ Y : ______________________

Celui (celle) qui vous a fait du mal ?

X : ______________________ Y : ______________________

Celui (celle) qui pourrait vous troubler en vous rappelant ?

X : ______________________ Y : ______________________

Celui (celle) qui avait les plus beaux seins (ou le plus gros sexe) ?

X : ______________________ Y : ______________________

Celui (celle) que vos parents aimaient beaucoup ?

X : ______________________ Y : ______________________

Celui (celle) qui avait les parents les plus sympas ?

X : ______________________ Y : ______________________

Celui (celle) dont vous aimeriez avoir des nouvelles ?

X : ______________________ Y : ______________________

Celui (celle) qui vous a le plus impressionné(e) ?

X : ______________________ Y : ______________________

Celui (celle) avec lequel (laquelle) vous vous disputiez le plus ?

X : ______________________ Y : ______________________

Celui (celle) qui avait le moins de points communs avec vous ?

X : ______________________ Y : ______________________

Celui (celle) que vos ami(e)s détestaient ?

X : ______________ Y : ______________

Celui (celle) qui vous a le plus appris ?

X : ______________ Y : ______________

Celui (celle) que vous n'auriez pas dû quitter ?

X : ______________ Y : ______________

Celui (celle) qui vous faisait le plus rire ?

X : ______________ Y : ______________

Celui (celle) que vous aviez le plus oublié(e) ?

X : ______________ Y : ______________

Celui (celle) que vous espionnez de temps en temps ?

X : ______________ Y : ______________

Celui (celle) qui avait la plus belle voix ?

X : ______________ Y : ______________

Celui (celle) qui est vraiment devenu(e) un(e) ami(e) ?

X : ______________ Y : ______________

Celui (celle) avec qui vous regrettez vraiment d'avoir eu une histoire ?

X : ______________ Y : ______________

Celui (celle) que vous pensiez vraiment épouser un jour ?

X : ______________ Y : ______________

Celui (celle) qui a le plus compté dans votre vie ?

X : ______________ Y : ______________

Quelles sont les cinq personnes avec lesquelles vous auriez vraiment aimé qu'il se passe quelque chose un jour ?

X : 1. ______________ Y : 1. ______________

2. ______________ 2. ______________

3. ______________ 3. ______________

4. ______________ 4. ______________

5. ______________ 5. ______________

Pour qui avez-vous déployé le plus d'efforts sans avoir le moindre résultat satisfaisant ?

X : ______________________ **Y :** ______________________

Combien de personnes se sont refusées à vous en vous disant « je préférerais qu'on reste amis » voire pire, « notre amitié est trop importante pour que nous la gâchions bêtement tu sais » ?

X : ❑ **Aucune.** ❑ **Très peu.** ❑ **Quelques-unes.** ❑ **Un bon paquet.** ❑ **Beaucoup trop.** ❑ **Si vous saviez...** ❑ **Toutes, vous entendez, toutes !**

Y : ❑ **Aucune.** ❑ **Très peu.** ❑ **Quelques-unes.** ❑ **Un bon paquet.** ❑ **Beaucoup trop.** ❑ **Si vous saviez...** ❑ **Toutes, vous entendez, toutes !**

Quelle fut la rupture la plus humiliante de votre vie ?

X : ______________________

Y : ______________________

Quelle fut la meilleure rupture de votre vie ?

X : ______________________

Y : ______________________

Avez-vous déjà été quitté(e) par téléphone ?

X : ❑ **Oui.** ❑ **Non.** **Y :** ❑ **Oui.** ❑ **Non.**

Un(e) ex vous a-t-il (elle) déjà giflé(e) ou jeté(e) un verre d'eau à la figure ?

X : ❑ **Oui.** ❑ **Non.** **Y :** ❑ **Oui.** ❑ **Non.**

Si oui, l'aviez-vous mérité ?

X : ❑ **Oui.** ❑ **Non.** **Y :** ❑ **Oui.** ❑ **Non.**

Votre plus grand chagrin d'amour, c'était qui ?

X : ______________________ **Y :** ______________________

Au bout de combien de temps vous en êtes-vous remis(e) ?

X : ______________________ **Y :** ______________________

Que faites-vous généralement pour vous consoler d'une rupture ?

X : ______________________

Y : ______________________

Quelle est la dernière personne, à part la personne à côté de vous, là, maintenant, à vous avoir fait pleurer ?

X : ______________________ **Y :** ______________________

Quel est le (la) pire con(ne) avec lequel (laquelle) vous soyez sorti(e) en le sachant très bien ?

X : ____________________ **Y** : ____________________

Parmi vos ex, lequel (laquelle) avait le prénom le plus ridicule ?

X : ____________________ **Y** : ____________________

Parmi vos ex, avec lequel (laquelle) aviez-vous la plus grande différence d'âge ?

X : ____________________ **Y** : ____________________

De combien était cette différence d'âge ? **X** : ____ **ans.** **Y** : ____ **ans.**

Le plus bel endroit où vous ayez fait l'amour avec un(e) de vos ex, c'était où et avec qui d'ailleurs ?

X : ____

Y : ____

Et votre pire expérience sexuelle, c'était où et avec qui ?

X : ____

Y : ____

Quel fut le pire rendez-vous de votre vie ?

X : ____

Y : ____

Avez-vous déjà joué le rôle d'initiateur (initiatrice) sur un plan sexuel avec quelqu'un ?

X : ❑ **Oui.** ❑ **Non.** **Y** : ❑ **Oui.** ❑ **Non.**

Vous êtes-vous déjà réveillé(e) dans un lit en vous demandant à côté de qui vous étiez ?

X : ❑ **Oui.** ❑ **Non.** **Y** : ❑ **Oui.** ❑ **Non.**

Avec qui avez-vous toujours refuser de coucher ?

X : ____________________ **Y** : ____________________

À qui regrettez-vous d'avoir dit « non » un jour ?

X : ____________________ **Y** : ____________________

À qui regrettez-vous d'avoir dit « oui » un jour ?

X : ____________________ **Y** : ____________________

Avec qui auriez-vous pu faire un couple formidable si cette personne avait été célibataire en même temps que vous ?

X : ____________________ Y : ____________________

Êtes-vous déjà sorti(e) avec plusieurs personnes en même temps ?

X : ❑ Oui. ❑ Non. Y : ❑ Oui. ❑ Non.

Le regrettez-vous aujourd'hui ?

X : ❑ Oui. ❑ Non. Y : ❑ Oui. ❑ Non.

Fantasmez-vous encore parfois sur l'un(e) de vos ex ?

X : ❑ Oui. ❑ Non. Y : ❑ Oui. ❑ Non.

Quel est le plus beau cadeau que vous ayez fait à un(e) ex ?

X : ____________________ Y : ____________________

Quel est le cadeau le plus cher que vous ayez offert à un(e) ex ?

X : ____________________ Y : ____________________

Quel est le cadeau le plus cher que vous ayez offert à votre partenaire actuel ?

X : ____________________ Y : ____________________

Avez-vous déjà offert à votre partenaire un cadeau que vous aviez déjà offert à un(e) ex ?

X : ❑ Oui. ❑ Non. Y : ❑ Oui. ❑ Non.

Si oui, quel était ce cadeau ?

X : ____________________ Y : ____________________

Pourquoi avez-vous fait cela ?

X : ____

Y : ____

Quel est le cadeau offert par un(e) ex auquel vous tenez particulièrement ?

X : ____________________ Y : ____________________

Quel est le plus bel endroit où vous soyez allé(e) avec un(e) ex ?

X : ____________________ Y : ____________________

Qu'est-ce que votre dernier(e) ex faisait mieux que votre partenaire actuel(le) ?

X : ____________________ Y : ____________________

Qu'est-ce que vous avez dit à votre dernier(e) ex que vous n'avez jamais dit à votre partenaire actuel(le) ?

X : ____________________ Y : ____________________

Au fait, pourquoi vous êtes-vous séparé(e) de votre partenaire précédent(e) ?

X : ____

Y : ____

Avez-vous déjà regretté cette rupture ?

X : ❑ Oui. ❑ Non. Y : ❑ Oui. ❑ Non.

Avez-vous déjà eu des regrets en pensant à un ou à une ex ?

X : ❑ Oui. ❑ Non. Y : ❑ Oui. ❑ Non.

Avec combien de personnes différentes avez-vous fait l'amour dans votre lit actuel ?

X : ____________________ Y : ____________________

Avez-vous déjà assisté au mariage d'un(e) ex ?

X : ❑ Oui. ❑ Non. Y : ❑ Oui. ❑ Non.

Si oui, qu'avez-vous ressenti ?

X :
- **❑ Vous étiez gêné(e).** **❑ Vous étiez malheureux(se).**
- **❑ Vous étiez jaloux(se).** **❑ Vous étiez amusé(e).**
- **❑ Vous étiez sincèrement heureux(se) pour elle (lui).**
- **❑ Vous étiez excité(e).** **❑ Vous étiez aigri(e).**
- **❑ Vous étiez triste.** **❑ Rien, c'était une histoire finie.**
- **❑ Rien, vous étiez bourré(e).**

Y :
- **❑ Vous étiez gêné(e).** **❑ Vous étiez malheureux(se).**
- **❑ Vous étiez jaloux(se).** **❑ Vous étiez amusé(e).**
- **❑ Vous étiez sincèrement heureux(se) pour elle (lui).**
- **❑ Vous étiez excité(e).** **❑ Vous étiez aigri(e).**
- **❑ Vous étiez triste.** **❑ Rien, c'était une histoire finie.**
- **❑ Rien, vous étiez bourré(e).**

Si un(e) ex vous appelle pour dîner, est-ce que vous acceptez ?

X : ❑ Oui. ❑ Non. Y : ❑ Oui. ❑ Non.

Si un(e) ex vous demande de l'héberger, est-ce que vous acceptez ?

X : ❑ Oui. ❑ Non. Y : ❑ Oui. ❑ Non.

Si un(e) ex essaie de recoucher avec vous, est-ce que vous acceptez ?
X : ❑ Oui. ❑ Non. Y : ❑ Oui. ❑ Non.

Est-ce que vous êtes tombé dans le piège de la question précédente ?
X : ❑ Oui. ❑ Non. Y : ❑ Oui. ❑ Non.

Est-ce que vous gardez un(e) ex sous la main en cas de coup dur ?
X : ❑ Oui. ❑ Non. Y : ❑ Oui. ❑ Non.

Avec quel(le)s ex savez-vous que vous pourriez recoucher si vous le vouliez ?

X : ______________________________

Y : ______________________________

Si on fait le compte, finalement…

Combien de fois êtes-vous tombé(e) amoureux(se) ?
X : ____ fois. Y : ____ fois.

Combien de demandes en mariage avez-vous faites ?
X : ____ fois. Y : ____ fois.

Combien de fois avez vous été demandé(e) en mariage ?
X : ____ fois. Y : ____ fois.

Combien de fois avez-vous dit oui ?
X : ____ fois. Y : ____ fois.

Combien de fois êtes-vous sorti(e) avec un homme (une femme) marié(e) ? **X : ____ fois. Y : ____ fois.**

Combien de fois avez-vous couché le premier soir ?
X : ____ fois. Y : ____ fois.

Combien de fois avez-vous couché sans savoir le nom de votre partenaire ?
X : ____ fois. Y : ____ fois.

Combien d'aventures d'un soir avez-vous eues ?
X : ____ fois. Y : ____ fois.

Combien de fois avez-vous recouché avec un(e) ex ?
X : ____ fois. Y : ____ fois.

Combien de fois avez-vous été trompé(e) ?
X : ____ fois. Y : ____ fois.

Combien de fois avez-vous été quitté(e) ?
X : ____ fois. Y : ____ fois.

Combien de fois avez-vous rencontré l'homme (la femme) de votre vie ?

X : ____ fois. **Y : ____ fois.**

Jusqu'à aujourd'hui, est-ce que vous laissiez votre partenaire revoir ou parler à ses ex ?

X : ❑ Oui. ❑ Non. **Y : ❑ Oui. ❑ Non.**

Si oui, quand il voyait ou parlait à un(e) de ses ex, est-ce que vous vous en moquiez ?

X : ❑ Oui. ❑ Non. **Y : ❑ Oui. ❑ Non.**

Est-ce que surtout, vous faisiez semblant de vous en moquer ?

X : ❑ Oui. ❑ Non. **Y : ❑ Oui. ❑ Non.**

Maintenant que vous savez à peu près tout sur ses ex, est-ce que vous vous méfiez un peu plus ?

X : ❑ Oui. ❑ Non. **Y : ❑ Oui. ❑ Non.**

Maintenant que vous savez à peu près tout sur ses ex, quel(le) est celui (celle) que vous détestez le plus ?

X : ______________________ **Y** : ______________________

Pensez-vous, au fond de vous, que votre partenaire a eu trop de partenaires ?

X : ❑ Oui. ❑ Non. **Y : ❑ Oui. ❑ Non.**

Est-ce que cela vous dérange de penser que l'autre a fait l'amour avec d'autres personnes avant vous ?

X : ❑ Oui. ❑ Non. **Y : ❑ Oui. ❑ Non.**

Est-ce que maintenant qu'on a fait le tour de la question, les ex représentent encore un sujet de tension au sein de votre couple ?

	X	Y
Bien évidemment. Plus qu'avant même.	❑	❑
Un peu moins, on a bien progressé.	❑	❑
Non, au moins, on n'en parlera plus.	❑	❑
Allez savoir…	❑	❑

VOUS ET LE CÉLIBAT

Vous rappelez-vous l'époque où vous étiez célibataire ?

X : ❑ Oui. ❑ Non. Y : ❑ Oui. ❑ Non.

C'était bien ?

X : ❑ Oui. ❑ Non. Y : ❑ Oui. ❑ Non.

Avez-vous déjà regretté de ne plus être célibataire ?

X : ❑ Oui. ❑ Non. Y : ❑ Oui. ❑ Non.

Quand était-ce pour la dernière fois ?

X : ______________________ **Y :** ______________________

Qu'est-ce que vous regrettez le plus par rapport à votre vie de célibataire ? (Deux réponses possibles.)

X :
- ❑ **Le temps libre.**
- ❑ **L'aisance financière.**
- ❑ **La liberté sexuelle.**
- ❑ **L'absence de contraintes.**
- ❑ **La pression de la famille.**
- ❑ **L'absence de comptes à rendre.**
- ❑ **La possibilité de ne pas se laver.**
- ❑ **L'excitation des premiers rendez-vous.**
- ❑ **Le droit à la masturbation.**
- ❑ **La capacité à sortir à tout moment.**
- ❑ **Le droit à une alimentation non équilibrée.**
- ❑ **La décoration de votre chambre.**
- ❑ **Autre chose, précisez :** ______________________

Y :
- ❑ **Le temps libre.**
- ❑ **L'aisance financière.**
- ❑ **La liberté sexuelle.**
- ❑ **L'absence de contraintes.**
- ❑ **La pression de la famille.**
- ❑ **L'absence de comptes à rendre.**
- ❑ **La possibilité de ne pas se laver.**
- ❑ **L'excitation des premiers rendez-vous.**
- ❑ **Le droit à la masturbation.**
- ❑ **La capacité à sortir à tout moment.**
- ❑ **Le droit à une alimentation non équilibrée.**
- ❑ **La décoration de votre chambre.**
- ❑ **Autre chose, précisez :** ______________________

Avez-vous déjà pensé qu'en restant avec l'autre, vous ratiez sans doute quelque chose quelque part ?

X : ❑ Oui. ❑ Non. Y : ❑ Oui. ❑ Non.

Depuis que vous êtes ensemble, regrettez-vous parfois de ne plus voir assez vos ami(e)s ?

X : ❑ Oui. ❑ Non. Y : ❑ Oui. ❑ Non.

Avez-vous perdu même des ami(e)s depuis que vous êtes ensemble ?

X : ❑ Oui. ❑ Non. Y : ❑ Oui. ❑ Non.

Avez-vous déjà pensé en croisant quelqu'un que c'était quand même vraiment dommage que vous soyez en couple ?

X : ❑ Oui. ❑ Non. Y : ❑ Oui. ❑ Non.

Si un jour vous vous sépariez, à votre avis, qui quitterait l'autre ?

X : ❑ Vous. ❑ L'autre. Y : ❑ Vous. ❑ L'autre.

Avez-vous déjà sérieusement penser à quitter l'autre ou l'avez-vous déjà fait ?

X : ❑ Oui. ❑ Non. Y : ❑ Oui. ❑ Non.

Si oui, quand était-ce pour la dernière fois ?

X : ____________________ Y : ____________________

Si oui, qu'est-ce qui vous a retenu(e) ou vous a fait revenir ?

X : ____________________ Y : ____________________

Si oui, est-ce que vous vous sentez mieux maintenant en étant restés ensemble ?

X : ❑ Oui. ❑ Non. Y : ❑ Oui. ❑ Non.

Pour quelle véritable raison pourriez-vous quitter l'autre aujourd'hui ?

X : ____

Y : ____

Et pour quelle raison ne pourrez-vous jamais quitter l'autre ?

X : ____

Y : ____

Avez-vous déjà réfléchi à l'idée de dormir dans des lits séparés et d'avoir chacun votre salle de bains ?

X : ❑ Oui. ❑ Non. Y : ❑ Oui. ❑ Non.

Qu'est-ce qui pourrait vous donner envie de faire chambre à part aujourd'hui ?

X : ____

Y : ____

Si vous n'étiez pas ensemble, avec qui seriez-vous sans doute aujourd'hui ?

X : ____________________ Y : ____________________

Quel est votre plus grand regret depuis que vous êtes ensemble ?

X : ______________________ Y : ______________________

Diriez-vous qu'aujourd'hui, vous restez ensemble surtout…
(Trois réponses au maximum.)

X :
- ❑ Parce que vous êtes toujours aussi amoureux(se).
- ❑ À cause des enfants.
- ❑ Parce que vous êtes bien, tout simplement.
- ❑ Par habitude.
- ❑ Parce que vous y croyez à fond.
- ❑ Rapport à l'argent.
- ❑ À cause de la religion.
- ❑ Parce que c'est un pari.
- ❑ Grâce au sexe.
- ❑ Pour de mauvaises raisons.
- ❑ Pour faire plaisir à votre mère.
- ❑ Parce que vous avez peur de devoir redraguer un jour.
- ❑ Parce qu'avec quelqu'un d'autre, ce serait pire.
- ❑ Parce que personne ne vous correspond aussi bien.
- ❑ Parce que vous n'avez pas le courage de partir.
- ❑ Parce que vous n'avez rencontré personne d'autre.
- ❑ Parce que c'est bien pour votre image.
- ❑ Parce que vous ne voulez pas faire de peine à l'autre.
- ❑ Pour une autre raison, laquelle ? : ______________________

Y :
- ❑ Parce que vous êtes toujours aussi amoureux(se).
- ❑ À cause des enfants.
- ❑ Parce que vous êtes bien, tout simplement.
- ❑ Par habitude.
- ❑ Parce que vous y croyez à fond.
- ❑ Rapport à l'argent.
- ❑ À cause de la religion.
- ❑ Parce que c'est un pari.
- ❑ Grâce au sexe.
- ❑ Pour de mauvaises raisons.
- ❑ Pour faire plaisir à votre mère.
- ❑ Parce que vous avez peur de devoir redraguer un jour.
- ❑ Parce qu'avec quelqu'un d'autre, ce serait pire.
- ❑ Parce que personne ne vous correspond aussi bien.
- ❑ Parce que vous n'avez pas le courage de partir.
- ❑ Parce que vous n'avez rencontré personne d'autre.
- ❑ Parce que c'est bien pour votre image.
- ❑ Parce que vous ne voulez pas faire de peine à l'autre.
- ❑ Pour une autre raison, laquelle ? : ______________________

Entre nous, si vous vous quittiez aujourd'hui, qu'est-ce qui ne serait pas si mal finalement ? (Trois réponses.)

	X	Y
Vous pourriez aller draguer à nouveau.	❑	❑
Vous auriez plus de place dans le lit.	❑	❑

	X	Y
Vous pourriez manger n'importe quoi.	❑	❑
Vous pourriez revoir votre ex.	❑	❑
Vous retrouveriez des amis.	❑	❑
Vous pourriez enfin vous consacrer à votre boulot.	❑	❑
Vous récupéreriez de la place dans les placards.	❑	❑
Vous vous débarrasseriez enfin de certains disques.	❑	❑
On arrêterait de vous dire « mais quelle chance tu as ! ».	❑	❑
Vous pourriez à nouveau vous plaindre auprès de vos ami(e)s.	❑	❑
Vous n'auriez plus Belle-Maman sur le dos.	❑	❑
Vous pourriez rester amis.	❑	❑
Ça vous coûterait moins cher en resto.	❑	❑
Vous ne verriez plus l'affreux cadre chinois dans l'entrée.	❑	❑
Vous pourriez retomber amoureux l'un de l'autre et tout recommencer de zéro.	❑	❑

Avez-vous décidé de quitter l'autre suite à l'écriture de ce chapitre et à tout ce qu'il vous a appris sur l'autre ?

X : ❑ Oui. ❑ Non. ❑ A priori non.
❑ Vous ne savez pas, il faut que vous y réfléchissiez un peu plus…

Y : ❑ Oui. ❑ Non. ❑ A priori non.
❑ Vous ne savez pas, il faut que vous y réfléchissiez un peu plus…

Donc on peut continuer ?

X : ❑ Oui. ❑ Non. Y : ❑ Oui. ❑ Non.

V

CONFESSIONS INTIMES

Où pris par le démon de la confession, chacun fait fi de ses dernières réticences à se confier et révèle à l'autre tout ce qu'il essayait maladroitement de cacher comme un trou dans une vieille chaussette. Dès lors s'ouvre une nouvelle ère de communication au sein du couple pleine de franchise, de nouvelles perspectives et d'angoisses aussi, car il y a peut-être des choses qu'il vaudrait mieux ne jamais savoir…

L'amour est un bouquet de violettes, il est vrai, mais chacun sait bien qu'elles peuvent vite faner si l'on se risque à trop se confier à l'autre et que ce dernier découvre ébahi l'éventail bien trop large de nos secrets honteux. Comme il est toujours bon d'anticiper le pire pour découvrir le meilleur, ce cinquième chapitre se propose de vous accompagner dans la révélation délicate, mais nécessaire, de vos confessions les plus intimes. Vous verrez qu'ensuite, vous vous sentirez mieux et si vous n'êtes pas parti en courant, vous serez heureux d'avoir fait un pas supplémentaire au sein de votre couple…

VOS PETITES CACHOTTERIES

Commençons légèrement en effet…

Essayez-vous de cacher certaines choses personnelles à votre partenaire ?

X : ❑ Bien sûr que non ! ❑ Bien sûr que oui !

Y : ❑ Bien sûr que non ! ❑ Bien sûr que oui !

Que cachez-vous à l'autre, entre autres ?

X : ❑ Vous êtes bisexuel(le). ❑ Vous avez un casier judiciaire.
❑ Vous détestez ses parents. ❑ Vous prenez des médicaments.
❑ Vous avez déjà bu du sang. ❑ Vous mangez vos crottes de nez.
❑ Vous êtes dépressi(ve)f. ❑ Vous avez été viré(e) récemment.
❑ Vous regardez des films porno quand il (elle) dort.
❑ Vous êtes malheureux(se). ❑ Autre chose, précisez : ______________

Y : ❑ Vous êtes bisexuel(le). ❑ Vous avez un casier judiciaire.
❑ Vous détestez ses parents. ❑ Vous prenez des médicaments.
❑ Vous avez déjà bu du sang. ❑ Vous mangez vos crottes de nez.
❑ Vous êtes dépressi(ve)f. ❑ Vous avez été viré(e) récemment.
❑ Vous regardez des films porno quand il (elle) dort.
❑ Vous êtes malheureux(se). ❑ Autre chose, précisez : ______________

Quel est le petit secret que vous n'avez encore jamais révélé à l'autre ?

X : ____

Y : ____

Quel est le grand secret que vous n'avez encore jamais révélé à l'autre ?

X : ____

Y : ____

Soyons honnête, qu'est-ce qui vous a vraiment séduit chez l'autre quand vous l'avez rencontré ?

X : ____

Y : ____

Et qu'est-ce qui vous a énervé au début de votre relation et que vous n'avez jamais mentionné ensuite ?

X : ____

Y : ____

Quel est le plus vieux mensonge que vous racontez sur vous depuis des années?

X : ______________________________

Y : ______________________________

Quel est le dernier mensonge que vous ayez dit à quelqu'un ?

X : ______________________________

Y : ______________________________

À qui avez-vous dit ce mensonge ?

X : ______________ Y : ______________

Qu'est-ce qui est faux (ou un peu amélioré) dans votre CV aujourd'hui ?

X : ______________________________

Y : ______________________________

Mentez-vous parfois sur votre âge ?

X : ❑ Oui. ❑ Non. Y : ❑ Oui. ❑ Non.

Quand on vous demande votre âge aujourd'hui, que répondez-vous ?

X : ______________ Y : ______________

Quand quelqu'un vous demande votre salaire…

	X	Y
Vous donnez votre véritable salaire sans gêne aucune.	❑	❑
Vous donnez un salaire plus élevé qu'en vérité.	❑	❑
Vous donnez un salaire moins élevé qu'en vérité.	❑	❑
Vous refusez de répondre en général.	❑	❑

Connaissez-vous le salaire exact de votre partenaire ?

X : ❑ Oui. ❑ Non. Y : ❑ Oui. ❑ Non.

Selon vous, combien votre partenaire gagne-t-il (elle) par mois ?

X : ______________ Y : ______________

Et combien gagne-t-il (elle) en réalité ?
(Demandez-lui, il (elle) est juste à côté de vous.)

X : ______________ Y : ______________

Quel est le montant de vos économies ?

X : ______________ Y : ______________

Avez-vous eu tendance à vouloir minimiser ce chiffre devant votre partenaire ?

X : ❑ Oui. ❑ Non. Y . ❑ Oui. ❑ Non.

Tant qu'on y est, quelle question aimeriez-vous poser à l'autre que vous n'avez jamais osé lui poser avant ?

X : ____________________

Y : ____________________

Quelle est la réponse à cette question ?

X : ____________________

Y : ____________________

VOS GROSSES CACHOTTERIES

Passons maintenant à quelques questions un peu plus gênantes…

	X	Y
Avez-vous déjà été arrêté par la police ?	❑ Oui. ❑ Non.	❑ Oui. ❑ Non.
Avez-vous déjà fouillé dans le sac de l'autre ?	❑ Oui. ❑ Non.	❑ Oui. ❑ Non.
Avez-vous déjà volé de l'argent dans le sac de votre mère ?	❑ Oui. ❑ Non.	❑ Oui. ❑ Non.
Avez-vous déjà triché sur votre déclaration d'impôts ?	❑ Oui. ❑ Non.	❑ Oui. ❑ Non.
Avez-vous déjà giflé un enfant ?	❑ Oui. ❑ Non.	❑ Oui. ❑ Non.
Avez-vous déjà uriné dans la rue ?	❑ Oui. ❑ Non.	❑ Oui. ❑ Non.
Avez-vous déjà regardé un film porno ?	❑ Oui. ❑ Non.	❑ Oui. ❑ Non.
Avez-vous déjà regardé un film porno gay ?	❑ Oui. ❑ Non.	❑ Oui. ❑ Non.
Avez-vous déjà laissé quelqu'un se faire insulter dans la rue ?	❑ Oui. ❑ Non.	❑ Oui. ❑ Non.
Avez-vous déjà laissé parler un chauffeur de taxi raciste ?	❑ Oui. ❑ Non.	❑ Oui. ❑ Non.
Avez-vous déjà eu une expérience homosexuelle ?	❑ Oui. ❑ Non.	❑ Oui. ❑ Non.
Avez-vous déjà appelé la police pour vous plaindre d'un voisin ?	❑ Oui. ❑ Non.	❑ Oui. ❑ Non.
Avez-vous déjà menti à vos parents ?	❑ Oui. ❑ Non.	❑ Oui. ❑ Non.
Avez-vous déjà vu vos parents faire l'amour ?	❑ Oui. ❑ Non.	❑ Oui. ❑ Non.
Avez-vous déjà entendu vos parents faire l'amour ?	❑ Oui. ❑ Non.	❑ Oui. ❑ Non.

	X	Y
Avez-vous déjà ri en voyant un handicapé ?	❑ Oui. ❑ Non.	❑ Oui. ❑ Non.
Vous êtes-vous déjà garé sur une place réservée aux handicapés ?	❑ Oui. ❑ Non.	❑ Oui. ❑ Non.
Avez-vous déjà essayé de tuer quelqu'un ?	❑ Oui. ❑ Non.	❑ Oui. ❑ Non.
Sucez-vous votre doigt après vous être gratté l'oreille ?	❑ Oui. ❑ Non.	❑ Oui. ❑ Non.
Avez-vous déjà craché dans la rue ?	❑ Oui. ❑ Non.	❑ Oui. ❑ Non.
Vous êtes-vous déjà battu avec quelqu'un ?	❑ Oui. ❑ Non.	❑ Oui. ❑ Non.
Avez-vous déjà pété dans votre bain ?	❑ Oui. ❑ Non.	❑ Oui. ❑ Non.
Avez-vous déjà pété dans un lit ?	❑ Oui. ❑ Non.	❑ Oui. ❑ Non.
Avez-vous déjà fait l'amour sans préservatif en ayant un doute ?	❑ Oui. ❑ Non.	❑ Oui. ❑ Non.
Avez-vous déjà eu envie de vous raser intégralement le corps ?	❑ Oui. ❑ Non.	❑ Oui. ❑ Non.
Aimez-vous vous percer des boutons sur le visage ?	❑ Oui. ❑ Non.	❑ Oui. ❑ Non.
Avez-vous piqué la copine (le copain) d'un(e) de vos ami(e)s ?	❑ Oui. ❑ Non.	❑ Oui. ❑ Non.
Êtes-vous déjà parti(e) avant qu'un(e) partenaire ne se réveille ?	❑ Oui. ❑ Non.	❑ Oui. ❑ Non.
Avez-vous déjà fait croire à quelqu'un que vous l'aimiez ?	❑ Oui. ❑ Non.	❑ Oui. ❑ Non.
Avez-vous déjà organisé un dîner de cons ?	❑ Oui. ❑ Non.	❑ Oui. ❑ Non.
Vous êtes-vous déjà fait traiter de raciste ?	❑ Oui. ❑ Non.	❑ Oui. ❑ Non.
Avez-vous déjà emprunté quelque chose (argent, livre, DVD…) sans le rendre ?	❑ Oui. ❑ Non.	❑ Oui. ❑ Non.
Avez-vous déjà essayé de mesurer la taille de votre sexe ?	❑ Oui. ❑ Non.	❑ Oui. ❑ Non.
Avez-vous déjà serré la main de quelqu'un qui vous déteste ?	❑ Oui. ❑ Non.	❑ Oui. ❑ Non.
Avez-vous déjà quitté quelqu'un parce qu'il (elle) avait grossi ?	❑ Oui. ❑ Non.	❑ Oui. ❑ Non.
Êtes-vous déjà parti(e) d'un restaurant sans payer ?	❑ Oui. ❑ Non.	❑ Oui. ❑ Non.
Avez-vous déjà menti juste pour coucher rapidement avec quelqu'un ?	❑ Oui. ❑ Non.	❑ Oui. ❑ Non.
Avez-vous déjà pété en sortant d'un ascenseur ?	❑ Oui. ❑ Non.	❑ Oui. ❑ Non.
Avez-vous déjà repris une citation en disant que c'était de vous ?	❑ Oui. ❑ Non.	❑ Oui. ❑ Non.

	X	Y
Avez-vous déjà rappelé un(e) ex un soir de déprime ?	❑ Oui. ❑ Non.	❑ Oui. ❑ Non.
Avez-vous déjà goûté une crotte de nez juste pour en connaître le goût ?	❑ Oui. ❑ Non.	❑ Oui. ❑ Non.
Avez-vous déjà senti vos doigts après vous être gratté les fesses ?	❑ Oui. ❑ Non.	❑ Oui. ❑ Non.
Avez-vous déjà pensé à un animal de manière lubrique ?	❑ Oui. ❑ Non.	❑ Oui. ❑ Non.
Avez-vous déjà fait l'amour sur de la musique militaire ?	❑ Oui. ❑ Non.	❑ Oui. ❑ Non.
Avez-vous déjà imaginé vos beaux-parents faisant l'amour ?	❑ Oui. ❑ Non.	❑ Oui. ❑ Non.
Avez-vous déjà insulté un représentant des forces de l'ordre ?	❑ Oui. ❑ Non.	❑ Oui. ❑ Non.
Avez-vous déjà quitté quelqu'un à cause de son accent ?	❑ Oui. ❑ Non.	❑ Oui. ❑ Non.
Avez-vous déjà eu envie de vous faire un piercing au sexe ?	❑ Oui. ❑ Non.	❑ Oui. ❑ Non.
Avez-vous déjà dit à quelqu'un qu'il faisait mal l'amour ?	❑ Oui. ❑ Non.	❑ Oui. ❑ Non.
Avez-vous déjà chauffé quelqu'un à blanc avant de partir en riant ?	❑ Oui. ❑ Non.	❑ Oui. ❑ Non.
Avez-vous déjà profité de la rupture d'une copine (un copain) pour coucher avec son ex ?	❑ Oui. ❑ Non.	❑ Oui. ❑ Non.
Avez-vous déjà quitté quelqu'un parce qu'il (elle) était pauvre ?	❑ Oui. ❑ Non.	❑ Oui. ❑ Non.
Avez-vous déjà été photographié nu(e) ?	❑ Oui. ❑ Non.	❑ Oui. ❑ Non.
Avez-vous déjà été filmé(e) en train de faire l'amour ?	❑ Oui. ❑ Non.	❑ Oui. ❑ Non.
Vous êtes-vous déjà mutilé(e) ?	❑ Oui. ❑ Non.	❑ Oui. ❑ Non.
Avez-vous déjà porté un slip en cuir ?	❑ Oui. ❑ Non.	❑ Oui. ❑ Non.
Avez-vous déjà senti les sous-vêtements de quelqu'un ?	❑ Oui. ❑ Non.	❑ Oui. ❑ Non.
Votre casier judiciaire est-il vierge ?	❑ Oui. ❑ Non.	❑ Oui. ❑ Non.
Avez-vous déjà triché à un examen ?	❑ Oui. ❑ Non.	❑ Oui. ❑ Non.
Avez-vous déjà conduit en état d'ébriété ?	❑ Oui. ❑ Non.	❑ Oui. ❑ Non.
Avez-vous déjà ri à une blague raciste ?	❑ Oui. ❑ Non.	❑ Oui. ❑ Non.
Avez-vous déjà copié un CD plutôt que de l'acheter ?	❑ Oui. ❑ Non.	❑ Oui. ❑ Non.
Avez-vous déjà fait semblant d'être occupé(e) pour ne pas donner d'argent à un SDF ?	❑ Oui. ❑ Non.	❑ Oui. ❑ Non.

	X	Y
Avez-vous déjà fait sauter un PV ?	❑ Oui. ❑ Non.	❑ Oui. ❑ Non.
Avez-vous déjà roulé dans un couloir de bus ?	❑ Oui. ❑ Non.	❑ Oui. ❑ Non.
Avez-vous déjà écrit des obscénités sur un mur ?	❑ Oui. ❑ Non.	❑ Oui. ❑ Non.
Avez-vous déjà utilisé une arme à feu ?	❑ Oui. ❑ Non.	❑ Oui. ❑ Non.
Avez-vous déjà fait semblant d'être malade pour ne pas aller bosser ?	❑ Oui. ❑ Non.	❑ Oui. ❑ Non.
Avez-vous déjà fait semblant de pleurer pour stopper une dispute ?	❑ Oui. ❑ Non.	❑ Oui. ❑ Non.
Êtes-vous déjà allé(e) vous humilier dans une soirée karaoké ?	❑ Oui. ❑ Non.	❑ Oui. ❑ Non.
Avez-vous déjà profité d'une erreur de caisse sans la signaler ?	❑ Oui. ❑ Non.	❑ Oui. ❑ Non.
Avez-vous déjà porté des sous-vêtements couleur léopard ?	❑ Oui. ❑ Non.	❑ Oui. ❑ Non.
Avez-vous déjà dit « merde » à vos parents ?	❑ Oui. ❑ Non.	❑ Oui. ❑ Non.
Avez-vous déjà remis des sous-vêtements sales ?	❑ Oui. ❑ Non.	❑ Oui. ❑ Non.
Avez-vous déjà eu honte de dire votre métier ?	❑ Oui. ❑ Non.	❑ Oui. ❑ Non.
Avez-vous déjà eu honte de présenter votre partenaire à quelqu'un ?	❑ Oui. ❑ Non.	❑ Oui. ❑ Non.

LES PETITES FAIBLESSES QUI VOUS PERDRONT

Avez-vous déjà fumé ?

X : ❑ Oui. ❑ Non. Y : ❑ Oui. ❑ Non.

Si oui, fumez-vous toujours ?

X : ❑ Oui. ❑ Non. Y : ❑ Oui. ❑ Non.

Si oui, je vous rappelle que c'est mal car la loi m'y oblige, mais bon, après tout vous faites ce que vous voulez.

Vous fumez quoi d'ailleurs ?

X : ______________________________

Y : ______________________________

Et quelle est votre consommation journalière en cigarettes ?

X : ______________ Y : ______________

Avez-vous déjà bu de l'alcool ?

X : ❑ Oui. ❑ Non. Y : ❑ Oui. ❑ Non.

Buvez-vous souvent de l'alcool ?

X : ❑ Oui. ❑ Non. Y : ❑ Oui. ❑ Non.

Que buvez-vous généralement ?

X : ______________________ **Y :** ______________________

Buvez-vous parfois en cachette de l'autre ?

X : ❑ Oui. ❑ Non. Y : ❑ Oui. ❑ Non.

Quand avez-vous été ivre pour la dernière fois ?

X : ______________________ **Y :** ______________________

Qu'avez-vous fait de pire en étant ivre ?

X : ____

Y : ____

Avez-vous déjà vomi dans la rue ?

X : ❑ Oui. ❑ Non. Y : ❑ Oui. ❑ Non.

Avez-vous déjà vomi sur quelqu'un ?

X : ❑ Oui. ❑ Non. Y : ❑ Oui. ❑ Non.

Si oui, qui était-ce ?

X : ______________________ **Y :** ______________________

Avez-vous déjà conduit un véhicule en état d'ébriété ?

X : ❑ Oui. ❑ Non. Y : ❑ Oui. ❑ Non.

Le regrettez-vous ?

X : ❑ Oui. ❑ Non. Y : ❑ Oui. ❑ Non.

Pensez-vous le refaire ou être amené à le refaire un jour ?

X : ❑ Oui. ❑ Non. Y : ❑ Oui. ❑ Non.

Êtes-vous en bonne santé actuellement ?

X : ❑ Oui. ❑ Non. Y : ❑ Oui. ❑ Non.

De quelle maladie avez-vous souffert récemment ?

X : ______________________ **Y :** ______________________

De quelles principales maladies avez-vous déjà souffert dans votre vie ?

X : ____

Y : ____

Quelles opérations chirurgicales avez-vous déjà subies ?

X : ______________________________

Y : ______________________________

Avez-vous déjà contracté une maladie sexuellement transmissible ?

X : ❑ Oui. ❑ Non. Y : ❑ Oui. ❑ Non.

Si oui laquelle ? ______________________________

Avez-vous déjà subi un toucher rectal ? (Pour raisons médicales, le reste, c'est votre problème.)

X : ❑ Oui. ❑ Non. Y : ❑ Oui. ❑ Non.

Si oui, l'aviez-vous déjà avoué à l'autre avant aujourd'hui ?

X : ❑ Oui. ❑ Non. Y : ❑ Oui. ❑ Non.

Consommez-vous de la drogue en cachette de votre partenaire ?

X : ❑ Oui. ❑ Non. Y : ❑ Oui. ❑ Non.

Si oui, que consommez-vous ou qu'avez-vous déjà consommé ?

X : **❑ Haschich. ❑ Herbe. ❑ Cocaïne. ❑ Héroïne.**
❑ LSD. ❑ Ecstasy ❑ Colle. ❑ Crapauds.
❑ Chocolat. ❑ Crack. ❑ Boum. ❑ Hue.

Y : **❑ Haschich. ❑ Herbe. ❑ Cocaïne. ❑ Héroïne.**
❑ LSD. ❑ Ecstasy ❑ Colle. ❑ Crapauds.
❑ Chocolat. ❑ Crack. ❑ Boum. ❑ Hue.

Pensez-vous êtes accro à cette drogue ?

X : ❑ Oui. ❑ Non. Y : ❑ Oui. ❑ Non.

Quelle est la drogue que vous aimeriez bien essayer ?

X : ____________________ **Y** : ____________________

Quelle est la drogue que vous n'essaierez plus jamais ?

X : ____________________ **Y** : ____________________

À quoi êtes-vous également accro ?

X : **❑ Télévision. ❑ Téléphone. ❑ Sport. ❑ Sexe.**
❑ Internet. ❑ Mots croisés. ❑ Copains (copines).
❑ Jeux vidéo. ❑ Mary Higgins Clark. ❑ Caféine.

Y : **❑ Télévision. ❑ Téléphone. ❑ Sport. ❑ Sexe.**
❑ Internet. ❑ Mots croisés. ❑ Copains (copines).
❑ Jeux vidéo. ❑ Mary Higgins Clark. ❑ Caféine.

Qu'est-ce qui se mange et auquel vous ne pouvez pas, mais alors pas du tout résister ?

X : ______________________ **Y** : ______________________

Avez-vous déjà téléphoné pour voter dans une émission de téléréalité ?

X : ❑ Oui. ❑ Non. **Y : ❑ Oui. ❑ Non.**

Si oui, laquelle ?

X : ______________________ **Y** : ______________________

À quelle émission de téléréalité aimeriez-vous ou auriez-vous aimé participer ?

X : ______________________ **Y** : ______________________

Par quelle personnalité issue de la téléréalité pourriez-vous être attiré(e) ?

X : ______________________ **Y** : ______________________

De qui étiez-vous fan autrefois, ce qui vous met mal à l'aise aujourd'hui devant vos ami(e)s ? (Vous pouvez encore être fan, personnellement, ça ne me regarde pas.)

X : ______________________ **Y** : ______________________

Quels posters plus ou moins durs à assumer étaient accrochés dans votre chambre lorsque vous étiez ado ?

X : ____

Y : ____

Avez-vous déjà demandé un autographe à une ou plusieurs célébrités ?

X : ❑ Oui. ❑ Non. **Y : ❑ Oui. ❑ Non.**

Si oui, de qui s'agissait-il ?

X : ______________________ **Y** : ______________________

Tant qu'on en est aux confidences gênantes, quel âge aviez-vous lors de votre dernière demande d'autographe ?

X : ______________________ **Y** : ______________________

De qui êtes-vous fan aujourd'hui ?

X : ____

Y : ____

Quel disque avez-vous acheté un jour et pensez-vous à cacher quand des amis viennent chez vous ?

X : ____________________ Y . ____________________

Quel livre avez-vous eu honte de lire, mais bon c'était bien quand même ?

X : ____________________ Y : ____________________

Quelle chanson chantez-vous quand personne, mais alors personne, n'est chez vous ?

X : ____________________ Y : ____________________

Quel film adorez-vous regarder, mais qui est difficilement justifiable devant vos ami(e)s ?

X : ____________________ Y : ____________________

Quel film faites-vous régulièrement croire que vous avez déjà vu ou que vous aimez ?

X : ____________________ Y : ____________________

Quel est le déguisement le plus ridicule que vous ayez porté un jour ?

X : ____________________ Y : ____________________

Quelle collection un peu ridicule faites-vous sans trop oser le dire ?

X : ____________________ Y : ____________________

De quoi d'autre avez-vous honte aujourd'hui ?

X : ____

Y : ____

Aujourd'hui, pour vivre, de quoi ne pourriez-vous plus vous passer ?

X : ____________________ Y : ____________________

Quelle est la petite faiblesse qui vous perdra ?

X : ____________________ Y : ____________________

Qu'est-ce qui vous tuera sans doute ?

X : ____________________ Y : ____________________

VOS PEURS

Je sais que devant l'autre, ce n'est pas quelque chose que l'on aime confesser, mais bon, on a dit qu'on se disait tout, alors allons-y…

Avez-vous peur…

	X	Y
De mourir ?	❑ Oui. ❑ Non.	❑ Oui. ❑ Non.
De la foule ?	❑ Oui. ❑ Non.	❑ Oui. ❑ Non.
Dans les ascenseurs ?	❑ Oui. ❑ Non.	❑ Oui. ❑ Non.
De votre patron ?	❑ Oui. ❑ Non.	❑ Oui. ❑ Non.
Quand vous voyez le journal télé ?	❑ Oui. ❑ Non.	❑ Oui. ❑ Non.
De décevoir vos parents ?	❑ Oui. ❑ Non.	❑ Oui. ❑ Non.
Quand l'autre sort sans vous ?	❑ Oui. ❑ Non.	❑ Oui. ❑ Non.
De l'avion ?	❑ Oui. ❑ Non.	❑ Oui. ❑ Non.
Des bruits la nuit ?	❑ Oui. ❑ Non.	❑ Oui. ❑ Non.
Du vide ?	❑ Oui. ❑ Non.	❑ Oui. ❑ Non.
De faire des enfants ?	❑ Oui. ❑ Non.	❑ Oui. ❑ Non.
De perdre vos amis ?	❑ Oui. ❑ Non.	❑ Oui. ❑ Non.
De vieillir ?	❑ Oui. ❑ Non.	❑ Oui. ❑ Non.
Du mariage ?	❑ Oui. ❑ Non.	❑ Oui. ❑ Non.
Des Père Noël dans les grands magasins ?	❑ Oui. ❑ Non.	❑ Oui. ❑ Non.
De perdre votre boulot ?	❑ Oui. ❑ Non.	❑ Oui. ❑ Non.
Des fantômes ?	❑ Oui. ❑ Non.	❑ Oui. ❑ Non.
De Dieu ou du diable ?	❑ Oui. ❑ Non.	❑ Oui. ❑ Non.
Des insectes, serpents, rats, araignées, etc. ?	❑ Oui. ❑ Non.	❑ Oui. ❑ Non.
De vous être trompé sur l'autre ?	❑ Oui. ❑ Non.	❑ Oui. ❑ Non.
Du terrorisme ?	❑ Oui. ❑ Non.	❑ Oui. ❑ Non.
De l'avenir ?	❑ Oui. ❑ Non.	❑ Oui. ❑ Non.
De la guerre ?	❑ Oui. ❑ Non.	❑ Oui. ❑ Non.
Des supporters de foot ?	❑ Oui. ❑ Non.	❑ Oui. ❑ Non.
De faire les soldes le premier jour ?	❑ Oui. ❑ Non.	❑ Oui. ❑ Non.
De perdre vos parents ?	❑ Oui. ❑ Non.	❑ Oui. ❑ Non.
De perdre vos cheveux ?	❑ Oui. ❑ Non.	❑ Oui. ❑ Non.
D'attraper une maladie grave ?	❑ Oui. ❑ Non.	❑ Oui. ❑ Non.
De n'être aimé que pour votre physique ?	❑ Oui. ❑ Non.	❑ Oui. ❑ Non.
De finir votre vie seul ?	❑ Oui. ❑ Non.	❑ Oui. ❑ Non.

VOS PRINCIPES DANS LA VIE

Voici quelques affirmations assez diverses, précisez juste si vous êtes d'accord ou pas…

	X	Y
Il ne vaut mieux pas vous parler le matin.	❑ Oui. ❑ Non.	❑ Oui. ❑ Non.
Les femmes d'abord.	❑ Oui. ❑ Non.	❑ Oui. ❑ Non.
Trop de sexe tue le sexe.	❑ Oui. ❑ Non.	❑ Oui. ❑ Non.
Les enfants, c'est bien chez les autres.	❑ Oui. ❑ Non.	❑ Oui. ❑ Non.
Vous aimeriez bien avoir un chat.	❑ Oui. ❑ Non.	❑ Oui. ❑ Non.
La vie est injuste.	❑ Oui. ❑ Non.	❑ Oui. ❑ Non.
Vous ne pourriez plus vivre seul(e) aujourd'hui.	❑ Oui. ❑ Non.	❑ Oui. ❑ Non.
Vous vous masturbez en cachette.	❑ Oui. ❑ Non.	❑ Oui. ❑ Non.
Vous trouvez que votre partenaire a grossi mais n'osez pas le dire.	❑ Oui. ❑ Non.	❑ Oui. ❑ Non.
Vous dansez comme une saucisse.	❑ Oui. ❑ Non.	❑ Oui. ❑ Non.
Les hommes sont pires que des enfants.	❑ Oui. ❑ Non.	❑ Oui. ❑ Non.
Les femmes sont pires que des vipères.	❑ Oui. ❑ Non.	❑ Oui. ❑ Non.
On peut être amoureux de plusieurs personnes en même temps.	❑ Oui. ❑ Non.	❑ Oui. ❑ Non.
On ne connaît qu'un seul véritable amour au cours d'une vie.	❑ Oui. ❑ Non.	❑ Oui. ❑ Non.
Vous vous sentez parfois oppressé par votre partenaire.	❑ Oui. ❑ Non.	❑ Oui. ❑ Non.
La raison du plus fort est toujours la meilleure.	❑ Oui. ❑ Non.	❑ Oui. ❑ Non.
Votre belle-mère est un peu trop présente dans votre vie.	❑ Oui. ❑ Non.	❑ Oui. ❑ Non.
Vous avez déjà simulé un orgasme avec votre partenaire.	❑ Oui. ❑ Non.	❑ Oui. ❑ Non.
Vous avez déjà pensé à l'homosexualité.	❑ Oui. ❑ Non.	❑ Oui. ❑ Non.
Les couples ne devraient pas vivre ensemble avant le mariage.	❑ Oui. ❑ Non.	❑ Oui. ❑ Non.
Les gros seins, c'est bien.	❑ Oui. ❑ Non.	❑ Oui. ❑ Non.
Le Clitoris est un quartier chaud d'Athènes.	❑ Oui. ❑ Non.	❑ Oui. ❑ Non.

On peut mentir par amour. ❑ Oui. ❑ Non. ❑ Oui. ❑ Non.

Vous aimez passer du temps seul sans votre partenaire.
❑ Oui. ❑ Non. ❑ Oui. ❑ Non.

Vous regardez au fond de la cuvette avant de tirer la chasse.
❑ Oui. ❑ Non. ❑ Oui. ❑ Non.

Vous avez lu le « Da Vinci Code » comme tout le monde.
❑ Oui. ❑ Non. ❑ Oui. ❑ Non.

Vous aimez Baudelaire. ❑ Oui. ❑ Non. ❑ Oui. ❑ Non.

Vous vous demandez qui est Baudelaire. ❑ Oui. ❑ Non. ❑ Oui. ❑ Non.

Vous avez déjà été incommodé par l'haleine de votre partenaire.
❑ Oui. ❑ Non. ❑ Oui. ❑ Non.

L'enfer, c'est les autres. ❑ Oui. ❑ Non. ❑ Oui. ❑ Non.

Les femmes aiment le sexe autant que les hommes. ❑ Oui. ❑ Non. ❑ Oui. ❑ Non.

La taille, ça compte. ❑ Oui. ❑ Non. ❑ Oui. ❑ Non.

La télévision rend con. ❑ Oui. ❑ Non. ❑ Oui. ❑ Non.

Vous auriez dû plus travailler à l'école. ❑ Oui. ❑ Non. ❑ Oui. ❑ Non.

C'est important de voter. ❑ Oui. ❑ Non. ❑ Oui. ❑ Non.

Le sexe est la chose la plus importante dans une relation amoureuse.
❑ Oui. ❑ Non. ❑ Oui. ❑ Non.

Votre partenaire fait bien le ménage. ❑ Oui. ❑ Non. ❑ Oui. ❑ Non.

Votre partenaire a besoin d'une nouvelle coupe de cheveux.
❑ Oui. ❑ Non. ❑ Oui. ❑ Non.

Vous auriez pu trouver mieux que votre partenaire actuel.
❑ Oui. ❑ Non. ❑ Oui. ❑ Non.

Vous vous sentez beau (belle) dans les yeux de l'autre. ❑ Oui. ❑ Non. ❑ Oui. ❑ Non.

Vous en avez assez de regarder « Julie Lescaut » le jeudi
❑ Oui. ❑ Non. ❑ Oui. ❑ Non.

Vous aimez vous endormir collé(e) contre votre partenaire.
❑ Oui. ❑ Non. ❑ Oui. ❑ Non.

Vous avez envie de l'autre, là maintenant. ❑ Oui. ❑ Non. ❑ Oui. ❑ Non.

Si vous avez répondu « oui » tous les deux, vous avez le droit de faire une nouvelle petite pause dans l'écriture de ce livre. À tout à l'heure…

Bon, si vous êtes de retour ou si vous n'aviez pas répondu « oui » tous les deux, reprenons le cours de votre histoire.

CONFESSIONS EN RAFALE...

Qu'est-ce que vous pensez avoir fait de bien dans votre vie aujourd'hui ?

X : ______

Y : ______

Quelles sont les cinq choses que vous avez faites dans la vie dont vous êtes le (la) moins fier(e) aujourd'hui ?

X : 1 ______ Y : 1 ______
2 ______ 2 ______
3 ______ 3 ______
4 ______ 4 ______
5 ______ 5 ______

Au fond de vous, ...

X :
- ❑ Vous vous aimez bien.
- ❑ Vous vous trouvez plutôt pas mal.
- ❑ Vous vous supportez.
- ❑ Vous ne vous aimez pas beaucoup.
- ❑ Vous aimeriez être quelqu'un d'autre.
- ❑ Vous vous demandez ce qu'on vous trouve.

Y :
- ❑ Vous vous aimez bien.
- ❑ Vous vous trouvez plutôt pas mal.
- ❑ Vous vous supportez.
- ❑ Vous ne vous aimez pas beaucoup.
- ❑ Vous aimeriez être quelqu'un d'autre.
- ❑ Vous vous demandez ce qu'on vous trouve.

Quelle est la plus grande honte de votre vie ?

X : ______

Y : ______

Quel est le plus grand regret de votre vie ?

X : ______

Y : ______

Quel est le plus grand remords de votre vie ?

X : ______

Y : ______

Quel est votre principal complexe ?

X : ______ Y : ______

De quoi auriez-vous peur si votre partenaire gagnait au Loto ?

X : ____________________

Y : ____________________

Qu'avez-vous hérité de votre mère ?

X : __________ Y : __________

Qu'avez-vous hérité de votre père ?

X : __________ Y : __________

De qui vous sentez-vous le plus proche ?

X : ❑ **Votre mère.** ❑ **Votre père.** ❑ **Des deux.** ❑ **D'aucun des deux.**

Y : ❑ **Votre mère.** ❑ **Votre père.** ❑ **Des deux.** ❑ **D'aucun des deux.**

Pensez-vous avoir réussi à « couper le cordon ombilical » avec vos parents ?

X : ❑ **Oui.** ❑ **Non.** Y : ❑ **Oui.** ❑ **Non.**

Que cachez-vous à vos parents afin de ne pas les décevoir ?

X : __________ Y : __________

Qu'est-ce que vous n'avez jamais osé demander à vos parents ?

X : ____________________

Y : ____________________

Qu'est-ce que vous aimeriez (ou auriez aimé) que vos parents vous disent un jour ?

X : ____________________

Y : ____________________

Avez-vous souvent été en conflit avec vos parents ?

X : ❑ **Oui.** ❑ **Non.** Y : ❑ **Oui.** ❑ **Non.**

Quelle était la source de ces conflits généralement ?

X : __________ Y : __________

Avez-vous déjà pensé que vous aviez raté votre vie ou que vous étiez en train de le faire ?

X : ❑ **Oui.** ❑ **Non.** Y : ❑ **Oui.** ❑ **Non.**

Avez-vous déjà pensé à consulter un psychanalyste ?

X : ❑ **Oui.** ❑ **Non.** Y : ❑ **Oui.** ❑ **Non.**

Quel est le plus grand traumatisme de votre vie ?

X : __________ Y : __________

Aujourd'hui, au fond de vous, vous avez envie de changer de…

X : ❑ **Boulot.** ❑ **Appartement.** ❑ **Beaux parents.** ❑ **Slip.**
❑ **Lieu de vacances.** ❑ **Coupe de cheveux.** ❑ **Ville.** ❑ **Amis.**

Y : ❑ **Boulot.** ❑ **Appartement.** ❑ **Beaux-parents.** ❑ **Slip.**
❑ **Lieu de vacances.** ❑ **Coupe de cheveux.** ❑ **Ville.** ❑ **Amis.**

Si personne ne le savait jamais, que seriez-vous le plus enclin à faire ?

X : ❑ **Tromper votre partenaire.** ❑ **Essayer l'homosexualité.**
❑ **Tourner dans un porno.** ❑ **Tricher sur vos impôts.**
❑ **Gifler un des « Choristes ».** ❑ **Aller voir un(e) prostitué(e).**

Y : ❑ **Tromper votre partenaire.** ❑ **Essayer l'homosexualité.**
❑ **Tourner dans un porno.** ❑ **Tricher sur vos impôts.**
❑ **Gifler un des « Choristes ».** ❑ **Aller voir un(e) prostitué(e).**

Avez-vous déjà eu envie de mourir ?

X : ❑ **Oui.** ❑ **Non.** **Y :** ❑ **Oui.** ❑ **Non.**

Si oui, avez-vous déjà été plus loin que cette simple envie ?

X : ❑ **Oui.** ❑ **Non.** **Y :** ❑ **Oui.** ❑ **Non.**

Si oui, précisez les différentes raisons qui, un jour, ont pu vous donner envie de mourir ?

X : ____

Y : ____

Avez-vous déjà fourni un alibi à un(e) ami(e) qui voulait tromper sa femme (son mari) ?

X : ❑ **Oui.** ❑ **Non.** **Y :** ❑ **Oui.** ❑ **Non.**

Quel couple de votre entourage enviez-vous le plus ?

X : ____________________ **Y :** ____________________

Êtes-vous parfois gêné(e) de vous retrouver nu(e) devant l'autre ?

X : ❑ **Oui.** ❑ **Non.** **Y :** ❑ **Oui.** ❑ **Non.**

Quelle partie de votre corps n'aimez-vous pas que l'autre touche ou regarde ?

X : ____________________ **Y :** ____________________

Quelle partie de votre corps aimez-vous bien ?

X : ____________________ **Y :** ____________________

Quelle partie de votre corps vous fait complexer ?

X : ______________________ Y : ______________________

Quel est le talent ou la qualité qu'a votre partenaire qui vous rend jaloux(se) ?

X : ______________________ Y : ______________________

Qu'est-ce que l'autre croit sur vous et que vous lui laissez croire ?

X : ____

Y : ____

Quel est l'endroit le plus étrange où vous vous soyez réveillé(e) un jour ?

X : ______________________ Y : ______________________

Qu'est-ce que vous faites quand l'autre est absent que vous ne faites pas d'habitude ?

X : ____

Y : ____

Quelle est la pire chose que vous ayez dû faire à cause de l'autre ?

X : ____

Y : ____

Qu'est-ce que vous ne faites jamais quand l'autre est là ?

X : ____

Y : ____

Qui n'aimez-vous pas parmi vos collègues de travail ?

X : ______________________ Y : ______________________

Quel est le cadeau que vous aimeriez que l'autre vous fasse à Noël ?

X : ______________________ Y : ______________________

Avec quelle personnalité, vivante ou morte, aimeriez-vous boire un verre ?

X : ______________________ Y : ______________________

Que détestez-vous faire avant de vous coucher ?

X : ______________________ Y : ______________________

Quel talent caché continuez-vous à vouloir cacher à l'autre ?

X : ______________________ Y : ______________________

À quel moment avez-vous le plus envie de dire « je t'aime » ?

X : ______________________ Y : ______________________

Quel pouvoir magique aimeriez-vous avoir ?

X : ______________________ Y : ______________________

Quelle est la chose la plus dégoûtante que vous ayez mise dans votre bouche ? (Dans un but autre que sexuel.)

X : ______________________ Y : ______________________

Qu'est-ce que vous n'avez jamais dit à personne ?

X : ____

Y : ____

Connaissez-vous des choses compromettantes sur l'autre ?

X : ❑ Oui. ❑ Non. Y : ❑ Oui. ❑ Non.

Si oui, que savez-vous en particulier ?

X : ______________________ Y : ______________________

Pensez-vous être trop poilu(e) ?

X : ❑ Oui. ❑ Non. Y : ❑ Oui. ❑ Non.

Avez-vous déjà comparé votre sexe à celui de quelqu'un d'autre ?

X : ❑ Oui. ❑ Non. Y : ❑ Oui. ❑ Non.

Si oui, qui était-ce ?

X : ______________________ Y : ______________________

Avez-vous déjà consulté quelqu'un à propos de votre vie sexuelle ?

X : ______________________ Y : ______________________

Avez-vous déjà eu de l'attirance pour un membre de votre famille ?

X : ❑ Oui. ❑ Non. Y : ❑ Oui. ❑ Non.

Si oui, lequel était-ce ?

X : ______________________ Y : ______________________

Si non, qui pourriez-vous trouver le plus attirant malgré tout ?

X : ______________________ Y : ______________________

Quel membre de la famille de votre partenaire trouvez-vous attirant(e) ?

X : ______________________ Y : ______________________

Tant qu'on y est, parmi ses ami(e)s, qui vous plaît toujours énormément ?

X : ______________________ Y : ______________________

De qui aimeriez-vous avoir la vie ?

X : ______________________ Y : ______________________

Quelle personne pourrait vous poser un problème si elle venait en vous disant qu'elle vous aime ?

X : ______________________ Y : ______________________

Êtes-vous gêné(e) de pleurer devant l'autre ?

X : ❑ Oui. ❑ Non. Y : ❑ Oui. ❑ Non.

Êtes-vous ou seriez-vous gêné(e) d'emprunter de l'argent à l'autre ?

X : ❑ Oui. ❑ Non. Y : ❑ Oui. ❑ Non.

À qui emprunteriez-vous 2 000 euros ?

X : ______________________ Y : ______________________

Quitteriez-vous votre partenaire s'il devenait paraplégique suite à un accident ?

X : ❑ Oui. ❑ Non. ❑ Je ne sais pas.
Y : ❑ Oui. ❑ Non. ❑ Je ne sais pas.

Quand vous êtes en retard à un rendez-vous, généralement…

X : ❑ Vous dites la vérité. ❑ Vous mentez.
Y : ❑ Vous dites la vérité. ❑ Vous mentez.

Si votre partenaire tenait un journal intime, si vous le trouviez, et si vous étiez seul(e) chez vous, essayeriez-vous de le lire ?

X : ❑ Oui. ❑ Non. Y : ❑ Oui. ❑ Non.

Auriez-vous honte de divorcer un jour ?

X : ❑ Oui. ❑ Non. Y : ❑ Oui. ❑ Non.

Seriez-vous malheureux que vos enfants soient homosexuels ?

X : ❑ Oui. ❑ Non. Y : ❑ Oui. ❑ Non.

Empêcheriez-vous votre fils de faire de la danse classique ?

X : ❑ Oui. ❑ Non. Y : ❑ Oui. ❑ Non.

Combien de fois avez-vous passé l'examen du permis de conduire ?

X : ____ fois. Y : ____ fois.

Aux dernières élections, vous avez voté pour…

X : ______________________ Y : ______________________

Quelle est la faute d'orthographe que vous faites régulièrement ?

X : ______________________ Y : ______________________

Quelle est la faute de goût que vous faites régulièrement ?

X : ______________ Y : ______________

Quel est l'argent que vous avez le moins mérité ?

X : ______________ Y : ______________

Par qui aimeriez-vous être détesté(e) ?

X : ______________ Y : ______________

Donnez-vous de l'argent aux SDF ?

X : ❑ **Oui, toujours.** ❑ **Oui, en général.** ❑ **Parfois.**
❑ **Rarement.** ❑ **Jamais.**

Y : ❑ **Oui, toujours.** ❑ **Oui, en général.** ❑ **Parfois.**
❑ **Rarement.** ❑ **Jamais.**

Quelle est l'histoire que vos parents racontent sur vous et qui vous embarrasse terriblement ?

X : ______________

Y : ______________

Pour quelle association avez-vous effectué votre dernier don ?

X : ______________ Y : ______________

En général, pour quitter quelqu'un…

X : ❑ **Vous donnez un ultimatum.** ❑ **Vous provoquez une discussion face à face.**
❑ **Vous poussez l'autre à partir.** ❑ **Vous laissez un message sur le frigo.**
❑ **Vous envoyez un SMS.** ❑ **Vous attendez le temps nécessaire.**
❑ **Vous écrivez une lettre.** ❑ **Vous dites « j'aimerais qu'on reste amis ».**
❑ **Vous dites que c'est votre faute, pas la sienne.**
❑ **Vous dites que vous êtes devenu(e) homo.**

Y : ❑ **Vous donnez un ultimatum.** ❑ **Vous provoquez une discussion face à face.**
❑ **Vous poussez l'autre à partir.** ❑ **Vous laissez un message sur le frigo.**
❑ **Vous envoyez un SMS.** ❑ **Vous attendez le temps nécessaire.**
❑ **Vous écrivez une lettre.** ❑ **Vous dites « j'aimerais qu'on reste amis ».**
❑ **Vous dites que c'est votre faute, pas la sienne.**
❑ **Vous dites que vous êtes devenu(e) homo.**

Si aujourd'hui, votre partenaire n'existait pas, avec qui, parmi toutes les personnes que vous connaissez, aimeriez-vous passer le reste de votre vie ?

X : ______________ Y : ______________

Selon vous, qui mourra en premier ?

X : ❑ Vous. ❑ Votre partenaire.
Y : ❑ Vous. ❑ Votre partenaire.

Pensez-vous aller en enfer ou au paradis ?

X : ❑ En enfer. ❑ Au paradis.
Y : ❑ En enfer. ❑ Au paradis.

Pensez-vous que l'autre ira en enfer ou au paradis ?

X : ❑ En enfer. ❑ Au paradis.
Y : ❑ En enfer. ❑ Au paradis.

Y a-t-il une dernière chose que vous aimeriez dire ou confesser à l'autre et qui n'aurait pas été abordée dans ce chapitre ?

X : ❑ Oui. ❑ Non. Y : ❑ Oui. ❑ Non.

Si oui, c'est le moment…

X : ____

____

____

____

____

Y : ____

____

____

____

____

VI

TU VEUX OU TU VEUX PAS ?

(Chapitre interdit aux moins de 18 ans)

Où ça va parler sexe de manière franche et claire et où vous allez enfin découvrir tout ce que vous avez toujours voulu savoir sur les fantasmes inavoués de votre partenaire sans jamais oser le demander, ce qui nous contraint à vous mettre en garde sur le côté chaud bouillant d'un tel chapitre à réserver à un public averti, merci d'avance.

A force de tourner autour du pot, on risque de le faire tomber et de le casser. C'est pour cela qu'il est grand temps d'aborder le sujet qui a été habilement évité tout au long des chapitres précédents et qui nous turlupine tous, le Sexe, car s'il est très bien possible de faire l'amour sans aimer, il est bien dommage d'aimer sans faire l'amour.

Bref, voici le chapitre tant attendu interdit aux moins de 18 ans, où tout, tout, tout, on vous dira tout ce que vous avez toujours voulu savoir sur la vie sexuelle de l'autre sans jamais avoir osé le demander...

PRÉLIMINAIRES...

Avant tout, aimez-vous le sexe ?

X : ❑ **Oui.** ❑ **Non.** ❑ **Ça dépend le sexe de qui.**

Y : ❑ **Oui.** ❑ **Non.** ❑ **Ça dépend le sexe de qui.**

Et diriez-vous que votre partenaire aime le sexe ?

X : ❑ **Oui, un peu.** ❑ **Beaucoup.** ❑ **Passionnément.**
❑ **À la folie.** ❑ **Pas du tout...**

Y : ❑ **Oui, un peu.** ❑ **Beaucoup.** ❑ **Passionnément.**
❑ **À la folie.** ❑ **Pas du tout...**

Quand avez-vous fait l'amour pour la dernière fois ?

X : ❑ **Aujourd'hui.** ❑ **Hier.** ❑ **Il y a moins d'une semaine.**
❑ **Il y a moins d'un mois.** ❑ **Il y a moins d'un an.**
❑ **Sous Giscard.** ❑ **Je ne sais pas, j'ai oublié...**
❑ **Vous voulez dire « ensemble » ?**

Y : ❑ **Aujourd'hui.** ❑ **Hier.** ❑ **Il y a moins d'une semaine.**
❑ **Il y a moins d'un mois.** ❑ **Il y a moins d'un an.**
❑ **Sous Giscard.** ❑ **Je ne sais pas, j'ai oublié...**
❑ **Vous voulez dire « ensemble » ?**

Et c'était comment ?

X : ❑ **Sans intérêt.** ❑ **Moyen.** ❑ **Intéressant.**
❑ **Plutôt bien.** ❑ **Très bien.** ❑ **Fantastique.**
❑ **Indescriptible.** ❑ **Je ne sais pas, j'ai oublié je vous dis !**

Y : ❑ **Sans intérêt.** ❑ **Moyen.** ❑ **Intéressant.**
❑ **Plutôt bien.** ❑ **Très bien.** ❑ **Fantastique.**
❑ **Indescriptible.** ❑ **Je ne sais pas, j'ai oublié je vous dis !**

Puis-je vous poser une question indiscrète ?

X : ❑ **Oui, ce ne sera pas la première.** ❑ **Non, ça suffit maintenant.**

Y : ❑ **Oui, ce ne sera pas la première.** ❑ **Non, ça suffit maintenant.**

Si vous avez répondu non à la question précédente, vous pouvez refermer ce livre et je vous prie de bien vouloir m'excuser de m'être ainsi immiscé dans votre vie privée. D'un autre côté, je vous rappelle que c'est vous qui avez voulu jouer à ce petit jeu dangereux alors faudrait voir à ne pas trop se plaindre non plus.

Quand vous serez calmé, vous pourrez revenir et nous reprendrons tranquillement le cours de notre conversation. Merci.

Si vous avez répondu oui, ou si vous êtes calmés, reprenons voulez-vous ?

Diriez-vous que vous êtes « un bon coup » (même si l'expression est affreuse, je sais) ?

X : ❑ Oui. ❑ Non. Y : ❑ Oui. ❑ Non.

Et votre partenaire, est-ce objectivement « un bon coup » (même si l'expression est toujours aussi affreuse) ?

X : ❑ Oui. ❑ Non. Y : ❑ Oui. ❑ Non.

Quelle est votre spécialité quand vous faites l'amour ?

X : ____________________

Y : ____________________

Et qu'est-ce que l'autre fait de mieux dans un lit (à part dormir) ?

X : ____________________

Y : ____________________

Quand avez-vous particulièrement aimé faire l'amour avec l'autre pour la dernière fois ?

X : ____________________

Y : ____________________

Qu'est-ce que vous avez particulièrement aimé cette fois-là ?

X : ____________________

Y : ____________________

Plongez-vous dans vos meilleurs souvenirs. Si je vous demande « la » fois où vous avez fait l'amour ensemble, « le » moment inoubliable qui vous vient immédiatement à l'esprit, c'était où, quand, comment ?

X : ____________________

Y : ____________________

Pourquoi vous rappelez-vous cette fois-là en particulier ?

X : ____________________

Y : ____________________

Vous rappelez-vous une occasion où inversement, ce fut un fiasco sexuel absolu ?

X : ❑ Oui. ❑ Non. Y : ❑ Oui. ❑ Non.

Si oui, qu'est-ce qui avait été particulièrement raté cette fois-là ?

X : ______________________________

Y : ______________________________

Quel est votre record absolu du nombre d'actes sexuels au cours d'une même nuit ?

X : ______________ Y : ______________

Était-ce avec votre partenaire actuel ?

X : ❑ Oui. ❑ Non. Y : ❑ Oui. ❑ Non.

Si non, quel est votre record avec votre partenaire ?

X : ______________ Y : ______________

Pensez-vous pouvoir le battre un jour ?

X : ❑ Oui. ❑ Non. Y : ❑ Oui. ❑ Non.

Pensez-vous que l'autre ait encore à apprendre en matière de sexe ?

X : ❑ Oui. ❑ Non. Y : ❑ Oui. ❑ Non.

Si oui, à quoi pensez-vous en premier lieu ?

X : ______________ Y : ______________

Et en second lieu ?

X : ______________ Y : ______________

Si vous êtes une fille, qu'est-ce que votre partenaire devrait apprendre une bonne fois pour toutes ? (Plusieurs réponses possibles.)

❑ Que la taille, ça ne compte pas.
❑ Que les préliminaires, c'est essentiel.
❑ Que le clitoris, c'est là.
❑ Que les seins, c'est sensible.
❑ Que l'hygiène, c'est important.
❑ Que la tendresse, c'est bien aussi.
❑ Que 45 secondes, c'est peu.
❑ Que le câlin après, c'est indispensable.
❑ Que le cunnilingus n'est pas un nom d'insecte.
❑ Qu'un film porno, ce n'est pas une bonne référence.
❑ Que non, tout le monde ne va pas dans des partouzes.
❑ Que les mots crus, ce n'est pas toujours excitant.
❑ Que quand on dit non, c'est non.
❑ Qu'il y a d'autres positions quand même.
❑ Que les filles sont toutes des princesses.
❑ Qu'il n'y a quand même pas que ça dans la vie.

Si vous êtes un garçon, qu'est-ce que votre partenaire devrait apprendre une bonne fois pour toutes ? (Plusieurs réponses possibles.)

- ❑ Qu'après l'amour, un garçon, ça dort.
- ❑ Qu'un homme aussi, ça peut simuler.
- ❑ Que la fellation, ça fait toujours plaisir.
- ❑ Que les préservatifs, ça coupe un peu l'envie.
- ❑ Que pour masturber un garçon, il faut serrer fort avec des mouvements circulaires de haut en bas.
- ❑ Que parfois, c'est dur de se retenir.
- ❑ Que le sperme, c'est bon pour la peau.
- ❑ Que la sodomie, ce n'est pas sale.
- ❑ Qu'en général, faut un bon quart d'heure pour s'y remettre.
- ❑ Que la fellation, ça fait vraiment toujours plaisir.
- ❑ Que les coucougnettes, c'est fragile, attention.
- ❑ Que les migraines, ça se soigne.
- ❑ Que la fellation, ça… enfin bon bref…
- ❑ Qu'un pubis sans poils, c'est très excitant.
- ❑ Qu'il n'y a quand même que ça dans la vie.

En termes de sexe, vous préférez…

X	Y			X	Y	
❑	❑	Donner.	ou	❑	❑	Recevoir.
❑	❑	Être dessus.	ou	❑	❑	Être dessous.
❑	❑	Par devant.	ou	❑	❑	Par derrière.
❑	❑	Lumière allumée.	ou	❑	❑	Lumière éteinte.
❑	❑	Dans un lit.	ou	❑	❑	Pas dans un lit.
❑	❑	Faire.	ou	❑	❑	Laisser-faire.
❑	❑	Faire semblant.	ou	❑	❑	Faire de la peine.
❑	❑	À deux.	ou	❑	❑	À plusieurs.
❑	❑	Les préliminaires.	ou	❑	❑	L'acte lui-même.
❑	❑	La fellation.	ou	❑	❑	La sodomie.
❑	❑	Le matin.	ou	❑	❑	Le soir.
❑	❑	Tout le temps.	ou	❑	❑	De temps en temps.
❑	❑	L'amour sans sexe.	ou	❑	❑	Le sexe sans amour.
❑	❑	Actif.	ou	❑	❑	Passif.
❑	❑	Aimer pour faire l'amour.	ou	❑	❑	Faire l'amour pour aimer.

Vous êtes-vous déjà blessé en faisant l'amour ?

X : ❑ Oui. ❑ Non. Y : ❑ Oui. ❑ Non.

Si oui, comment cela s'est-il passé ?

X : ____________________

Y : ____________________

Avez-vous déjà été pris de fou rire en faisant l'amour ?

X : ❑ Oui. ❑ Non. Y : ❑ Oui. ❑ Non.

Vous êtes-vous déjà ennuyé(e) en faisant l'amour ?

X : ❑ Oui. ❑ Non. Y : ❑ Oui. ❑ Non.

Avez-vous déjà pensé à quelqu'un d'autre pendant que vous faisiez l'amour avec votre partenaire ?

X : ❑ Oui, bon, honnêtement, ça vous est déjà arrivé. ❑ Oui, de temps en temps. ❑ Non, jamais.

Y : ❑ Oui, bon, honnêtement, ça vous est déjà arrivé. ❑ Oui, de temps en temps. ❑ Non, jamais.

Si oui, qui était-ce ?

X : ____________________ **Y :** ____________________

Avez-vous déjà simulé un orgasme ?

X : ❑ Oui. ❑ Non. Y : ❑ Oui. ❑ Non.

Avez-vous déjà simulé un orgasme avec votre partenaire ?

X : ❑ Oui. ❑ Non. Y : ❑ Oui. ❑ Non.

Si oui, pourquoi avez-vous fait cela ?

X : ____________________

Y : ____________________

Quels aphrodisiaques avez-vous déjà utilisés ?

X : ____________________

Y : ____________________

Avez-vous déjà pris certains produits « dopants » à l'insu de votre partenaire ?

X : ❑ Oui. ❑ Non. Y : ❑ Oui. ❑ Non.

Auriez-vous honte de devoir prendre du Viagra ou tout autre stimulant un jour ?

X : ❑ Oui. ❑ Non. Y : ❑ Oui. ❑ Non.

Au début de votre relation, mettiez-vous des préservatifs quand vous faisiez l'amour ?

X : ❑ Oui. ❑ Non. Y : ❑ Oui. ❑ Non.

Continuez-vous à en mettre ?

X : ❑ Oui. ❑ Non. Y : ❑ Oui. ❑ Non.

Si non, au bout de combien de temps avez-vous arrêté d'en mettre ?

____

Si vous êtes un garçon, avez-vous déjà mesuré votre sexe ?

X : ❑ Oui. ❑ Non. Y : ❑ Oui. ❑ Non.

Quelle est la taille de votre sexe au repos ? (Si vous ne le savez pas, mesurez-le maintenant. Si votre sexe n'est pas au repos, vous avez le droit de faire une pause supplémentaire pour vous calmer d'une manière ou d'une autre.)

X : ____ cm Y : ____ cm

Quelle est la taille de votre sexe en érection ? (Si vous ne le savez pas, mesurez-le quand vous le pourrez.)

X : ____ cm Y : ____ cm

Trouvez-vous cette taille pleinement satisfaisante ? (En tant que propriétaire, utilisateur ou utilisatrice.)

X : ❑ Oui. ❑ Non. Y : ❑ Oui. ❑ Non.

Si vous êtes une fille, quel est votre tour de poitrine ? (Si vous ne le savez pas, mesurez-le maintenant.)

X : ____ cm Y : ____ cm

Trouvez-vous cette taille pleinement satisfaisante ? (En tant que propriétaire, utilisateur ou utilisatrice.)

X : ❑ Oui. ❑ Non. Y : ❑ Oui. ❑ Non.

Avez-vous déjà touché des faux seins ?

X : ❑ Oui. ❑ Non. Y : ❑ Oui. ❑ Non.

Si oui, qu'en avez-vous pensé ?

X : ❑ C'est moins bien. ❑ C'est bien.
❑ C'est mieux car c'est plus gros.

Y : ❑ C'est moins bien. ❑ C'est bien.
❑ C'est mieux car c'est plus gros.

Qu'est-ce qui vous dérange le plus quand vous faites l'amour ?

X :
- ❑ Les bruits. ❑ Les odeurs. ❑ Les cris de l'autre.
- ❑ Le côté bestial. ❑ Les mots crus. ❑ La nudité.
- ❑ La transpiration. ❑ Le côté répétitif. ❑ Les taches sur les draps.
- ❑ Le préservatif. ❑ La caméra. ❑ Les enfants dans la chambre à côté.
- ❑ La pression. ❑ Les poils. ❑ Les spectateurs.
- ❑ Tout. ❑ Rien.

Y :
- ❑ Les bruits. ❑ Les odeurs. ❑ Les cris de l'autre.
- ❑ Le côté bestial. ❑ Les mots crus. ❑ La nudité.
- ❑ La transpiration. ❑ Le côté répétitif. ❑ Les taches sur les draps.
- ❑ Le préservatif. ❑ La caméra. ❑ Les enfants dans la chambre à côté.
- ❑ La pression. ❑ Les poils. ❑ Les spectateurs.
- ❑ Tout. ❑ Rien.

Quel terme aimez-vous utiliser pour dire « faire l'amour » ?

X : ______________________________

Y : ______________________________

Quel terme détestez-vous entendre pour dire « faire l'amour » ?

X : ______________________________

Y : ______________________________

Quel terme utilisez-vous à la place de « pénis » ?

X : ______________ Y : ______________

Quel terme utilisez-vous à la place de « vagin » ?

X : ______________ Y : ______________

Avez-vous ou a-t-on déjà donné un petit nom à votre sexe ?

X : ❑ Oui. ❑ Non. Y : ❑ Oui. ❑ Non.

Si oui, lesquels ?

X : ______________________________

Y : ______________________________

Avez-vous déjà vu un film pornographique ?

X : ❑ Oui. ❑ Non. Y : ❑ Oui. ❑ Non.

Quel âge aviez-vous lors de cette première vision ?

X : ______________ Y : ______________

Quand vous avez vu ce film, vous étiez (plusieurs réponses possibles)...

X : ❑ Seul(e) chez vous. ❑ Avec un(e) ou plusieurs ami(e)s.
❑ Avec votre partenaire. ❑ Dans un cinéma. ❑ Intrigué(e).
❑ Très curieux(se). ❑ Excité(e). ❑ Impressionné(e).
❑ Déçu(e). ❑ Dégoûté(e). ❑ Content(e).
❑ Enthousiaste. ❑ Nu(e). ❑ Stressé(e).
❑ Admiratif(ve) des dialogues.

Y : ❑ Seul(e) chez vous. ❑ Avec un(e) ou plusieurs ami(e)s.
❑ Avec votre partenaire. ❑ Dans un cinéma. ❑ Intrigué(e).
❑ Très curieux(se). ❑ Excité(e). ❑ Impressionné(e).
❑ Déçu(e). ❑ Dégoûté(e). ❑ Content(e).
❑ Enthousiaste. ❑ Nu(e). ❑ Stressé(e).
❑ Admiratif(ve) des dialogues.

Quel est le titre de film pornographique qui vous amuse le plus ?

X : ______________________ Y : ______________________

Avez-vous déjà payé quelqu'un pour faire l'amour avec vous ?

X : ❑ Oui. ❑ Non. Y : ❑ Oui. ❑ Non.

Si oui, comment cela s'est-il passé ?

X : ____

Y : ____

Si non, y avez-vous déjà pensé ?

X : ❑ Oui. ❑ Non. Y : ❑ Oui. ❑ Non.

Si oui, pourquoi ne l'avez-vous pas fait finalement ?

X : ____

Y : ____

Quel est le mot que vous prononcez le plus souvent quand vous faites l'amour ?

X : ______________________ Y : ______________________

Si vous êtes un garçon, avez-vous déjà eu une « panne » sexuelle ?

X : ❑ Oui. ❑ Non. Y : ❑ Oui. ❑ Non.

Si vous êtes une fille, un homme a-t-il déjà eu une « panne » en votre présence ?

X : ❑ Oui. ❑ Non. Y : ❑ Oui. ❑ Non.

Si vous avez répondu « oui » à l'une des deux questions précédentes, avez-vous peur que cela se reproduise un jour ?

X : ❑ Oui. ❑ Non. Y : ❑ Oui. ❑ Non.

Si vous êtes un garçon, quel est votre moyen secret pour faire l'amour plus longtemps ?

X : ______________________________

Y : ______________________________

Est-ce que vous vous masturbez régulièrement ?

X : ❑ Oui. ❑ Non. Y : ❑ Oui. ❑ Non.

Si oui, vous vous masturbez en moyenne tous les combien ?

X : ______________ **Y :** ______________

Si votre partenaire se masturbe parfois, le saviez-vous ou vous en doutiez-vous ?

X : ❑ Oui. ❑ Non. Y : ❑ Oui. ❑ Non.

Est-ce que vous trouvez ça vexant ?

X : ❑ Oui. ❑ Non. Y : ❑ Oui. ❑ Non.

À part à l'autre, à qui pensez-vous parfois quand vous vous masturbez ?

X : ______________ **Y :** ______________

Vous êtes-vous déjà masturbé au travail ?

X : ❑ Oui. ❑ Non. Y : ❑ Oui. ❑ Non.

Si oui, pourquoi ?

X : ______________ **Y :** ______________

Avez-vous déjà fait l'amour…

	X	Y
Avec un(e) inconnu(e) ?	❑ Oui. ❑ Non.	❑ Oui. ❑ Non.
Avec une personne de votre sexe ?	❑ Oui. ❑ Non.	❑ Oui. ❑ Non.
Avec un homme (ou une femme) marié(e) ?	❑ Oui. ❑ Non.	❑ Oui. ❑ Non.
Avec un fouet ?	❑ Oui. ❑ Non.	❑ Oui. ❑ Non.
Avec un(e) mineur(e) ?	❑ Oui. ❑ Non.	❑ Oui. ❑ Non.
Avec une personne vierge à ce moment-là ?	❑ Oui. ❑ Non.	❑ Oui. ❑ Non.
Avec une personne capricorne à ce moment-là ?	❑ Oui. ❑ Non.	❑ Oui. ❑ Non.
Avec un(e) prostitué(e) ?	❑ Oui. ❑ Non.	❑ Oui. ❑ Non.
Avec un animal ?	❑ Oui. ❑ Non.	❑ Oui. ❑ Non.
Avec une personne ivre à ce moment-là ?	❑ Oui. ❑ Non.	❑ Oui. ❑ Non.
Avec une personne handicapée ?	❑ Oui. ❑ Non.	❑ Oui. ❑ Non.

	X	Y
Avec un(e) camarade de classe ?	❏ **Oui.** ❏ **Non.**	❏ **Oui.** ❏ **Non.**
Avec un(e) collègue de travail ?	❏ **Oui.** ❏ **Non.**	❏ **Oui.** ❏ **Non.**
Avec une personne très très très moche ?	❏ **Oui.** ❏ **Non.**	❏ **Oui.** ❏ **Non.**
Avec un membre de votre famille ?	❏ **Oui.** ❏ **Non.**	❏ **Oui.** ❏ **Non.**
Avec votre meilleur(e) ami(e) ?	❏ **Oui.** ❏ **Non.**	❏ **Oui.** ❏ **Non.**
Avec quelque chose en plastique ou en caoutchouc ?	❏ **Oui.** ❏ **Non.**	❏ **Oui.** ❏ **Non.**
Avec quelqu'un de célèbre ?	❏ **Oui.** ❏ **Non.**	❏ **Oui.** ❏ **Non.**
Avec un(e) étranger(e) ?	❏ **Oui.** ❏ **Non.**	❏ **Oui.** ❏ **Non.**
Avec un supérieur hiérarchique ?	❏ **Oui.** ❏ **Non.**	❏ **Oui.** ❏ **Non.**

Quelle est la chose la plus bizarre que vous ayez mise dans votre bouche ? (Dans un but sexuel cette fois-ci.)

X : ______________________ **Y** : ______________________

Quelle est la chose la plus bizarre que vous vous soyez mise ailleurs ?

X : ______________________ **Y** : ______________________

C'était où ça exactement ?

X : ______________________ **Y** : ______________________

Avez-vous déjà pensé à changer de sexe ?

X : ❏ **Oui.** ❏ **Non.** **Y** : ❏ **Oui.** ❏ **Non.**

Pourriez-vous quitter quelqu'un qui serait complètement réfractaire à la fellation ou au cunnilingus ?

X : ❏ **Oui.** ❏ **Non.** **Y** : ❏ **Oui.** ❏ **Non.**

Avec qui parlez-vous de sexe en dehors de votre partenaire ?

X : ______________________ **Y** : ______________________

Au bout de combien de verres pourriez-vous faire l'amour avec n'importe qui ?

X : ____ **verres de** ______________

Y : ____ **verres de** ______________

Selon vous, jusqu'à quel âge ne devrait-on pas faire l'amour ?

X : ____ **ans** **Y** : ____ **ans**

À partir de quel âge pensez-vous que le sexe ne vous intéressera plus ?

X : ____ **ans** **Y** : ____ **ans**

Quel est selon vous le meilleur moment pour un câlin (à part maintenant) ?

X : ______________________ **Y** : ______________________

VOUS DEUX ET LE SEXE

Est-ce que vous diriez que sexuellement, vous vous entendez bien ?

X : ❑ Oui. ❑ Non. Y : ❑ Oui. ❑ Non.

Si oui, cette bonne entente a-t-elle toujours existé ?

X : ❑ Oui, depuis toujours. ❑ Non, elle s'est créée peu à peu.
Y : ❑ Oui, depuis toujours. ❑ Non, elle s'est créée peu à peu.

Trouvez-vous que le sexe joue un rôle essentiel dans le fait que vous soyez ensemble ?

X : ❑ Oui. ❑ Non. Y : ❑ Oui. ❑ Non.

Avez-vous même déjà pensé que votre relation se résumait au sexe ?

X : ❑ Oui. ❑ Non. Y : ❑ Oui. ❑ Non.

Si c'était le cas, ou si c'est le cas, cela vous poserait-il, ou cela vous pose-t-il un problème ?

X : ❑ Oui. ❑ Non. Y : ❑ Oui. ❑ Non.

Avez-vous déjà trouvé que l'autre était parfois « trop chaud(e) » au lit ?

X : ❑ Oui. ❑ Non. Y : ❑ Oui. ❑ Non.

Pensez-vous que l'on puisse bien faire l'amour sans être amoureux(se) ?

X : ❑ Oui. ❑ Non. Y : ❑ Oui. ❑ Non.

Quand on commence une relation avec quelqu'un, selon vous, au bout de combien de temps est-il raisonnable de passer à une phase plus sexuelle ?

X : ❑ Au bout du troisième rendez-vous. ❑ Au bout d'une semaine.
❑ Au bout d'un mois. ❑ Tout de suite.
❑ Après le mariage. ❑ Quand on en a envie.

Y : ❑ Au bout du troisième rendez-vous. ❑ Au bout d'une semaine.
❑ Au bout d'un mois. ❑ Tout de suite.
❑ Après le mariage. ❑ Quand on en a envie.

Combien de fois avez-vous fait l'amour ensemble ?

(Je sais que cette question est difficile. Pour bien y répondre, soit vous sortez votre journal intime dans lequel vous avez noté chacune de ces étreintes mémorables et vous comptez, soit vous essayez de donner un chiffre approximatif en déterminant une fréquence moyenne par jour, semaine, mois ou année, à multiplier par le nombre de jours, semaines, mois ou années que vous êtes ensemble. Si vous êtes ensemble depuis longtemps, je vous conseille de faire des calculs par année car je sais bien qu'au fil des ans, le rythme a baissé,

ne vous en voulez pas, c'est normal vous savez. Comme c'est une question difficile et délicate d'un point de vue personnel, je vous donne le droit de majorer le chiffre obtenu de 10 % afin de vous redonner un peu le moral. Ne me remerciez pas, c'est à moi que ça fait plaisir.)

Bref, je disais, combien de fois avez-vous fait l'amour ensemble ?

________ **fois (à peu près).**

Et en moyenne, combien de temps dure l'acte sexuel dans votre couple ? (En minutes, ne soyez pas prétentieux.)

X : ____________________ **Y :** ____________________

Est-ce que cette durée vous convient généralement ?

X : ❑ Oui. ❑ Non. Y : ❑ Oui. ❑ Non.

Livrons-nous à un petit exercice mathématique.

Multipliez le nombre de fois où vous avez fait l'amour par la durée moyenne de l'acte sexuel dans votre couple, puis convertissez ce chiffre en quelque chose d'intelligible… (Vous divisez votre résultat par 60 pour avoir un nombre d'heures, puis par 24 pour avoir un nombre de jours, puis par 7 pour avoir le nombre de semaines, puis par 5 pour avoir le nombre de mois, puis éventuellement par 12 pour avoir le nombre d'années.)

Vous avez donc passé

____ **ans** ____ **mois** ____ **semaines** ____ **jours** ____ **heures** ____ **minutes.**

de votre vie à faire l'amour ensemble à ce jour…

Ce chiffre vous rend-il fier de vous ?

X : ❑ Oui. ❑ Non. Y : ❑ Oui. ❑ Non.

Depuis que vous avez commencé à remplir ce livre, combien de fois avez-vous fait l'amour ensemble ?

_____ **fois.**

Avez-vous déjà obligé l'autre à faire l'amour ?

X : ❑ Oui. ❑ Non. Y : ❑ Oui. ❑ Non.

Avez-vous déjà fait l'amour sans vraiment le vouloir, juste pour faire plaisir à l'autre ?

X : ❑ Oui. ❑ Non. Y : ❑ Oui. ❑ Non.

Avez-vous déjà refusé de faire l'amour avec l'autre ?

X : ❑ Oui. ❑ Non. Y : ❑ Oui. ❑ Non.

Si oui, quelle en était la raison ? (Plusieurs réponses possibles.)

	X	Y
Vous n'en aviez pas envie, tout simplement	❑	❑
Vous étiez fatigué(e).	❑	❑
Vous n'aviez plus toute votre santé mentale.	❑	❑
Les enfants pouvaient entendre.	❑	❑
Vous étiez dans le lit de vos parents.	❑	❑
Vous aviez envie d'embêter l'autre.	❑	❑
Le sexe vous dégoûte au fond de vous.	❑	❑
Vous vous étiez disputés.	❑	❑
Vous aviez un problème physique.	❑	❑
Vous aviez la trouille.	❑	❑
Vous veniez de faire l'amour avec un(e) autre.	❑	❑
Il était vraiment tard.	❑	❑
Y avait du foot à la télé / Une copine vous avait appelée.	❑	❑
Il pleuvait.	❑	❑
Vous étiez en train de conduire.	❑	❑
Vous faisiez durer le plaisir…	❑	❑

Si oui, pensiez-vous qu'un jour, vous refuseriez de faire l'amour ?

X : ❑ Oui. ❑ Non. Y : ❑ Oui. ❑ Non.

Avez-vous déjà commencé à faire l'amour à votre partenaire alors qu'il (elle) était endormi(e) ?

X : ❑ Oui. ❑ Non. Y : ❑ Oui. ❑ Non.

Faites-vous souvent l'amour en ce moment ?

X : ❑ Oui. ❑ Non. Y : ❑ Oui. ❑ Non.

C'est-à-dire combien de fois par semaine en moyenne ?

X : ______________________ Y : ______________________

Aujourd'hui, pour vous, ce rythme est…

X : ❑ Parfait. ❑ Faible ❑ Elevé. ❑ Bien suffisant. ❑ Décevant.

Y : ❑ Parfait. ❑ Faible ❑ Elevé. ❑ Bien suffisant. ❑ Décevant.

Ce rythme s'est-il dégradé depuis quelque temps ?

X : ❑ Oui. ❑ Non. ❑ Peut-être un peu.

Y : ❑ Oui. ❑ Non. ❑ Peut-être un peu.

Si vous faites moins l'amour qu'avant, qui en est responsable selon vous ?

X : ❑ Vous. ❑ L'autre. ❑ Un peu des deux.

Y : ❑ Vous. ❑ L'autre. ❑ Un peu des deux.

Comment expliquez-vous cette baisse d'activité sexuelle (si baisse il y a évidemment) ?

	X	Y
Vous êtes fatigué(e) en ce moment.	❑	❑
Vous avez des soucis.	❑	❑
Vos enfants vous accaparent.	❑	❑
Vous trouvez ça dégoûtant en fait.	❑	❑
Vous avez fait le tour de la question.	❑	❑
L'un de vous deux a un amant ou une maîtresse.	❑	❑
L'abstinence, c'est tendance.	❑	❑
Trop de sexe tue le sexe.	❑	❑
Ça manque un peu de surprises.	❑	❑
Ça manque un peu d'orgasmes.	❑	❑
Vous vous êtes installés dans la routine.	❑	❑
L'un de vous a découvert le charme de la broderie.	❑	❑
Vous avez trop de travail.	❑	❑
Vous n'avez plus vingt ans.	❑	❑
Vous n'êtes pas des bêtes non plus quoi !	❑	❑

Autre chose, précisez : X : ____________________

Y : ____________________

Avez-vous déjà mieux fait l'amour avec un(e) autre qu'avec votre partenaire actuel ?

X : ❑ Oui. ❑ Non. ❑ Peut-être. ❑ Joker, je vous en supplie, joker…

Y : ❑ Oui. ❑ Non. ❑ Peut-être. ❑ Joker, je vous en supplie, joker…

Dans l'idéal, vous aimeriez faire l'amour…

X : ❑ Plusieurs fois par jour. ❑ Une fois pas jour.
❑ Tous les deux ou trois jours. ❑ Une fois par semaine.
❑ De temps en temps, juste quand vous en avez envie.

Y : ❑ Plusieurs fois par jour. ❑ Une fois pas jour.
❑ Tous les deux ou trois jours. ❑ Une fois par semaine.
❑ De temps en temps, juste quand vous en avez envie.

Qu'est-ce qui vous plaît chez l'autre quand vous faites l'amour ?

X : ____________________

____

Y : ____________________

____

Avez-vous déjà arraché les vêtements de l'autre avant de lui faire l'amour, là, tout de suite, dans l'entrée ?

X : ❑ Oui. ❑ Non. Y : ❑ Oui. ❑ Non.

Qu'avez-vous déjà fait ensemble dans un lit et qui vous fait rougir ?

X : ____________________

Y : ____________________

Qu'avez-vous déjà fait ensemble dans un lit et qui a pu vous gêner ?

X : ____________________

Y : ____________________

Quelle est la chose la plus grivoise que vous ayez pu dire à l'autre en faisant l'amour ?

X : ____________________

Y : ____________________

Qu'est-ce qui vous excite terriblement chez votre partenaire ?

X : ____________________

Y : ____________________

Qu'es-ce que vous avez déjà fait avec un(e) ex que vous aimeriez faire avec votre partenaire actuel ?

X : ____________________

Y : ____________________

Qu'est-ce que vous faites avec votre partenaire actuel que vous n'aviez jamais fait auparavant ?

X : ____________________

Y : ____________________

Qu'est-ce que vous avez fait de plus excitant ensemble selon vous ?

X : ____________________

Y : ____________________

L'avez-vous refait régulièrement par la suite ?

X : ❑ Oui. ❑ Non. Y : ❑ Oui. ❑ Non.

Si non, pourquoi cela ?

X : ____________________

Y : ____________________

Que fait l'autre parfois et qui vous donne juste envie de lui sauter dessus, là, tout de suite et maintenant ?

X : ______________________________

Y : ______________________________

Quand l'autre est nu(e), qu'est-ce que vous regardez en premier chez lui ou chez elle ?

X : ______________ Y : ______________

Quelle partie du corps de votre partenaire trouvez-vous très excitante ?

X : ______________ Y : ______________

Quelle partie du corps de votre partenaire ne trouvez-vous pas du tout, mais alors pas du tout, excitante ?

X : ______________ Y : ______________

Quelle est votre position préférée pour faire l'amour ?

X : ______________ Y : ______________

Quelle partie de votre corps n'aimez-vous pas que l'autre touche, notamment quand vous faites l'amour ?

X : ______________ Y : ______________

Quelle est la zone la plus érogène chez vous ?

X : ______________ Y : ______________

Voici un schéma de vos corps. Avec un stylo de couleur, indiquez par des croix les cinq endroits où vous aimeriez particulièrement que votre partenaire vous embrasse (ou plus si affinités).

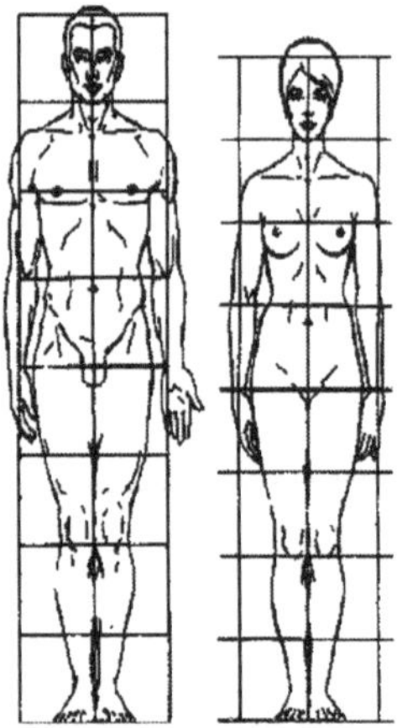

Avez-vous déjà eu des rapports sexuels pendant une heure ou plus ?

❑ **Oui.** ❑ **Non.**

Avez-vous déjà été si bruyants que vos voisins se sont plaints ?

❑ **Oui.** ❑ **Non.**

Avez-vous déjà eu des rapports sans moyen de contraception ?

❑ **Oui.** ❑ **Non.**

Qu'est-ce que vous avez déjà fait dans un lit qui choquerait le plus vos parents selon vous ?

X : ____________________ **Y** : ____________________

Quel est le plus bel endroit où vous ayez fait l'amour ensemble ?

X : ____

Y : ____

Quel est l'endroit le plus surprenant où vous ayez fait l'amour ensemble ?

X : ____

Y : ____

Quel est l'endroit le plus glauque où vous ayez fait l'amour ensemble ?

X : ____________________ **Y** : ____________________

Quel est le pays le plus lointain où vous ayez fait l'amour ensemble ?

X : ____________________ **Y** : ____________________

Avez-vous déjà fait l'amour… (Répondez chacun pour vous puis cochez la case « ensemble » si vous avez fait ensemble l'amour dans ces conditions.)

	X	Y	Ensemble ?
Dans un lit ?	❑ **Oui.** ❑ **Non.**	❑ **Oui.** ❑ **Non.**	❑
Sur un canapé ?	❑ **Oui.** ❑ **Non.**	❑ **Oui.** ❑ **Non.**	❑
Par terre ?	❑ **Oui.** ❑ **Non.**	❑ **Oui.** ❑ **Non.**	❑
Dans la rue ?	❑ **Oui.** ❑ **Non.**	❑ **Oui.** ❑ **Non.**	❑
Dans une piscine ?	❑ **Oui.** ❑ **Non.**	❑ **Oui.** ❑ **Non.**	❑
Dans la mer ?	❑ **Oui.** ❑ **Non.**	❑ **Oui.** ❑ **Non.**	❑
Sur la plage ?	❑ **Oui.** ❑ **Non.**	❑ **Oui.** ❑ **Non.**	❑
Dans la nature ?	❑ **Oui.** ❑ **Non.**	❑ **Oui.** ❑ **Non.**	❑
Sur la table de la cuisine ?	❑ **Oui.** ❑ **Non.**	❑ **Oui.** ❑ **Non.**	❑
Dans un Jacuzzi ?	❑ **Oui.** ❑ **Non.**	❑ **Oui.** ❑ **Non.**	❑
Sur une peau de bête devant une cheminée ?	❑ **Oui.** ❑ **Non.**	❑ **Oui.** ❑ **Non.**	❑

	X	Y	Ensemble ?
Dans le lit de vos parents ?	❑ Oui. ❑ Non.	❑ Oui. ❑ Non.	❑
Dans des toilettes publiques ?	❑ Oui. ❑ Non.	❑ Oui. ❑ Non.	❑
Dans une forêt ?	❑ Oui. ❑ Non.	❑ Oui. ❑ Non.	❑
Dans un jardin public ?	❑ Oui. ❑ Non.	❑ Oui. ❑ Non.	❑
Sur votre lieu de travail ?	❑ Oui. ❑ Non.	❑ Oui. ❑ Non.	❑
Dans une voiture ?	❑ Oui. ❑ Non.	❑ Oui. ❑ Non.	❑
Dans un ascenseur ?	❑ Oui. ❑ Non.	❑ Oui. ❑ Non.	❑
Dans un avion ?	❑ Oui. ❑ Non.	❑ Oui. ❑ Non.	❑
Dans un bateau ?	❑ Oui. ❑ Non.	❑ Oui. ❑ Non.	❑
Dans un musée ?	❑ Oui. ❑ Non.	❑ Oui. ❑ Non.	❑
Dans un cinéma ?	❑ Oui. ❑ Non.	❑ Oui. ❑ Non.	❑
Dans un hôtel de passe ?	❑ Oui. ❑ Non.	❑ Oui. ❑ Non.	❑
Dans une boîte de nuit ?	❑ Oui. ❑ Non.	❑ Oui. ❑ Non.	❑
Dans un club échangiste ?	❑ Oui. ❑ Non.	❑ Oui. ❑ Non.	❑
Dans une baignoire ?	❑ Oui. ❑ Non.	❑ Oui. ❑ Non.	❑
Dans un champ ?	❑ Oui. ❑ Non.	❑ Oui. ❑ Non.	❑
Dans une salle de classe ?	❑ Oui. ❑ Non.	❑ Oui. ❑ Non.	❑
Devant un film porno ?	❑ Oui. ❑ Non.	❑ Oui. ❑ Non.	❑
Devant une émission de Michel Drucker ?	❑ Oui. ❑ Non.	❑ Oui. ❑ Non.	❑

Dessinez ci-dessous le plan de votre appartement ou de votre maison et mettez une croix là où vous avez déjà fait l'amour.

FANTASMES

Aujourd'hui, vous sentez-vous complètement à l'aise sexuellement avec votre partenaire ?

X : ❑ Oui. ❑ Non. **Y : ❑ Oui. ❑ Non.**

Y a-t-il des choses que vous n'avez pas encore essayées et que vous aimeriez essayer un jour ?

X : ❑ Oui. ❑ Non. **Y : ❑ Oui. ❑ Non.**

Soyez plus précis s'il vous plaît. Quelles sont les trois choses que vous aimeriez bien essayer un jour ?

		OK	Pas OK
X : 1. ______________________	**Y :**	❑	❑
2. ______________________	**Y :**	❑	❑
3. ______________________	**Y :**	❑	❑
Y : 1. ______________________	**X :**	❑	❑
2. ______________________	**X :**	❑	❑
3. ______________________	**X :**	❑	❑

Maintenant, en face des propositions précédentes de votre partenaire, indiquez si vous êtes OK ou non pour les essayer prochainement.

Entre nous, là aujourd'hui, qu'est-ce que vous rêveriez que votre partenaire vous fasse (ou fasse plus souvent) ?

X : ______________________

Y : ______________________

En revanche, quelles sont les trois choses que vous refuseriez de faire même si votre partenaire en avait très envie ?

X : ______________ **Y :** ______________

______________ ______________

______________ ______________

Qu'est-ce que vous n'avez jamais osé demander à l'autre en faisant l'amour ?

X : ______________________

Y : ______________________

Quel est votre fantasme le plus secret ?

X : ____________________

Y : ____________________

Faisons un instant le point sur vos fantasmes respectifs. Pour chaque proposition, vous répondez ensemble « fait » si c'est quelque chose que vous avez déjà fait ensemble, « à faire » si c'est quelque chose que vous n'avez pas fait mais qui vous semble intéressant à tous les deux, ou « à ne pas faire » si c'est quelque chose que vous n'avez pas fait et que l'un des deux ou les deux ne veulent pas faire. Ah ben oui, il va falloir se mettre d'accord…

Se retenir de faire l'amour pendant trois mois ? ❑ Fait. ❑ À faire. ❑ À ne pas faire.
L'amour dans un lieu public ? ❑ Fait. ❑ À faire. ❑ À ne pas faire.
L'amour à la plage, aouh tchatchatcha ? ❑ Fait. ❑ À faire. ❑ À ne pas faire.
Trois ou plus dans un lit ? ❑ Fait. ❑ À faire. ❑ À ne pas faire.
Un plan à trois avec son (sa) meilleur(e) ami(e) ? ❑ Fait. ❑ À faire. ❑ À ne pas faire.
Sodomie ? ❑ Fait. ❑ À faire. ❑ À ne pas faire.
Fellation ? ❑ Fait. ❑ À faire. ❑ À ne pas faire.
Fellation jusqu'au bout ? ❑ Fait. ❑ À faire. ❑ À ne pas faire.
Cunnilingus ? ❑ Fait. ❑ À faire. ❑ À ne pas faire.
Sexe tantrique ? ❑ Fait. ❑ À faire. ❑ À ne pas faire.
Echangisme ? ❑ Fait. ❑ À faire. ❑ À ne pas faire.
Partouze ? ❑ Fait. ❑ À faire. ❑ À ne pas faire.
Epilation intégrale ? ❑ Fait. ❑ À faire. ❑ À ne pas faire.
Se filmer en faisant l'amour ? ❑ Fait. ❑ À faire. ❑ À ne pas faire.
Attacher l'autre au lit avec des menottes ? ❑ Fait. ❑ À faire. ❑ À ne pas faire.
Porter des combinaisons de cuir ? ❑ Fait. ❑ À faire. ❑ À ne pas faire.
L'amour en téléphonant à votre mère ? ❑ Fait. ❑ À faire. ❑ À ne pas faire.
Expérience sado-maso ? ❑ Fait. ❑ À faire. ❑ À ne pas faire.
S'uriner dessus ? ❑ Fait. ❑ À faire. ❑ À ne pas faire.
L'amour devant des gens ? ❑ Fait. ❑ À faire. ❑ À ne pas faire.
Bander les yeux de l'autre ? ❑ Fait. ❑ À faire. ❑ À ne pas faire.
Regarder un film porno ensemble ? ❑ Fait. ❑ À faire. ❑ À ne pas faire.
Sucer les orteils de l'autre ? ❑ Fait. ❑ À faire. ❑ À ne pas faire.
Dire des mots cochons en faisant l'amour ? ❑ Fait. ❑ À faire. ❑ À ne pas faire.
Regarder l'autre en train de se masturber ? ❑ Fait. ❑ À faire. ❑ À ne pas faire.
Manger de la chantilly sur le corps de l'autre ? ❑ Fait. ❑ À faire. ❑ À ne pas faire.
S'enfermer trois jours dans une chambre d'hôtel avec du champagne, un lit géant et des draps de soie ? ❑ Fait. ❑ À faire. ❑ À ne pas faire.

Quels autres fantasmes pourraient également vous plaire ?

X : ______________________ Y : ______________________

______________________ ______________________

______________________ ______________________

______________________ ______________________

______________________ ______________________

Aimeriez-vous que l'autre se rase le sexe ?

X : ❑ Oui. ❑ Non. Y : ❑ Oui. ❑ Non.

À part l'autre, qui a été le (la) dernier(e) invité(e) d'un de vos rêves érotiques ?

X : ______________________ Y : ______________________

Qu'est-ce qui vous excite personnellement ?

	X	Y
La dentelle ?	❑ Oui. ❑ Bof. ❑ Beurk !	❑ Oui. ❑ Bof. ❑ Beurk !
Les odeurs corporelles ?	❑ Oui. ❑ Bof. ❑ Beurk !	❑ Oui. ❑ Bof. ❑ Beurk !
Les mots cochons ?	❑ Oui. ❑ Bof. ❑ Beurk !	❑ Oui. ❑ Bof. ❑ Beurk !
Un tatouage ?	❑ Oui. ❑ Bof. ❑ Beurk !	❑ Oui. ❑ Bof. ❑ Beurk !
Un piercing ?	❑ Oui. ❑ Bof. ❑ Beurk !	❑ Oui. ❑ Bof. ❑ Beurk !
Entendre vos voisins faire l'amour ?	❑ Oui. ❑ Bof. ❑ Beurk !	❑ Oui. ❑ Bof. ❑ Beurk !
Un pompier torse nu ?	❑ Oui. ❑ Bof. ❑ Beurk !	❑ Oui. ❑ Bof. ❑ Beurk !
Une infirmière nue sous sa blouse ?	❑ Oui. ❑ Bof. ❑ Beurk !	❑ Oui. ❑ Bof. ❑ Beurk !
Une hôtesse de l'air ?	❑ Oui. ❑ Bof. ❑ Beurk !	❑ Oui. ❑ Bof. ❑ Beurk !
Un pilote de chasse ?	❑ Oui. ❑ Bof. ❑ Beurk !	❑ Oui. ❑ Bof. ❑ Beurk !
Des bougies parfumées ?	❑ Oui. ❑ Bof. ❑ Beurk !	❑ Oui. ❑ Bof. ❑ Beurk !
Le mystère ?	❑ Oui. ❑ Bof. ❑ Beurk !	❑ Oui. ❑ Bof. ❑ Beurk !
Des menottes ?	❑ Oui. ❑ Bof. ❑ Beurk !	❑ Oui. ❑ Bof. ❑ Beurk !
Vous travestir ?	❑ Oui. ❑ Bof. ❑ Beurk !	❑ Oui. ❑ Bof. ❑ Beurk !
Les sous-vêtements ?	❑ Oui. ❑ Bof. ❑ Beurk !	❑ Oui. ❑ Bof. ❑ Beurk !
Les revues de charme ?	❑ Oui. ❑ Bof. ❑ Beurk !	❑ Oui. ❑ Bof. ❑ Beurk !
Un club de gym ?	❑ Oui. ❑ Bof. ❑ Beurk !	❑ Oui. ❑ Bof. ❑ Beurk !
Des douches communes ?	❑ Oui. ❑ Bof. ❑ Beurk !	❑ Oui. ❑ Bof. ❑ Beurk !
Un massage ?	❑ Oui. ❑ Bof. ❑ Beurk !	❑ Oui. ❑ Bof. ❑ Beurk !
Les belles voitures ?	❑ Oui. ❑ Bof. ❑ Beurk !	❑ Oui. ❑ Bof. ❑ Beurk !

	X	Y
Une chanson de Barry White ?	❑ Oui. ❑ Bof. ❑ Beurk !	❑ Oui. ❑ Bof. ❑ Beurk !
Un film porno ?	❑ Oui. ❑ Bof. ❑ Beurk !	❑ Oui. ❑ Bof. ❑ Beurk !
Un manteau de tourrure ?	❑ Oui. ❑ Bof. ❑ Beurk !	❑ Oui. ❑ Bof. ❑ Beurk !
Un pantalon de cuir ?	❑ Oui. ❑ Bof. ❑ Beurk !	❑ Oui. ❑ Bof. ❑ Beurk !
Un décolleté entrouvert ?	❑ Oui. ❑ Bof. ❑ Beurk !	❑ Oui. ❑ Bof. ❑ Beurk !
Un string ?	❑ Oui. ❑ Bof. ❑ Beurk !	❑ Oui. ❑ Bof. ❑ Beurk !
Des poils ?	❑ Oui. ❑ Bof. ❑ Beurk !	❑ Oui. ❑ Bof. ❑ Beurk !
Le danger ?	❑ Oui. ❑ Bof. ❑ Beurk !	❑ Oui. ❑ Bof. ❑ Beurk !
Les interdits ?	❑ Oui. ❑ Bof. ❑ Beurk !	❑ Oui. ❑ Bof. ❑ Beurk !
Le pouvoir ?	❑ Oui. ❑ Bof. ❑ Beurk !	❑ Oui. ❑ Bof. ❑ Beurk !
Des abdominaux ?	❑ Oui. ❑ Bof. ❑ Beurk !	❑ Oui. ❑ Bof. ❑ Beurk !
De faux seins ?	❑ Oui. ❑ Bof. ❑ Beurk !	❑ Oui. ❑ Bof. ❑ Beurk !
Une call-girl ?	❑ Oui. ❑ Bof. ❑ Beurk !	❑ Oui. ❑ Bof. ❑ Beurk !
Adriana Karembeu ?	❑ Oui. ❑ Bof. ❑ Beurk !	❑ Oui. ❑ Bof. ❑ Beurk !
Yannick Noah ?	❑ Oui. ❑ Bof. ❑ Beurk !	❑ Oui. ❑ Bof. ❑ Beurk !
Le soleil ?	❑ Oui. ❑ Bof. ❑ Beurk !	❑ Oui. ❑ Bof. ❑ Beurk !
Ce chapitre du livre ?	❑ Oui. ❑ Bof. ❑ Beurk !	❑ Oui. ❑ Bof. ❑ Beurk !

Quel est le film le plus érotique au monde selon vous ?

X : ______________________ Y : ______________________

Quelle est la musique que vous préférez pour faire l'amour ?

X : ______________________ Y : ______________________

Quel objet trouvez-vous particulièrement érotique ?

X : ______________________ Y : ______________________

Quel mot trouvez-vous particulièrement érotique ?

X : ______________________ Y : ______________________

À quelle torture érotique aimeriez-vous soumettre votre partenaire ?

X : ______________________ Y : ______________________

Quel métier trouvez-vous particulièrement érotique ?

X : ______________________ Y : ______________________

Quelle boisson vous met dans une humeur propice à faire l'amour ?

X : ______________________ Y : ______________________

Avec qui pourriez-vous envisager un « plan à tois » ?

X : ______________________ Y : ______________________

Quelle odeur trouvez-vous particulièrement érotique ?

X : ____________________ Y : ____________________

Pour faire l'amour, vous préférez des draps de quelle couleur ?

X : ____________________ Y : ____________________

À part votre partenaire, avec qui auriez-vous envie de coucher aujourd'hui ?

X : ____________________ Y : ____________________

Lui (elle), c'est où il (elle) veut, quand il (elle) veut…

X : ____________________ Y : ____________________

Avec quelle célébrité vous serait-il impossible d'avoir une histoire ?

X : ____________________ Y : ____________________

Les plus belles fesses du monde, elles appartiennent à qui ?

X : ____________________ Y : ____________________

Si vous êtes un homme et si vous étiez une femme, est-ce que vous feriez l'amour avec quelqu'un comme vous ?

X : ❑ Oui. ❑ Non. Y : ❑ Oui. ❑ Non.

Si vous êtes une femme et si vous étiez un homme, est-ce que vous feriez l'amour avec quelqu'un comme vous ?

X : ❑ Oui. ❑ Non. Y : ❑ Oui. ❑ Non.

Quel est votre type d'homme au fait ?

X : ____________________

Y : ____________________

Quel est votre type de femme au fait ?

X : ____________________

Y : ____________________

Avez-vous déjà été prêt à coucher pour réussir ?

X : ❑ Oui. ❑ Non. Y : ❑ Oui. ❑ Non.

Avec quel supérieur auriez-vous aimé coucher dans votre vie ?

X : ____________________ Y : ____________________

Pour le plaisir, est-ce que vous pourriez coucher avec un homme (femme) laid(e) mais bon amant (bonne maîtresse) ?

X : ❑ Oui. ❑ Non. Y : ❑ Oui. ❑ Non.

Quel est l'endroit où vous seriez incapable de faire l'amour ?

X : ____________________ **Y :** ____________________

Qu'est-ce qui peut vous couper toute envie de faire l'amour ?

X : ____________________ **Y :** ____________________

Avez-vous envie de votre partenaire, là maintenant ?

X : ❑ Oui. ❑ Non. Y : ❑ Oui. ❑ Non.

Si oui, c'est encore le bon moment pour une petite pause.

Et n'hésitez pas à prendre en considération tout ce que vous avez pu vous dire au cours de ce chapitre...

VII
LE MEILLEUR RESTE À VENIR

Où nos deux amoureux, fiers d'arriver au bout de cet ouvrage, envisagent sereinement, mais avec envie, un avenir qui s'annonce radieux, et découvrent émerveillés tout un tas de bons conseils à mettre en pratique pour s'aimer un peu plus tous les jours…

Parce que en effet, c'est bien joli de se tourner vers son passé, de dire pourquoi on est amoureux, de raconter sa plus belle expérience sexuelle, mais quid de demain, quid de l'avenir, quid de vous deux dans un mois, dans un an, dans un siècle, dans une éternité ? Réjouissez-vous, car dans ce chapitre qui sent la fin il faut bien le dire, je vous propose de vous projeter quelques instants vers demain et les jours suivants, et d'envisager sereinement le futur de votre vie à deux.

Et puis, pour que cette vie à deux soit une fête tous les jours, vous trouverez également des tas de conseils à suivre jour après jour pour passer une année pleine d'amour, de baisers fougueux, et de surprises au quotidien. Vous le méritez bien il est vrai.

RETOUR VERS LE FUTUR

Avez-vous plutot confiance en l'avenir ?

X : ❑ Oui. ❑ Non. Y : ❑ Oui. ❑ Non.

Quelles sont les cinq choses que vous aimeriez faire à court terme dans votre vie ?

X :	Y :
1. ____	1. ____
2. ____	2. ____
3. ____	3. ____
4. ____	4. ____
5. ____	5. ____

Quelles sont les cinq choses que vous aimeriez faire à moyen terme dans votre vie ?

X :	Y :
1. ____	1. ____
2. ____	2. ____
3. ____	3. ____
4. ____	4. ____
5. ____	5. ____

Quelles sont les cinq choses que vous aimeriez faire à long terme dans votre vie ?

X :	Y :
1. ____	1. ____
2. ____	2. ____
3. ____	3. ____
4. ____	4. ____
5. ____	5. ____

Vous voyez-vous vivre dans vingt ans avec votre partenaire actuel ?

X : ❑ Oui. ❑ Non. ❑ Je ne sais pas.

Y : ❑ Oui. ❑ Non. ❑ Je ne sais pas.

Que voyez-vous dans l'avenir de votre relation qui vous inquiète ?

X : ____

Y : ____

Que voyez-vous dans l'avenir de votre relation qui vous rend heureux ?

X : ______________________________

Y : ______________________________

Que pensez-vous pouvoir plus facilement accepter à l'avenir ?

X : ______________________________

Y : ______________________________

Qu'est-ce qui ne changera sans doute pas dans votre couple à l'avenir ?

X : ______________________________

Y : ______________________________

Comment voyez-vous l'autre dans vingt ans ?

X : ______________________________

Y : ______________________________

Qu'aura réussi l'autre dans vingt ans ?

X : ______________ Y : ______________

Qu'aura raté l'autre dans vingt ans ?

X : ______________ Y : ______________

Comment vous voyez-vous dans vingt ans ?

X : ______________________________

Y : ______________________________

Que ferez-vous probablement comme métier dans cinq ans ?

X : ______________ Y : ______________

Dans dix ans ?

X : ______________ Y : ______________

Dans vingt ans ?

X : ______________ Y : ______________

Où vivrez-vous dans cinq ans ?

X : ______________ Y : ______________

Dans dix ans ?

X : ______________ Y : ______________

Dans vingt ans ?

X : ______________ Y : ______________

Où aimeriez-vous vivre quand vous serez à la retraite ? (Si vous n'y êtes pas déjà bien entendu.)

X : ______________________ **Y :** ______________________

Où aimeriez-vous mourir ?

X : ______________________ **Y :** ______________________

Où n'aimeriez-vous surtout pas mourir ?

X : ______________________ **Y :** ______________________

Qu'aimeriez-vous que l'on écrive sur votre tombe ?

X : ____

Y : ____

Qu'aimeriez-vous que l'on joue ou que l'on diffuse comme musique le jour de vos funérailles ?

X : ______________________ **Y :** ______________________

Qu'aimeriez-vous que l'on dise de vous après votre mort ?

X : ____

Y : ____

Si vous deviez mourir, avec lequel (laquelle) de vos ami(e)s aimeriez-vous que votre partenaire se remarie ?

X : ______________________ **Y :** ______________________

Pensez-vous que vous retrouverez votre partenaire au paradis ?

X : ❑ Oui. ❑ Non. Y : ❑ Oui. ❑ Non.

Non, sans déconner, vous croyez à ces conneries ?

X : ❑ Oui. ❑ Non. Y : ❑ Oui. ❑ Non.

Quel est votre rôle sur Terre selon vous ? (Oui, je sais, c'est n'importe quoi cette question mais la dernière fois, vous n'aviez pas vraiment su répondre alors bon, on peut bien réessayer.)

X : ____

Y : ____

Qu'est-ce que l'avenir nous dira sur vous ?

X : ______________________ **Y :** ______________________

VOTRE AVENIR À VOUS

Bon, le futur, la vie, tout ça, c'est bien gentil, mais de manière plus précise, là, pour l'avenir, qu'avez-vous prévu ?

(Attention, il faut vous mettre d'accord, tant pis pour le temps que ça prendra.)

Un mariage ?	❑ Pas prévu.	❑ Prévu. Date ?	________
Un bébé ?	❑ Pas prévu.	❑ Prévu. Date ?	________
Un déménagement ?	❑ Pas prévu.	❑ Prévu. Date ?	________
Un tour du monde ?	❑ Pas prévu.	❑ Prévu. Date ?	________
Un régime pour l'un de vous deux ?	❑ Pas prévu.	❑ Prévu. Date ?	________
Une séparation ?	❑ Pas prévu.	❑ Prévu. Date ?	________
Un déjeuner chez les parents ?	❑ Pas prévu.	❑ Prévu. Date ?	________
Une dispute ?	❑ Pas prévu.	❑ Prévu. Date ?	________
Un dîner romantique ?	❑ Pas prévu.	❑ Prévu. Date ?	________
Une nouvelle télé ?	❑ Pas prévu.	❑ Prévu. Date ?	________
Un week-end à deux ?	❑ Pas prévu.	❑ Prévu. Date ?	________
Un changement de job pour l'un de vous ?	❑ Pas prévu.	❑ Prévu. Date ?	________
Une visite chez un conseiller conjugal ?	❑ Pas prévu.	❑ Prévu. Date ?	________
Une visite chez un sexologue ?	❑ Pas prévu.	❑ Prévu. Date ?	________
Un animal de compagnie ?	❑ Pas prévu.	❑ Prévu. Date ?	________
De nouveaux amis ?	❑ Pas prévu.	❑ Prévu. Date ?	________

Que manque-t-il d'autre à votre bonheur aujourd'hui que vous espérez avoir à l'avenir ?

X : ____

Y : ____

Essayons de jouer encore un peu les voyants. Concentrez-vous bien et dites-moi…

Le week-end prochain, vous ferez quoi ?

X : ____________________ **Y :** ____________________

Le sujet de votre prochaine dispute, ce sera quoi ?

X : ____________________ **Y :** ____________________

La prochaine fois que vous ferez l'amour, ce sera quand ?

X : ____________________ **Y :** ____________________

Le prochain « je t'aime », ce sera où ?

X : ______________________ Y : ______________________

Vos prochaines vacances, ce sera où ?

X : ______________________ Y : ______________________

La prochaine idiotie que vous regarderez à la télévision, ce sera quoi ?

X : ______________________ Y : ______________________

Le prochain cadeau que vous allez faire à l'autre, ce sera quoi ?

X : ______________________ Y : ______________________

Le prochain cadeau que vous allez vous faire, ce sera quoi ?

X : ______________________ Y : ______________________

Le prochain achat utile que vous allez faire ensemble, ce sera quoi ?

X : ______________________ Y : ______________________

Le prochain gadget high-tech que vous allez vous acheter, ce sera quoi ?

X : ______________________ Y : ______________________

Votre prochain achat à deux, ce sera quoi ?

X : ______________________ Y : ______________________

Votre prochain animal de compagnie, ce sera quoi ?

X : ______________________ Y : ______________________

Votre prochaine voiture, ce sera quoi ?

X : ______________________ Y : ______________________

Votre prochaine idée foireuse, ce sera quoi ?

X : ______________________ Y : ______________________

Votre prochain boulot, ce sera quoi ?

X : ______________________ Y : ______________________

Votre prochain caprice, ce sera quoi ?

X : ______________________ Y : ______________________

Votre prochaine révolte, ce sera quoi ?

X : ______________________ Y : ______________________

Votre prochain manque de chance, ce sera quoi ?

X : ______________________ Y : ______________________

Le prochain caprice de l'autre, ce sera quoi ?

X : ______________________ Y : ______________________

Votre prochain restaurant à deux, ce sera où et quand ?

X : ______________________ Y : ______________________

Votre prochaine activité ensemble, ce sera quoi ?

X : ______________________ Y : ______________________

Le prochain truc que vous allez essayer dans un lit, ce sera quoi ? (Voir chapitre précédent.)

X : ______________________ Y : ______________________

Votre prochaine grasse matinée, ce sera quand ?

X : ______________________ Y : ______________________

Votre prochaine sortie en boîte jusqu'à point d'heure, ce sera quand et où ?

X : ______________________ Y : ______________________

Votre prochain CD, ce sera quoi ?

X : ______________________ Y : ______________________

Votre prochain DVD, ce sera quoi ?

X : ______________________ Y : ______________________

Votre prochain concert, ce sera qui ?

X : ______________________ Y : ______________________

Votre prochaine lecture, ce sera quoi ?

X : ______________________ Y : ______________________

Votre prochain film au cinéma, ce sera quoi ?

X : ______________________ Y : ______________________

Votre prochaine grosse dépense, ce sera quoi ?

X : ______________________ Y : ______________________

Votre prochain grand défi, ce sera quoi ?

X : ______________________ Y : ______________________

Votre prochain petit défi, ce sera quoi ?

X : ______________________ Y : ______________________

Votre prochaine cuite, ce sera quand ?

X : ______________________ **Y :** ______________________

Votre prochain mensonge, ce sera sur quel sujet ?

X : ______________________ **Y :** ______________________

Votre prochaine erreur, ce sera quoi ?

X : ______________________ **Y :** ______________________

La prochaine personne à vous téléphoner, ce sera qui ?

X : ______________________ **Y :** ______________________

Faites fi de la question suivante. Vous y reviendrez quand quelqu'un vous aura effectivement téléphoné.

La prochaine personne à vous avoir téléphoné, c'était qui ?

X : ______________________ **Y :** ______________________

Vous pourrez aussi revenir dans quelque temps pour vérifier si vos prévisions respectives étaient correctes.

À propos de prévisions, et puisque le sujet semble vous amuser, je m'en rends bien compte, dans dix ans… (Mettez-vous d'accord s'il vous plaît, c'est un moment très important.)

Qui aura beaucoup grossi ? ❑ X. ❑ Y. ❑ Les deux. ❑ Aucun des deux.
Qui aura trompé l'autre ? ❑ X. ❑ Y. ❑ Les deux. ❑ Aucun des deux.
Qui aura quitté ou voulu quitter l'autre ? ❑ X. ❑ Y. ❑ Les deux. ❑ Aucun des deux.
Qui aura le meilleur boulot ? ❑ X. ❑ Y. ❑ Les deux. ❑ Aucun des deux.
Qui sera encore au téléphone avec sa mère ?
❑ X. ❑ Y. ❑ Les deux. ❑ Aucun des deux.
Qui aura eu recours à la chirurgie esthétique ?
❑ X. ❑ Y. ❑ Les deux. ❑ Aucun des deux.
Qui sera le mieux conservé ? ❑ X. ❑ Y. ❑ Les deux. ❑ Aucun des deux.
Qui se sera bonifié avec le temps ? ❑ X. ❑ Y. ❑ Les deux. ❑ Aucun des deux.
Qui aura beaucoup changé ? ❑ X. ❑ Y. ❑ Les deux. ❑ Aucun des deux.
Qui aura perdu beaucoup d'amis ? ❑ X. ❑ Y. ❑ Les deux. ❑ Aucun des deux.
Qui aura voulu déménager ? ❑ X. ❑ Y. ❑ Les deux. ❑ Aucun des deux.
Qui aura eu une aventure sans lendemain ?
❑ X. ❑ Y. ❑ Les deux. ❑ Aucun des deux.
Qui voudra encore faire l'amour ? ❑ X. ❑ Y. ❑ Les deux. ❑ Aucun des deux.
Qui sera toujours aussi amoureux ? ❑ X. ❑ Y. ❑ Les deux. ❑ Aucun des deux.

Qui pensera avoir raté sa vie ? ❑ X. ❑ Y. ❑ Les deux. ❑ Aucun des deux.
Qui aura changé de coiffure ? ❑ X. ❑ Y. ❑ Les deux. ❑ Aucun des deux.
Qui aura fait de la prison ? ❑ X. ❑ Y. ❑ Les deux. ❑ Aucun des deux.
Qui sera devenu célèbre ? ❑ X. ❑ Y. ❑ Les deux. ❑ Aucun des deux.
Qui dira encore « je t'aime » tous les matins ?
❑ X. ❑ Y. ❑ Les deux. ❑ Aucun des deux.
Qui aura des regrets ? ❑ X. ❑ Y. ❑ Les deux. ❑ Aucun des deux.
Qui aura des remords ? ❑ X. ❑ Y. ❑ Les deux. ❑ Aucun des deux.
Qui aura des problèmes de cholestérol ? ❑ X. ❑ Y. ❑ Les deux. ❑ Aucun des deux.
Qui aura quitté le pays ? ❑ X. ❑ Y. ❑ Les deux. ❑ Aucun des deux.
Qui aura perdu ses cheveux ? ❑ X. ❑ Y. ❑ Les deux. ❑ Aucun des deux.
Qui aura perdu ses rêves ? ❑ X. ❑ Y. ❑ Les deux. ❑ Aucun des deux.
Qui prendra encore la main de l'autre dans la rue ?
❑ X. ❑ Y. ❑ Les deux. ❑ Aucun des deux.
Qui voudra relire ce livre ? ❑ X. ❑ Y. ❑ Les deux. ❑ Aucun des deux.

Qu'est-ce que vous espérez voir changer à l'avenir dans votre couple ?

X : ______________________________

____

____

____

Y : ______________________________

____

____

____

Qu'est-ce que vous espérez ne surtout pas voir changer à l'avenir dans votre couple ?

X : ______________________________

____

____

Y : ______________________________

____

____

DEUX CENTS RÉSOLUTIONS POUR PASSER UNE BELLE ANNÉE ENSEMBLE

Vous le savez, avec le temps va, tout s'en va, et souvent, au fil des mois, au fil des années, les petites attentions que l'on a l'un pour l'autre au début se raréfient. Une routine s'installe, des habitudes se perdent, d'autres se prennent, bref, il faut vite réagir.

Et c'est là que ce livre devient votre nouveau meilleur ami car il vous propose pour l'année à venir une magnifique « to do list », 200 choses à faire ensemble ou l'un pour l'autre afin de pimenter un peu votre vie à deux. Chaque jour, prenez un conseil au hasard, une suggestion et suivez-la. Quand ce sera fait, cochez la case « fait » et demain, essayez autre chose…

Embrassez-vous.

X : ❑ Fait. Y : ❑ Fait.

Dites-lui « je t'aime » d'une manière nouvelle.

X : ❑ Fait. Y : ❑ Fait.

Dites-lui pourquoi vous l'aimez.

X : ❑ Fait. Y : ❑ Fait.

Dites-lui ce qu'il (elle) a qu'aucun(e) autre n'avait.

X : ❑ Fait. Y : ❑ Fait.

Trouvez-lui un nouveau petit nom.

X : ❑ Fait. Nouveau nom ? ______________________

Y : ❑ Fait. Nouveau nom ? ______________________

Écrivez « je t'aime » sur le miroir de la salle de bains avec son rouge-à-lèvres, vous savez, le moche.

X : ❑ Fait. Y : ❑ Fait.

Laissez-lui des messages d'amour partout avec des Post-it.

X : ❑ Fait. Y : ❑ Fait.

Demandez-la (le) en mariage.

X : ❑ Fait. Y : ❑ Fait.

Faites-lui un enfant ce soir.

X : ❑ Fait. Y : ❑ Fait.

Offrez-lui un cadeau, vite !

X : ❑ Fait. Cadeau ? ______________________

Y : ❑ Fait. Cadeau ? ______________________

Écrivez-lui un petit poème en quatre vers.

X : ❑ Fait. Y : ❑ Fait.

Chantez-lui une chanson d'amour.

X : ❑ Fait. Chanson ? ______________________

Y : ❑ Fait. Chanson ? ______________________

Embrassez-vous en gardant les yeux ouverts.

X : ❑ Fait. Y : ❑ Fait.

Allez faire une soirée karaoké et massacrez « Ne me quitte pas » devant tout le monde.

X : ❑ Fait. Y : ❑ Fait.

Faites-lui un dessin.

X : ❑ Fait. Y : ❑ Fait.

Ne portez pas de sous-vêtements aujourd'hui.

X : ❑ Fait. Y : ❑ Fait.

Portez un de ses vêtements pendant un jour.

X : ❑ Fait. Y : ❑ Fait.

Changez de parfum.

X : ❑ Fait. Y : ❑ Fait.

Changez de côté de lit pour dormir pendant une semaine.

X : ❑ Fait. Y : ❑ Fait.

Échangez vos rôles pendant une semaine (ménage, cuisine, bricolage, etc.)

X : ❑ Fait. Y : ❑ Fait.

Embrassez-vous en vous frôlant les lèvres sans jamais vous toucher.

X : ❑ Fait. Y : ❑ Fait.

Faites-lui à manger et pensez à rajouter des bougies.

X : ❑ Fait. Y : ❑ Fait.

Prenez une photo de votre partenaire et dessinez dessus avec un stylo bille (moustaches, lunettes, etc.).

X : ❑ Fait. Y : ❑ Fait.

Parlez-vous dans une langue étrangère toute la journée.

X : ❑ Fait. Y : ❑ Fait.

Faites-vous un bisou papillon.

X : ❑ Fait. Y : ❑ Fait.

Appelez-la pour lui dire qu'elle est la femme de votre vie. Même si c'est un homme.

X : ❑ Fait. Y : ❑ Fait.

Appelez votre belle-mère juste pour prendre de ses nouvelles.

X : ❑ Fait. Y : ❑ Fait.

Proposez à l'autre de l'accompagner pour se réconcilier avec un(e) ancien(ne) ami(e) ou un membre de sa famille avec lequel il (elle) était fâché(e).

X : ❑ Fait. Y : ❑ Fait.

Embrassez-vous, mais sans la langue. Oui, je sais, tant pis pour vous.

X : ❑ Fait. Y : ❑ Fait.

Allez voir ensemble un dessin animé au cinéma avec des enfants partout.

X : ❑ Fait. Y : ❑ Fait.

Tirez-vous la langue.

X : ❑ Fait. Y : ❑ Fait.

Jouez à « je te tiens par la barbichette, le premier de "Tout sur Nous" qui rira fera la vaisselle. »

X : ❑ Fait. Y : ❑ Fait.

Embrassez-vous pendant plus de 4 minutes 30.

X : ❑ Fait. Y : ❑ Fait.

Échangez vos téléphones portables pendant une journée.

X : ❑ Fait. Y : ❑ Fait.

Détaillez le répertoire de votre téléphone portable en précisant qui est qui.

X : ❑ Fait. Y : ❑ Fait.

Dites un gros mensonge. Enorme même.

X : ❑ Fait. Y : ❑ Fait.

Envoyez-lui des fleurs, mais démentez l'avoir fait.

X : ❑ Fait. Y : ❑ Fait.

Placez le mot « cunnilingus » dans la prochaine conversation que vous aurez avec votre belle-mère.

X : ❑ Fait. Y : ❑ Fait.

Faites un massage à votre partenaire.

X : ❑ Fait. Y : ❑ Fait.

Regardez un film porno, mais en coupant le son et en inventant les dialogues.

X : ❑ Fait. Y : ❑ Fait.

Passez la soirée sans vous parler, en vous exprimant juste par gestes.

X : ❑ Fait. Y : ❑ Fait.

N'allumez pas la télé pendant une semaine.

X : ❑ Fait. Y : ❑ Fait.

Faites l'amour dans un cinéma. Débrouillez-vous. Essayez quand même plutôt pendant un festival de cinéma serbo-monténégrin.

X : ❑ Fait. Y : ❑ Fait.

Allez essayer ensemble une robe de mariée juste pour le plaisir.

X : ❑ Fait. Y : ❑ Fait.

Écrivez une lettre d'amour à l'autre et envoyez-lui par La Poste.

X : ❑ Fait. Y : ❑ Fait.

Appelez son (sa) meilleur(e) ami(e) pour lui dire que vous voudriez bien qu'il (elle) dise à l'autre que vous voudriez bien sortir avec lui (elle).

X : ❑ Fait. Y : ❑ Fait.

Dédicacez une de vos photos et offrez-la encadrée à l'autre.

X : ❑ Fait. Y : ❑ Fait.

Dessinez la maison de vos rêves.

X : ❑ Fait. Y : ❑ Fait.

Imaginez votre partenaire nu(e).

X : ❑ Fait. C'est bien ou pas ? ❑ Oui. ❑ Non.
Y : ❑ Fait. C'est bien ou pas ? ❑ Oui. ❑ Non.

Excusez-vous auprès de votre partenaire pour quelque chose que vous avez fait et qui n'était pas très bien.

X : ❑ Fait. Y : ❑ Fait.

Passez la journée en disant en permanence le contraire de ce que vous voulez dire.

X : ❑ Fait. Y : ❑ Fait.

Prenez un bain ensemble en disposant des bougies autour de la baignoire.

X : ❑ Fait. Y : ❑ Fait.

Changez le message d'accueil de votre messagerie (et évitez la musique rigolote).

X : ❑ Fait. Y : ❑ Fait.

Embrassez-vous comme des Inuits.

X : ❑ Fait. Y : ❑ Fait.

Proposez d'aller déjeuner chez ses parents.

X : ❑ Fait. Y : ❑ Fait.

Appelez l'autre à son travail en lui disant que vous vous caressez en pensant à lui (elle).

X : ❑ Fait. Y : ❑ Fait.

Inscrivez-vous ensemble à un cours d'initiation à la salsa.

X : ❑ Fait. Y : ❑ Fait.

Allez en boîte ce soir, même si vous détestez danser.

X : ❑ Fait. Y : ❑ Fait.

Organisez-lui une fête surprise avec ses amis, sans raison, juste pour le plaisir.

X : ❑ Fait. Y : ❑ Fait.

Rasez-vous le sexe. Même si vous êtes un garçon.

X : ❑ Fait. Y : ❑ Fait.

Faites-vous un tatouage (vrai ou faux, au choix).

X : ❑ Fait. Y : ❑ Fait.

Louez « Quatre Mariages et un enterrement » en DVD.

X : ❑ Fait. Y : ❑ Fait.

Offrez-lui des fleurs jaunes.

X : ❑ Fait. Y : ❑ Fait.

Essayez de manger un spaghetti comme dans « La Belle et le Clochard ».

X : ❑ Fait. Y : ❑ Fait.

Bandez-lui les yeux pour faire l'amour ce soir.

X : ❑ Fait. Y : ❑ Fait.

Faites-lui une compilation de vos morceaux de musique préférés et dessinez un gros cœur dessus.

X : ❑ Fait. Y : ❑ Fait.

Allez chez le coiffeur et changez moi tout ça.

X : ❑ Fait. Y : ❑ Fait.

Changez tous les meubles de place dans votre appartement.

X : ❑ Fait. Y : ❑ Fait.

Allez chez un vrai photographe et faites faire de vraies photos que vous offrirez à l'autre.

X : ❑ Fait. Y : ❑ Fait.

Retrouvez ses amis d'enfance et organisez un dîner de retrouvailles.

X : ❑ Fait. Y : ❑ Fait.

Mettez-vous au régime pour perdre les deux petits kilos que vous avez en trop et dont l'autre n'ose pas vous parler.

X : ❑ Fait. Y : ❑ Fait.

Lisez une histoire pour aider l'autre à s'endormir ce soir.

X : ❑ Fait. Y : ❑ Fait.

Mettez sa photo dans votre portefeuille. Si c'est déjà fait, mettez une autre photo.

X : ❑ Fait. Y : ❑ Fait.

Laissez-lui un message personnel dans les petites annonces de « Libération ».

X : ❑ Fait. Y : ❑ Fait.

Mettez un string en cuir ou un slip léopard et faites mine de rien en vous déshabillant.

X : ❑ Fait. Y : ❑ Fait.

Si vous ne le faites jamais, prenez un jour de RTT pour faire le ménage, le repassage, la vaisselle afin de laisser enfin un peu de temps libre à l'autre.

X : ❑ Fait. Y : ❑ Fait.

Arrêtez le tuning si vous êtes fan. Arrêtez Céline Dion si vous êtes fan.

X : ❑ Fait. Y : ❑ Fait.

Apprenez à dire « je t'aime » dans une nouvelle langue et mettez ça vite en pratique.

X : ❑ Fait. Y : ❑ Fait.

Achetez un mètre carré de papier-bulles et passez la soirée à les faire éclater ensemble.

X : ❑ Fait. Y : ❑ Fait.

Faites l'amour dans un endroit nouveau.

X : ❑ Fait. Endroit ? ______________________________

Y : ❑ Fait. Endroit ? ______________________________

Allez acheter ensemble de la lingerie et faites l'amour dans la cabine d'essayage.

X : ❑ Fait. Y : ❑ Fait.

Allez en boîte techno et mettez-lui des écouteurs sur les oreilles pour danser un slow au milieu de tout le monde.

X : ❑ Fait. Y : ❑ Fait.

Arrêtez de fumer. Si vous ne fumez pas, commencez à le faire afin de pouvoir arrêter demain.

X : ❑ Fait. Y : ❑ Fait.

Allez à la piscine ensemble. Tant pis s'il faut mettre un bonnet affreux.

X : ❑ Fait. Y : ❑ Fait.

Réservez une chambre d'hôtel dans la ville où vous habitez et passez-y la nuit.

X : ❑ Fait. Y : ❑ Fait.

Éteignez votre téléphone portable pendant tout le week-end.

X : ❑ Fait. Y : ❑ Fait.

Enfermez vous deux jours dans votre chambre. Programme libre.

X : ❑ Fait. Y : ❑ Fait.

Allez acheter un gros pot de glace, deux cuillères, et installez-vous devant la rediffusion de « Diamants sur canapé ».

X : ❑ Fait. Y : ❑ Fait.

Achetez un kama-sutra de poche, essayez les positions l'une après l'autre, identifiez les cinq meilleures.

X : ❑ Fait. Y : ❑ Fait.

Débrouillez-vous et aller cueillir des fleurs pour l'autre.

X : ❑ Fait. Y : ❑ Fait.

Allez chercher l'autre au travail pour déjeuner ensemble.

X : ❑ Fait. Y : ❑ Fait.

Offrez-lui un chat. Si vous n'aimez pas les chats, offrez-lui un diamant. Un vrai.

X : ❑ Fait. Y : ❑ Fait.

Inscrivez-le (la) à un casting. N'importe lequel.

X : ❑ Fait. Y : ❑ Fait.

Changez le parfum de votre gel douche.

X : ❑ Fait. Y : ❑ Fait.

Demandez-lui de faire de la place dans ses placards et emmenez-la (le) pour un après-midi shopping en lui prêtant votre Carte bleue.

X : ❑ Fait. Y : ❑ Fait.

Demandez à l'autre de lire un de vos livres préférés.

X : ❑ Fait. Livre ? ______________________________

Y : ❑ Fait. Livre ? ______________________________

Sautez-lui dessus dès qu'il (elle) rentre à la maison ce soir.

X : ❑ Fait. Y : ❑ Fait.

Faites-lui couler un bain moussant, tamisez la lumière, disposez des bougies et des pétales de rose un peu partout dans la salle de bains. Essayez de la (le) rejoindre dans la baignoire. Si vous n'avez pas de baignoire, achetez une petite piscine gonflable.

X : ❑ Fait. Y : ❑ Fait.

Faites un chemin de pétales de rose depuis la porte d'entrée jusqu'au lit pour votre partenaire.

X : ❑ Fait. Y : ❑ Fait.

Faites-lui un strip-tease, là, tout de suite, maintenant.

X : ❑ Fait. Y : ❑ Fait.

Allez cueillir des marguerites et faites un beau bouquet.

X : ❑ Fait. Y : ❑ Fait.

Changez de coupe de cheveux et mesurez le temps avant qu'il ou elle ne le remarque.

X : ❑ Fait. Y : ❑ Fait.

Achetez-lui un beau cadeau à 10 euros.

X : ❑ Fait. Y : ❑ Fait.

Achetez-lui dix beaux cadeaux à 1 euro.

X : ❑ Fait. Y : ❑ Fait.

Lisez-lui une histoire tous les soirs pendant une semaine.

X : ❑ Fait. Y : ❑ Fait.

Achetez un sac de ballons et gonflez-les, puis mettez-en partout chez vous.

X : ❑ Fait. Y : ❑ Fait.

Achetez un appareil à faire des bulles de savon et amusez-vous toute la journée.

X : ❑ Fait. Y : ❑ Fait.

Accompagnez-le à un match de foot – accompagnez-la au hammam.

X : ❑ Fait. Y : ❑ Fait.

Déterminez qui est le chef entre vous deux en jouant à pierre-feuille-caillou-ciseaux.

X : ❑ Fait. Y : ❑ Fait. C'est qui le chef maintenant ? ❑ X. ❑ Y.

Changez tous les meubles de place.

X : ❑ Fait. Y : ❑ Fait.

Allez vivre chez un copain ou une copine jusqu'à ce que l'autre craque et vous oblige à revenir.

X : ❑ Fait. Y : ❑ Fait.

Changez de couleur de cheveux.

X : ❑ Fait. Y : ❑ Fait.

Prenez des cours de rock sans le dire à l'autre puis emmenez-le (la) danser un soir.

X : ❑ Fait. Y : ❑ Fait.

Allez faire un tour de train fantôme et embrassez-vous dans le noir.

X : ❑ Fait. Y : ❑ Fait.

Revoyez « Quand Harry rencontre Sally ». Vite.

X : ❑ Fait. Y : ❑ Fait.

Filmez-vous en faisant l'amour puis regardez-vous afin de voir ce qu'il y a à améliorer.

X : ❑ Fait. Y : ❑ Fait.

Faites semblant de vous tromper de cassette et donnez la cassette précédente à vos beaux-parents.

X : ❑ Fait. Y : ❑ Fait.

Forcez-vous à manger quelque chose que vous n'aimez pas pour faire plaisir à l'autre.

X : ❑ Fait. Y : ❑ Fait.

Envoyez des chocolats directement à son bureau sans signer la carte.

X : ❑ Fait. Y : ❑ Fait.

Suivez l'autre à distance dans la rue sans vous faire voir. Ne lui dites rien ensuite. Jamais.

X : ❑ Fait. Y : ❑ Fait.

Laissez un message d'amour le plus long possible sur le portable de l'autre.

X : ❑ Fait. Y : ❑ Fait.

Aller à la pêche avec votre beau-père – allez faire des courses avec votre belle-mère.

X : ❑ Fait. Y : ❑ Fait.

Jetez un objet appartenant à l'autre.

X : ❑ Fait. Objet ? ______________________

Y : ❑ Fait. Objet ? ______________________

Empruntez un objet appartenant à l'autre.

X : ❑ Fait. Objet ? ______________________

Y : ❑ Fait. Objet ? ______________________

Faites le ménage sans le dire à l'autre.

X : ❑ Fait. Y : ❑ Fait.

Fêtez l'anniversaire de la première fois où vous avez fait l'amour ensemble.

X : ❑ Fait. Date ? ______________________

Y : ❑ Fait. Date ? ______________________

Regardez « Des chiffres et des lettres » et vérifiez qui trouve les mots les plus longs.

X : ❑ Fait. Y : ❑ Fait. C'est qui le meilleur ? ❑ X. ❑ Y.

Confessez-vous, mais faites-le auprès de votre partenaire.

X : ❑ Fait. Y : ❑ Fait.

Partez à la campagne, mettez-vous dans un champ, attendez le soir tranquillement.

X : ❑ Fait. Y : ❑ Fait.

Faites l'amour dans la mer. Débrouillez-vous.

X : ❑ Fait. Y : ❑ Fait.

Défiez l'autre à la marelle. Pensez à acheter une craie blanche.

X : ❑ Fait. Y : ❑ Fait. C'est qui le meilleur ? ❑ X. ❑ Y.

Apprenez le nom et la localisation de quelques étoiles et profitez d'une nuit d'été pour montrer vos talents à l'autre.

X : ❑ Fait. Y : ❑ Fait.

Échangez encore vos places dans le lit.

X : ❑ Fait. Y : ❑ Fait.

Mettez des draps de satin dans votre lit et amusez-vous.

X : ❑ Fait. Y : ❑ Fait.

Effacez vos ex de votre téléphone portable.

X : ❑ Fait. Y : ❑ Fait.

Partez en week-end l'un sans l'autre et racontez-vous tout en rentrant.

X : ❑ Fait. Y : ❑ Fait.

Faites un duel d'insultes. Celui ou celle qui n'a plus d'insultes à jeter est déclaré perdant.

X : ❑ Fait. Y : ❑ Fait. C'est qui le meilleur ? X. ❑ Y. ❑

Faites un tableau et offrez-le à votre partenaire.

X : ❑ Fait. Y : ❑ Fait.

Faites croire à l'autre que vous avez lu tout Proust.

X : ❑ Fait. Y : ❑ Fait.

Décorez ensemble le sapin de Noël.

X : ❑ Fait. Y : ❑ Fait.

Couchez-vous ensemble tous les soirs pendant un mois.

X : ❑ Fait. Y : ❑ Fait.

Recouvrez le corps de votre partenaire de Nutella et commencez à le... Enfin, bon, vous voyez quoi...

X : ❑ Fait. Y : ❑ Fait.

Achetez une rose à un vendeur pakistanais dans un bar ou un restaurant et offrez-la à l'autre, tant pis si c'est la honte.

X : ❑ Fait. Y : ❑ Fait.

Achetez une bague dans une tireuse à 1 euro et demandez votre partenaire en mariage.

X : ❑ Fait. Y : ❑ Fait.

Faites croire à tous vos amis que vous êtes fan de Lorie ou de Mariah Carey. Si vous êtes vraiment fan, c'est pas de chance.

X : ❑ Fait. Y : ❑ Fait.

Passez un week-end sans télé, sans téléphone, sans Internet, sans rien à part votre partenaire.

X : ❑ Fait. Y : ❑ Fait.

Écoutez Georges Brassens faire une « non-demande en mariage ».

X : ❑ Fait. Y : ❑ Fait.

Apprenez un poème par cœur et récitez-le à votre partenaire.

X : ❑ Fait. Y : ❑ Fait.

Faites la liste de tout ce que vous aimez chez l'autre et donnez-la lui.

X : ❑ Fait. Y : ❑ Fait.

Faites la liste de tout ce que vous aimeriez voir changer dans votre relation et donnez-la à votre partenaire.

X : ❑ Fait. Y : ❑ Fait.

Faites l'amour sur la table de la cuisine. Pensez à débarrasser avant.

X : ❑ Fait. Y : ❑ Fait.

Écrivez-lui un petit livre plein de « je t'aime je t'aime je t'aime je t'aime » grâce à l'imprimante de votre travail.

X : ❑ Fait. Y : ❑ Fait.

Appelez votre maman pour lui dire que vous l'aimez, vous verrez, ça fait un bien fou.

X : ❑ Fait. Y : ❑ Fait.

Débutez un nouveau sport avec votre partenaire.

X : ❑ Fait. Sport ? ____________________________

Y : ❑ Fait. Sport ? ____________________________

Gravissez ensemble le mont Everest. Si vous n'y arrivez pas, commencez par aller vous promener.

X : ❑ Fait. Y : ❑ Fait.

Partez en week-end à Venise, mais ne prévenez votre partenaire qu'au dernier moment.

X : ❑ Fait. Y : ❑ Fait.

Demandez à votre partenaire de vous fouetter en faisant l'amour. Observez sa réaction.

X : ❑ Fait. Y : ❑ Fait.

Essayez des mots salaces en faisant l'amour avec votre partenaire. Observez sa réaction. Cherchez éventuellement une excuse pour votre comportement inqualifiable.

X : ❑ Fait. Y : ❑ Fait.

Portez des sous-vêtements rouges. Observez les réactions.

X : ❑ Fait. Y : ❑ Fait.

Refaites un massage à votre partenaire, vous verrez qu'il (elle) commence à bien aimer ça.

X : ❑ Fait. Y : ❑ Fait.

Prêtez-vous vos albums photo respectifs et commentez-le ensemble.

X : ❑ Fait. Y : ❑ Fait.

Faites un album photo détaillé de vos dernières vacances.

X : ❑ Fait. Y : ❑ Fait.

Allez dîner ensemble dans un restaurant. Proposez à l'autre de vous rejoindre dans les toilettes.

X : ❑ Fait. Y : ❑ Fait.

Jouez au Loto ensemble, mais mettez-vous d'ores et déjà d'accord sur les modalités de partage.

X : ❑ Fait. Y : ❑ Fait.

Allez sous son balcon lui jouer une sérénade. Tant pis si vous habitez au 6e.

X : ❑ Fait. Y : ❑ Fait.

Aimez-vous les uns les autres.

X : ❑ Fait. Y : ❑ Fait.

Donnez-vous de nouveaux petits noms pour votre intimité.

X : ❑ Fait. Noms ? ______________________________

Y : ❑ Fait. Noms ? ______________________________

Louez un tandem. Évitez de vous faire mal.

X : ❑ Fait. Y : ❑ Fait.

Allez vous bécoter sur un banc public en vous foutant pas mal du regard oblique des passants honnêtes.

X : ❑ Fait. Y : ❑ Fait.

Laissez conduire celui qui ne conduit quasiment jamais.

X : ❑ Fait. Y : ❑ Fait.

Dites à l'autre qu'il ou elle est comme le vent qui fait chanter les violons. Attendez la réaction.

X : ❑ Fait. Y : ❑ Fait.

Changez la sonnerie de vos téléphones portables.

X : ❑ Fait. Y : ❑ Fait.

Apprenez à faire des avions en papier.

X : ❑ Fait. Y : ❑ Fait.

Faites vous des bisous baveux. Le premier qui demande grâce est de corvée de ménage.

X : ❑ Fait. Y : ❑ Fait.

Prenez-vous par la main dans la rue mais changez la manière de vous tenir la main.

X : ❑ Fait. Y : ❑ Fait.

Inversez les rôles pendant une semaine, que celui ou celle qui cuisine habituellement laisse sa place à l'autre.

X : ❑ Fait. Y : ❑ Fait.

Préparez-lui un petit déjeuner au lit, mais attention, sans miettes partout dans le lit.

X : ❑ Fait. Y : ❑ Fait.

Changez votre fusil d'épaule. Si vous n'êtes pas chasseur, changez au moins une de vos habitudes.

X : ❑ Fait. Y : ❑ Fait.

Lancez-vous des défis idiots du style « même pas cap de voler son chapeau au monsieur »...

X : ❑ Fait. Y : ❑ Fait.

Allez lui acheter son magazine préféré avant lui ou elle.

X : ❑ Fait. Y : ❑ Fait.

Faites l'amour d'une manière complètement nouvelle.

X : ❑ Fait. Y : ❑ Fait.

Passez une journée à mentir à l'autre.

X : ❑ Fait. Y : ❑ Fait.

Embrassez-vous avec la langue en essayant de la faire tourner dans un sens inhabituel.

X : ❑ Fait. Y : ❑ Fait.

Essayez de tenir une promesse que vous aviez faite à l'autre il y a très longtemps.

X : ❑ Fait. Promesse ? ______________________

Y : ❑ Fait. Promesse ? ______________________

Laissez le hasard décider de votre prochaine destination de vacances. Essayez les fléchettes sur le planisphère.

X : ❑ Fait. Destination ? ______________________

Y : ❑ Fait. Destination ? ______________________

Essayez de faire au moins cinq fois l'amour dans une journée.

X : ❑ Fait. Date ? ______________________

Y : ❑ Fait. Date ? ______________________

Promenez-vous dans les bois tant que le loup n'y est pas. Faites gaffe aux chasseurs.

X : ❑ Fait. Y : ❑ Fait.

Relisez les premiers chapitres de ce livre.

X : ❑ Fait. Y : ❑ Fait.

Changez de prénom pour la journée et appelez-vous par votre deuxième prénom.

X : ❑ Fait. Y : ❑ Fait.

Prenez une photo de votre partenaire nu(e) et envoyez-la à sa mère. Même pas cap…

X : ❑ Fait. Y : ❑ Fait.

Essayez de partager une des passions de votre partenaire en vous y intéressant pour de vrai.

X : ❑ Fait. Passion ? ______________________

Y : ❑ Fait. Passion ? ______________________

Brossez-vous les dents avant d'embrasser votre partenaire le matin.

X : ❑ Fait. Y : ❑ Fait.

Faites des photos topless dans un Photomaton.

X : ❑ Fait. Y : ❑ Fait.

Faites un concours de la plus belle grimace.

X : ❑ Fait. Y : ❑ Fait. C'est qui le meilleur ? ❑ X. ❑ Y.

Faites trois vœux. Dites-les à votre partenaire et attendez qu'ils se réalisent.

X : ❑ Fait. Y : ❑ Fait.

Allez voir sur Google les sites Internet qui parlent éventuellement de votre partenaire. Celui qui a le plus de sites a gagné le droit de ne pas manger chez ses beaux-parents.

X : ❑ Fait. Y : ❑ Fait. C'est qui le vainqueur ? ❑ X. ❑ Y.

Organisez une journée naturiste chez vous en restant tous les deux nus toute la journée. Assumez-le le mieux possible.

X : ❑ Fait. Y : ❑ Fait.

Faites-lui son gâteau préféré.

X : ❑ Fait. Y : ❑ Fait.

Faites-vous gonfler les seins. Si vous ne pouvez pas, achetez-lui « l'Auto Journal », ça passera mieux.

X : ❑ Fait. Y : ❑ Fait.

Essayez d'augmenter la durée de vos rapports sexuels. Pensez à Michel Drucker.

X : ❑ Fait. Y : ❑ Fait.

CONCLUSION

Où maintenant que tout est dit ou presque sur cette histoire d'amour en tout point magnifique, la vôtre, il est temps de prendre un peu de recul afin de conclure brillamment ce livre, et d'offrir, en remerciement pour le travail accompli, un carnet de 78 « bons pour » une vie pleine de surprises aux deux héros de cette histoire qui l'ont bien mérité cela dit.

Bon, c'est pas tout ça, mais mine de rien on arrive à la fin de ce livre, de votre livre, et il serait donc temps de faire un petit bilan avant de se dire au revoir. C'est là tout l'objet de ce chapitre de conclusion qui vous permettra de vous pencher un instant sur ce que vous vous êtes dit tout en découvrant un carnet de « bons pour » qui devrait pimenter votre quotidien pendant quelque temps... J'en profite pour vous dire que c'était un plaisir d'écrire votre histoire avec vous...

Est-ce que vous avez l'impression d'avoir tout dit dans ce livre ?

X : ❑ Oui. ❑ Non. Y : ❑ Oui. ❑ Non.

Est ce que vous avez l'impression que l'autre a tout dit dans ce livre ?

X : ❑ Oui. ❑ Non. Y : ❑ Oui. ❑ Non.

Avez-vous menti parfois ?

X : ❑ Oui. ❑ Non. Y : ❑ Oui. ❑ Non.

Est-ce que vous avez appris des choses intéressantes sur l'autre ?

X : ❑ Oui. ❑ Non. Y : ❑ Oui. ❑ Non.

Quoi par exemple ?

X : ____________________

Y : ____________________

Parmi les réponses de l'autre, qu'est-ce qui vous a le plus étonné ?

X : ____________________

Y : ____________________

Parmi les réponses de l'autre, qu'est-ce qui vous a le plus énervé ?

X : ____________________

Y : ____________________

Parmi les réponses de l'autre, qu'est-ce qui vous a fait le plus plaisir ?

X : ____________________

Y : ____________________

Sans réfléchir, quelle est la question ou la réponse qui vous a le plus marqué ?

X : ____________________

Y : ____________________

Et quelle est la question qui vous a le plus gêné ?

X : ____________________

Y : ____________________

Pour quelles questions avez-vous utilisé ou auriez vous aimé utiliser vos jokers ?

X : ____________________

Y : ____________________

Qu'est-ce que vous avez appris sur l'autre que vous ne saviez pas et qui vous a beaucoup marqué ?

X : ________________________________

Y : ________________________________

Pensez-vous qu'écrire ensemble ce livre aura pu servir à quelque chose ?

X : ❑ Oui. ❑ Non. Y : ❑ Oui. ❑ Non.

Est-ce que ça vous a amusé au moins?

X : ❑ Oui. ❑ Non. Y : ❑ Oui. ❑ Non.

Est-ce que vous pensez que cette expérience vous conduira à plus vous confier à l'autre désormais ?

X : ❑ Oui. ❑ Non. Y : ❑ Oui. ❑ Non.

Sur quels sujets aimeriez-vous revenir en détail maintenant ?

X : ________________________________

Y : ________________________________

Quels autres sujets importants auriez-vous aimé pouvoir aborder ?

X : ________________________________

Y : ________________________________

Allez-vous montrer ce livre à d'autres personnes ?

X : ❑ Oui. ❑ Non. Y : ❑ Oui. ❑ Non.

Si oui, à qui en particulier ?

X : ________________ Y : ________________

Aimeriez-vous réécrire un autre livre un jour pour voir comment vos réponses auront évolué avec le temps ?

X : ❑ Oui. ❑ Non. Y : ❑ Oui. ❑ Non.

Maintenant que vous avez terminé de remplir ce livre, vous êtes désormais sûr(e) que… (choisissez une seule proposition)

	X	Y
Vous avez bel et bien trouvé l'homme de votre vie.	❑	❑
Vous avez bel et bien trouvé la femme de votre vie.	❑	❑
Vous allez bientôt changer de partenaire.	❑	❑
L'autre ment très bien.	❑	❑
Parfois, il vaut mieux ne pas tout savoir sur l'autre.	❑	❑
Vous devriez peut-être consulter un conseiller conjugal.	❑	❑

	X	Y
C'était une erreur de vouloir vivre ensemble.	❑	❑
Vous allez vous disputer toute votre vie.	❑	❑
Vous sortez avec un(e) vrai(e) psychopathe.	❑	❑
C'était une très mauvaise idée d'écrire ce livre.	❑	❑
Vous avez fait le bon choix.	❑	❑

Finalement, après l'écriture de ce livre, vous vous sentez…
(Choisissez deux réponses.)

X : ❑ **Plus amoureux(se).** ❑ **Moins amoureux(se).** ❑ **Aussi amoureux(se) qu'avant.**
❑ **Excité(e).** ❑ **Soulagé(e).** ❑ **Fatigué(e).** ❑ **Frustré(e).**

Y : ❑ **Plus amoureux(se).** ❑ **Moins amoureux(se).** ❑ **Aussi amoureux(se) qu'avant.**
❑ **Excité(e).** ❑ **Soulagé(e).** ❑ **Fatigué(e).** ❑ **Frustré(e).**

Quel jour sommes-nous ?

____

Quel temps fait-il ?

____

Qu'avez-vous envie de faire, là, maintenant ?

X : ______________________________

Y : ______________________________

Qu'allez-vous faire ensemble demain ?

X : ______________________________

Y : ______________________________

SOIXANTE-SIX BONS POUR UNE VIE MEILLEURE

Comme je sais que la vie à deux n'est pas toujours facile, j'ai le plaisir de vous offrir 66 bons-cadeaux pour améliorer ce quotidien et pimenter votre vie.

Chacun de ces bons donne droit à une prestation unique. Il suffit de présenter un bon à son partenaire pour obtenir la prestation proposée dont l'effet doit être immédiat.

Ces bons sont proposés en deux exemplaires afin que chaque membre du couple puisse en disposer.

Les bons ne sont valables qu'une seule fois, mais les échanges de bons avec son partenaire sont parfaitement autorisés à partir du moment où chacun y trouve son bonheur.

Ces bons ne sont ni repris ni échangés, mais ils n'ont pas de limitation de durée dans le temps et peuvent donc être utilisés comme bon leur semble par leurs propriétaires.

Bon pour
un massage.

Bon pour
un massage.

Bon pour
ne pas faire les courses cette semaine.

Bon pour
ne pas faire les courses cette semaine.

Bon pour
sécher un repas
avec la belle-famille.

Bon pour
sécher un repas
avec la belle-famille.

Bon pour
éteindre la télé pour la soirée.

Bon pour
éteindre la télé pour la soirée.

Bon pour
une sortie en couple
(théâtre, opéra, concert, cinéma).

Bon pour
une sortie en couple
(théâtre, opéra, concert, cinéma).

Bon pour
se faire inviter au
restaurant ce soir.

Bon pour
se faire inviter au
restaurant ce soir.

Bon pour
une fellation ou un cunnilingus.

Bon pour
une fellation ou un cunnilingus.

Bon pour
un week-end sans quitter le lit.

Bon pour
un week-end sans quitter le lit.

Bon pour
ne pas faire l'amour ce soir.

Bon pour
ne pas faire l'amour ce soir.

Bon pour
voir un film pourri.

Bon pour
voir un film pourri.

Bon pour
voir un film porno ensemble.

Bon pour
voir un film porno ensemble.

Bon pour
une soirée pizza-bières
avec des potes.

Bon pour
une soirée pizza-bières
avec des potes.

Bon pour

se faire offrir un cadeau
(n'importe lequel).

Bon pour

se faire offrir un cadeau
(n'importe lequel).

Bon pour

avoir le droit de passer une soirée
avec une ex.

Bon pour

avoir le droit de passer une soirée
avec une ex.

Bon pour

une soirée libre
(sans préciser ce que l'on fera).

Bon pour

une soirée libre
(sans préciser ce que l'on fera).

Bon pour

mettre fin à une dispute.

Bon pour

mettre fin à une dispute.

Bon pour

ne pas répondre à une question
embarrassante.

Bon pour

ne pas répondre à une question
embarrassante.

Bon pour

choisir le programme à la télé
ce soir.

Bon pour

choisir le programme à la télé
ce soir.

Bon pour

un vrai dîner romantique
aux chandelles.

Bon pour

un vrai dîner romantique
aux chandelles.

Bon pour

pour un bain à deux.

Bon pour

pour un bain à deux.

Bon pour

un week-end romantique
quelque part.

Bon pour

un week-end romantique
quelque part.

Bon pour

un strip-tease intégral.

Bon pour

un strip-tease intégral.

Bon pour

avoir le droit d'écouter un disque
pourri sans se faire critiquer.

Bon pour

avoir le droit d'écouter un disque
pourri sans se faire critiquer.

Bon pour

changer de côté dans le lit.

Bon pour

changer de côté dans le lit.

Bon pour
obliger l'autre à s'épiler
ou à se raser les jambes.

Bon pour
obliger l'autre à s'épiler
ou à se raser les jambes.

Bon pour
faire passer l'aspirateur à l'autre.

Bon pour
faire passer l'aspirateur à l'autre.

Bon pour
refuser un choix de film.

Bon pour
refuser un choix de film.

Bon pour
ne pas faire la vaisselle ce soir.

Bon pour
ne pas faire la vaisselle ce soir.

Bon pour
obliger l'autre à répondre la vérité
à une question précise.

Bon pour
obliger l'autre à répondre la vérité
à une question précise.

Bon pour
un « je t'aime » sincère.

Bon pour
un « je t'aime » sincère.

Bon pour
jeter un objet ou un vêtement
appartenant à l'autre à la poubelle.

Bon pour
jeter un objet ou un vêtement
appartenant à l'autre à la poubelle.

Bon pour
choisir la tenue de l'autre
pour la journée.

Bon pour
choisir la tenue de l'autre
pour la journée.

Bon pour
un fantasme
(précisez lequel).

Bon pour
un fantasme
(précisez lequel).

Bon pour
une demande en mariage.

Bon pour
une demande en mariage.

Bon pour
refuser une demande en mariage.

Bon pour
refuser une demande en mariage.

Bon pour
faire un enfant.

Bon pour
faire un enfant.

Bon pour
empêcher l'autre d'être infidèle un soir.

Bon pour
empêcher l'autre d'être infidèle un soir.

Bon pour
faire l'amour en dehors du lit.

Bon pour
faire l'amour en dehors du lit.

Bon pour
ne pas se lever ce matin.

Bon pour
ne pas se lever ce matin.

Bon pour
ne pas choisir la destination des vacances cette année.

Bon pour
ne pas choisir la destination des vacances cette année.

Bon pour
changer la décoration de la maison.

Bon pour
changer la décoration de la maison.

Bon pour
aller dans un bar avec des copains ou des copines.

Bon pour
aller dans un bar avec des copains ou des copines.

Bon pour

empêcher d'aborder un sujet à vie.

Sujet à préciser.

Bon pour

empêcher d'aborder un sujet à vie.

Sujet à préciser.

Bon pour

une pratique sexuelle refusée jusqu'alors.

Bon pour

une pratique sexuelle refusée jusqu'alors.

Bon pour

un compliment gratuit.

Bon pour

un compliment gratuit.

Bon pour

fouiller dans les poches de l'autre.

Bon pour

fouiller dans les poches de l'autre.

Bon pour

regarder les SMS sur le portable de l'autre.

Bon pour

regarder les SMS sur le portable de l'autre.

Bon pour

ne pas aller donner le biberon en pleine nuit.

Bon pour

ne pas aller donner le biberon en pleine nuit.

Bon pour

avoir le droit de se gaver de glaces au caramel ce soir.

Bon pour

avoir le droit de se gaver de glaces au caramel ce soir.

Bon pour

une soirée échangiste (attention : ce bon n'est valable que si votre partenaire est vraiment d'accord).

Bon pour

une soirée échangiste (attention : ce bon n'est valable que si votre partenaire est vraiment d'accord).

Bon pour

un pardon sincère en cas d'infidélité exceptionnelle.

Bon pour

un pardon sincère en cas d'infidélité exceptionnelle.

Bon pour

avoir le droit de voir un vrai film pourri à la télé.

Bon pour

avoir le droit de voir un vrai film pourri à la télé.

Bon pour

ne rien faire à la Saint-Valentin.

Bon pour

ne rien faire à la Saint-Valentin.

Bon pour

avoir le droit d'acheter un disque interdit d'habitude.

Bon pour

avoir le droit d'acheter un disque interdit d'habitude.

Bon pour

jeter un vêtement appartenant
à l'autre.

Bon pour

jeter un vêtement appartenant
à l'autre.

Bon pour

exiger le changement
d'une mauvaise habitude
(précisez laquelle).

Bon pour

exiger le changement
d'une mauvaise habitude
(précisez laquelle).

Bon pour

avoir le droit de prendre
5 kg en un mois.

Bon pour

avoir le droit de prendre
5 kg en un mois.

Bon pour

une déclaration d'amour sincère, là
immédiatement et tout de suite.

Bon pour

une déclaration d'amour sincère, là
immédiatement et tout de suite.

Bon pour

interdire un sujet de conversation
de manière définitive
(précisez lequel).

Bon pour

interdire un sujet de conversation
de manière définitive
(précisez lequel).

Bon pour

une soirée chez des gens que votre
partenaire déteste.

Bon pour

une soirée chez des gens que votre
partenaire déteste.

Bon pour

un relooking

pour votre partenaire.

Bon pour

un relooking

pour votre partenaire.

Bon pour

empêcher votre partenaire de vous reprendre quand vous faites une faute de français.

Bon pour

empêcher votre partenaire de vous reprendre quand vous faites une faute de français.

Bon pour

imposer le choix des vacances

cette année.

Bon pour

imposer le choix des vacances

cette année.

Bon pour

éviter une conversation commençant par « il faut qu'on parle ».

Bon pour

éviter une conversation commençant par « il faut qu'on parle ».

Bon pour

ne pas faire le ménage

pendant une semaine.

Bon pour

ne pas faire le ménage

pendant une semaine.

Bon pour

avoir le droit de garder ses

chaussettes en faisant l'amour.

Bon pour

avoir le droit de garder ses

chaussettes en faisant l'amour.

TEST N°6
Avez-vous bien tout suivi ?

Un dernier petit test juste pour vérifier si tout ça a servi à quelque chose…

Répondez rapidement aux vingt questions suivantes en essayant de vous rappeler les réponses de votre partenaire

Ensuite, vérifiez si vos réponses sont correctes, soit auprès de lui (elle), soit en parcourant le livre, et reportez-vous en bas de page pour les résultats…

1. Quelle note a-t-il (elle) donnée à votre premier baiser ?

X : ___ / 20 **Correct ? ❑ Oui. ❑ Non.**

Y : ___ / 20 **Correct ? ❑ Oui. ❑ Non.**

2. Par amour, serait-il (elle) capable de partir vivre à Roubaix avec vous ?

X : ❑ Oui. ❑ Non. **Correct ? ❑ Oui. ❑ Non.**
Y : ❑ Oui. ❑ Non. **Correct ? ❑ Oui. ❑ Non.**

3. Quels animaux l'effraient ?

X : ______________________ **Correct ? ❑ Oui. ❑ Non.**
Y : ______________________ **Correct ? ❑ Oui. ❑ Non.**

4. Quel nain de Blanche-Neige aimerait-il (elle) être ?

X : ______________________ **Correct ? ❑ Oui. ❑ Non.**
Y : ______________________ **Correct ? ❑ Oui. ❑ Non.**

5. Qui préfère-t-il (elle) parmi vos amis ?

X : ______________________ **Correct ? ❑ Oui. ❑ Non.**
Y : ______________________ **Correct ? ❑ Oui. ❑ Non.**

6. Politiquement, de quel côté se situe-t-il (elle) ?

X : ______________________ **Correct ? ❑ Oui. ❑ Non.**
Y : ______________________ **Correct ? ❑ Oui. ❑ Non.**

7. Quel est, selon lui (elle), le pire cadeau que vous lui ayez fait un jour ?

X : ______________________ **Correct ? ❑ Oui. ❑ Non.**
Y : ______________________ **Correct ? ❑ Oui. ❑ Non.**

8. Selon la répartition officielle effectuée dans ce livre, à qui appartient la télé ?

X : ❑ À X. ❑ À Y. **Correct ? ❑ Oui. ❑ Non.**
Y : ❑ À X. ❑ À Y. **Correct ? ❑ Oui. ❑ Non.**

9. Quel est le film que vous aimez beaucoup et qu'il (elle) déteste ?

X : ______________________ **Correct ? ❑ Oui. ❑ Non.**
Y : ______________________ **Correct ? ❑ Oui. ❑ Non.**

10. Qui pourrait le (la) troubler sur son lieu de travail ?

X : ______________________ **Correct ? ❑ Oui. ❑ Non.**
Y : ______________________ **Correct ? ❑ Oui. ❑ Non.**

11. Quel est le nom de l'ex qui compte encore le plus pour lui (elle) ?

X : ______________________ **Correct ? ❑ Oui. ❑ Non.**
Y : ______________________ **Correct ? ❑ Oui. ❑ Non.**

12. A-t-il (elle) déjà souffert d'une maladie sexuellement transmissible ?

X : ❑ Oui. ❑ Non. **Correct ? ❑ Oui. ❑ Non.**

Y : ❑ Oui. ❑ Non. **Correct ? ❑ Oui. ❑ Non.**

13. Qu'est-ce qu'il (elle) aimerait changer dans sa vie aujourd'hui ?

X : ______________________ **Correct ? ❑ Oui. ❑ Non.**

Y : ______________________ **Correct ? ❑ Oui. ❑ Non.**

14. De qui était-il (elle) fan étant plus jeune, ce qui le (la) gêne aujourd'hui ?

X : ______________________ **Correct ? ❑ Oui. ❑ Non.**

Y : ______________________ **Correct ? ❑ Oui. ❑ Non.**

15. Quelle est la partie de son corps qui le (la) fait complexer aujourd'hui ?

X : ______________________ **Correct ? ❑ Oui. ❑ Non.**

Y : ______________________ **Correct ? ❑ Oui. ❑ Non.**

16. En matière de sexe, il (elle) préfère être en dessus ou en dessous ?

X : ❑ Dessus. ❑ Dessous. **Correct ? ❑ Oui. ❑ Non.**

Y : ❑ Dessus. ❑ Dessous. **Correct ? ❑ Oui. ❑ Non.**

17. Combien de fois avez-vous fait l'amour ensemble ?

X : ______________________ **Correct ? ❑ Oui. ❑ Non.**

Y : ______________________ **Correct ? ❑ Oui. ❑ Non.**

18. Qui est son (sa) meilleur(e) ami(e) ?

X : ______________________ **Correct ? ❑ Oui. ❑ Non.**

Y : ______________________ **Correct ? ❑ Oui. ❑ Non.**

19. Vos prochaines vacances, ce sera où ?

X : ______________________ **Correct ? ❑ Oui. ❑ Non.**

Y : ______________________ **Correct ? ❑ Oui. ❑ Non.**

20. Il (elle) vous aime pour de vrai ou pas ?

X : ❑ Oui. ❑ Non. **Correct ? ❑ Oui. ❑ Non.**

Y : ❑ Oui. ❑ Non. **Correct ? ❑ Oui. ❑ Non.**

Total des bonnes réponses :

X : ___ / 20 **Y : ___ / 20**

Si vous avez de 0 à 5 bonnes réponses, c'est nul, vous n'avez rien suivi, et vous ne vous intéressez pas à la vie de l'autre. Je vous conseille de reprendre ce livre pas à pas si vous voulez continuer à faire croire que l'autre compte pour vous parce que ça risque de vous revenir rapidement en pleine figure…

Si vous avez de 6 à 10 bonnes réponses, ce n'est pas génial, mais au moins, vous aurez peut-être appris quelque chose sur votre partenaire. Une relecture de ce livre d'ici à quelque temps vous permettra sans doute de combler vos lacunes.

Si vous avez de 11 à 15 bonnes réponses, vous sauvez la moyenne et vous prouvez non seulement que vous avez été attentif(ve) lors de la rédaction de ce livre mais que vous vous intéressez en grande partie à l'homme ou à la femme de votre vie, ce qui est une bonne chose. Et peut éviter certaines disputes vous verrez.

Si vous avez de 16 à 20 bonnes réponses, bravo, vous avez su utiliser ce livre pour parfaire vos connaissances sur celui ou celle qui partage votre vie. C'est la grande classe, vous savez désormais beaucoup de choses sur lui (elle), et pour un peu, il (elle) n'aurait plus de secrets pour vous. Rassurez-vous, d'ici peu, il (elle) en trouvera d'autres et vous devrez maintenir vos connaissances à jour. Ça tombe bien, vous avez toute la vie pour cela…

Enfin, une dernière chose, celui qui a la note la plus basse des deux doit inviter l'autre au restaurant demain soir…

Achevé d'imprimer en février 2009, en France sur Presse Offset par
Maury-Imprimeur - 45330 Malesherbes
N° d'imprimeur : 144700
Dépôt légal 1re publication : janvier 2007
Édition 08 - février 2009
LIBRAIRIE GÉNÉRALE FRANÇAISE - 31, rue de Fleurus -75278 Paris Cedex 06

30/8408/4